湖南科技学院重点学科文艺学学科资助项目
湖南省作家协会2015年度重点扶持作品

本土文学：溯源与评论

陈仲庚 著

中国社会科学出版社

图书在版编目(CIP)数据

本土文学：溯源与评论/陈仲庚著. —北京：中国社会科学出版社，2016.9

ISBN 978-7-5161-8480-6

Ⅰ.①本… Ⅱ.①陈… Ⅲ.①中国文学—文学研究—文集 Ⅳ.①I206-53

中国版本图书馆 CIP 数据核字(2016)第 146136 号

出 版 人	赵剑英
责任编辑	陈肖静
责任校对	刘　娟
责任印制	戴　宽

出　　版	中国社会科学出版社
社　　址	北京鼓楼西大街甲 158 号
邮　　编	100720
网　　址	http://www.csspw.cn
发 行 部	010-84083685
门 市 部	010-84029450
经　　销	新华书店及其他书店
印　　刷	北京君升印刷有限公司
装　　订	廊坊市广阳区广增装订厂
版　　次	2016 年 9 月第 1 版
印　　次	2016 年 9 月第 1 次印刷

开　　本	710×1000　1/16
印　　张	18
插　　页	2
字　　数	267 千字
定　　价	66.00 元

凡购买中国社会科学出版社图书，如有质量问题请与本社营销中心联系调换
电话：010-84083683
版权所有　侵权必究

目　录

自序　永州文化与文学 …………………………………（1）

上编　本土文学溯源

文学之根与文化之根 ……………………………………（3）
舜文化与中国文学传统的形成 …………………………（14）
舜帝之"耿介"与屈原之人格追求 ………………………（24）
从《南风歌》到《种树郭橐驼传》
　　——中国民本思想发展演变的三个节点 ……………（34）
"愚辞歌愚溪"，"文者以明道"
　　——柳宗元在永州的文学思想 ………………………（46）
柳宗元初到永州时的山水游踪及心路历程 ……………（59）
"隔"与"不隔"的山水美
　　——元结山水诗的审美特征及其价值 ………………（65）
全球化背景下当代文学的反思与建构 …………………（73）
文学"寻根"与文学"现代性"的转型 ……………………（85）
楚文化思维模式与韩少功之"东方优势" ………………（96）
韩少功：从"文化寻根"到"精神寻根" …………………（115）
阿城：对道学精神的完整体认 …………………………（124）
为接续那一缕文化命脉
　　——重读叶蔚林《九嶷传说》…………………………（138）

· 1 ·

目 录

下编　本土作家评论

心底的困惑与生命的本原
　　——读杨金砖《寂寥的籁响》……………………………(149)

为葆有那一缕温馨的诗意
　　——杨金砖《寂寥的籁响》解读 …………………………(153)

人生好人多磨难
　　——杨克祥小说创作解读 …………………………………(159)

"潜入土地"的探索
　　——一位瑶乡诗人的心灵足迹 ……………………………(164)

谁来为当今的爱情"开光"
　　——读胡功田《瞎子·亮子》所想到的 …………………(171)

官场赌徒的"这一个"
　　——魏剑美《步步为局》人物形象特色 …………………(177)

舜帝精神感召下的匹夫之责
　　——评唐曾孝长篇报告文学《北游记》……………………(184)

"脚手架"的坚强与脆弱
　　——评刘翼平长篇报告文学《脚手架》……………………(193)

草色近看是稼穑
　　——伍锡学诗词创作综论 …………………………………(200)

伟人是这样炼成的
　　——评王青伟励志小说《风华正茂》………………………(207)

《村庄秘史》：迷失与复归 ………………………………………(209)

世事如"陀"：是人玩陀螺还是陀螺玩人？
　　——读李长廷《爷爷的陀螺》………………………………(217)

魏剑美：给人的灵魂美美地剜一剑
　　——魏剑美近期创作综论 …………………………………(221)

御风而行：孤寂中的享受与永恒
　　——评蒋三立诗集《在风中朗诵》…………………………(229)

· 2 ·

桃源梦断香草溪
　　——评陈茂智长篇小说《归隐者》 ································(237)
悲怨声中开创出太平盛世
　　——评肖献军长篇历史小说《湘妃怨》 ····················(245)
扎根传统的品味　立足现实的自语
　　——序周甲辰《传统文艺鉴赏理论的现代观照》 ············(253)
诗性传统与诗人本色
　　——序曹万松诗集《黑夜的祝福》 ··························(256)
别样的"秋水"书写别样的感悟
　　——序康怀宇诗集《秋水》 ································(261)
从"上善若水"到"一脉湘水"
　　——2015年永州市"世界水日""中国水周"书画摄影展述评 ······(271)

自序　永州文化与文学

永州，又名零陵。永州之得名，乃因于境内有"永山""永水"。康熙九年《永州府志》载，"永山"在永州城"南一百余里，永水出焉，汇于潇水，是谓永江，永州之得名系此"。但永山、永水在永州境内并不出名，不过是"小山、小水"，担当不起"永州"之名，因而永州人宁可相信另一说，"永州"之名来源于"永陵"。《史记·五帝本纪》云："舜……南巡狩，崩于苍梧之野，葬于江南九疑，是为零陵。"《九疑山志》曰："零陵又名永陵。"北魏温子升《舜庙碑》云："疑山永逝，湘水长违。"因此，永州境内确有"永山"——九疑山；也确有"永水"——潇湘水。秦始皇设零陵县，汉武帝设零陵郡，隋朝在零陵郡的基础上设永州总管府。此后，永州、零陵，一地两名，常交替使用。

永州历史悠久，文化底蕴深厚。永州发掘出一万两千年以前的人工栽培稻，是迄今世界上发现的最早人工栽培稻标本，这就意味着：永州是农耕文明的最早开发地之一。永州是舜帝的藏精之所，为"虞舜过化之乡"，舜帝南巡，不仅实现了北方华夏集团与南方苗蛮集团的大融合，也实现了南北文化的大融合；再加上娥皇、女英万里寻夫，泪洒斑竹，殉情潇湘，为中国文学留下了千古爱情之绝唱……自此，永州成为文人雅士的神往之地。屈原歌咏："济沅湘以南征兮，就重华而陈词。"（《离骚》）舜帝是屈原"美人美政"的最高理想，他神往九疑山，冀盼面向舜帝的英灵倾诉。唐代柳宗元，谪居永州十年，他的"天人合一"思想、"吏为民役"及《封建论》中的治国理念，既有其原有的儒学渊源，也有永州现实的点化。宋代的周敦颐，是永州土生土长的一代宗师，他从道学中汲取营养，重新激活儒学，开一代理学之先河，影响中国七百余年；"吾道南来，原是濂溪一脉；大江东去，无非湘水余波"，这副镌刻在千年学府岳麓书院的楹联，不仅说明了周敦颐的"濂溪学"对中国文化的影响，也说明了永州是湖湘文化的重要发源地。因此，永州作为南北文化、外来文化与本土文化的交汇之地，不仅文化底蕴深厚，而且有着鲜明的特色。

悠久的历史，深厚的文化，千古绝唱的爱情故事，与锦绣潇湘的美景相结合，更为永州的文学增添了绚丽的色彩。陆游诗云："挥毫当得江山助，不到潇湘岂有诗。"仅就"潇湘"一词的文学内涵，就给人无限的遐想。潇水发源于永州，与湘水交汇于永州，永州为潇湘之源，后来扩展为湖南的代称，历代文人咏"潇湘"，也多指永州。自唐宋以来，一大批文人雅士，或仕宦或贬谪或游览于此，他们或是抒发思古缅怀之幽情，或是书写怀才不遇之感喟，或是讴歌锦绣潇湘之清纯，用生花妙笔为潇湘点染传神，给后世留下了数以千计的名篇佳作，仅在《全唐诗》、《全宋词》两部诗集中，"潇湘"一词就出现了858次。元明清时期，越南使者进京途经永州，留下了180余首歌吟潇湘的诗作（《越南汉文燕行文献集成》）。这些足可说明，永州在中国历史上，无论是文化或文学，都曾有过极其辉煌的一页。

然而到了近现代，永州则明显地落后了，曾一度被划归到"老少边穷"地区，文化和文学的发展相应地受到影响，也一度沉寂。20世纪的中后期，叶蔚林下放到永州的大瑶山，他有感于永州的山山水水，用他的生花妙笔写永州的风土人情，《蓝蓝的木兰溪》、《在没有航标的河流上》曾风行一时，影响全国，为永州文学增添了新的辉煌。与此同时，永州的一些本土作家，也在努力接续永州的文学传统，续写着永州文学虽然难说辉煌但也不失其光彩的新一页，杨克祥、李长廷、王青伟、魏剑美等人，是他们当中的佼佼者，他们的创作曾经或正在产生广泛的影响，这无疑给永州文学增添了现实的厚重感。

需要特别说明的是，本书所指的"本土文学"，其概念外延可以逐步缩小：面对世界文学，中国文学是"本土"；面对中国文学，湘楚文学是

"本土"；面对湘楚文学，永州文学是"本土"。上编的"溯源"，就是根据这样的层次概念追溯的。下编的"本土作家"，则是指永州土生土长的作家，他们不一定纯粹写永州，但绝对可以被包括在上述三个层次内。之所以要把"溯源"与"评论"合为一书，目的是要将传统与现实结合起来，这样或许可以给创作提供一个更全面的借鉴：不管在哪个层次上来确定自己"本土化"的创作特色，都是合理的，并且是可以做出成效的。

　　北宋文学家欧阳修曾用诗句感叹："画图曾识零陵郡，今日方知画不如。"锦绣潇湘，是大自然馈赠给永州人的一份宝贵的自然遗产；永州文学，是祖先留给我们的一份厚重的文化遗产。作为后人，我们有责任、有义务去保护、光大这两份宝贵、厚重的遗产，让永州的山水更添锦绣，让永州的文学历久弥新，文脉永存。

上 编

本土文学溯源

文学之根与文化之根

文学不同于文化,但文学也是文化。有人把文化分为物质文化和精神文化两大类,也有人把文化分为物质文化、精神文化和艺术文化三大类。在"两大类"中,文学属于"精神文化";在"三大类"中,文学属于"艺术文化"。但不管怎样划分,文学与文化总是难分难解地纠缠在一起的。

一 文学之根在文化

20世纪80年代由韩少功发起的所谓"寻根文学",实际上是"寻文化之根"。从文化的角度来审视中国当代文学,这一时期显然是文化意识最为觉醒、文化色彩最为浓郁的一个文学时代,"寻根文学"则是其间一个最具文化意味的文学现象。韩少功说"文学有根,文学之根应深植于民族传统文化的土壤里,根不深,则叶难茂"[①]。因此,"寻文化之根",又不是寻一般意义上的文化之根,而是特指"民族传统文化";但是,即便是特指"民族传统文化",也仍然是一个宽泛的概念,因为韩少功所要寻找的并非是整个中华民族的传统文化,而是要找到"绚丽的楚文化"的流向。从创作实绩看,韩少功虽说找到了"一种东方文化的思维和审美优势",但这种"优势"既不能代表整个"东方文化",也不能代表整个中华民族文化,而只是楚文化中所蕴含的一种"思维和审美优势",准确一点说,是一种地域特色文化的优势。纵观寻根作家的创作实际,几

---

① 韩少功:《文学的"根"》,《作家》1985年第5期。

乎每一个作家所寻出来的文学之根都是不一样的，因为他们极力要凸显出来的都是自己所在地域的特色文化。也正因为如此，寻根作家的创作才是那样的丰富多彩。

从具体的创作表现来看，寻根作家均是刻意地寻找、开掘和展示地域特色文化。如贾平凹的商州系列，叙写商州的历史、地理、民俗，展示了犹如"桃花源"般的恬静清幽的田园风光，以及与这块土地紧紧相连的强悍淳朴的男性，善良而柔美的女子。李杭育的葛川江系列，挖掘吴越文化中生命的强力和自由自在的精神，探索人生价值意义的支点，他的代表作《最后一个渔佬儿》，主人公福奎渴望自由，希望依靠自己勤劳的双手、强健的体魄、无畏的精神过上自由自在的生活，在现代文明负面影响的侵袭和挤压下，他仍坚守着正直而又古老的人生原则，以忠诚、坚毅、重人情轻财物的人格精神，对抗着浮躁而功利的现实人生。邓友梅浓墨重彩写老北京市井文化生活的《那五》、《烟壶》、《寻找"画儿韩"》等"京味小说"，是影响颇大的典型"地域文化小说"。还有郑万隆力求"开掘自己脚下的'文化岩层'"的《异乡异闻》系列，张承志的"草原文化系列作品"，乌拉热图的"鄂温克文化系列作品"，冯骥才描绘晚清天津市井风俗的"津味小说"《神鞭》，王安忆的《小鲍庄》、《大刘庄》，藏族作家扎西达娃的《西藏：隐秘的岁月》、《西藏：系在皮扣上的魂》，张炜的《古船》，王蒙的《活动变人形》，刘震云的《头人》，赵本夫的《寨堡》，宋海清的《镶神小传》，刘恒的《伏羲伏羲》，张石山的《血泪草台班》，以及方方和池莉的《风景》、《不谈爱情》等"汉味小说"……这些寻根作家的创作，无论是出于何种文化观念和文化目的，无论自觉或不自觉，都在作品中或浓或淡地表现出了地域文化特色。

其实，在韩少功的寻根宣言发表之前，创作上的文学寻根就已经开始了。黄修己主编的《20世纪中国文学史》认为："早在80年代初，就开始有'寻根文学'的作品问世，最早的首推汪曾祺。这是一个受传统文化浸润，曾经师承沈从文的'新京派作家'，他的《受戒》、《大淖记事》等，以冲淡平和见称，作品追求的'中国味儿'，是淡泊、宁静、幽远、含而不露的境界，是那种生生不息，乐天知命，安贫守道的民族心理。'除尽火气'的创作态度，使他的创作溢出一种散文化格调。汪曾祺的创作，可以说是新时期最早表现传统文化的代表。此外，王蒙的《在伊犁》，吴若增的《翡翠烟斗》等，也是较早'寻根'的作品。"① 此外，像古华、莫应丰、叶蔚林等具有浓郁湘西、湘南风土色彩的小说创作，也可被视作寻根文学的先声。古华在《爬满青藤的木屋》的创作谈中，就曾明确告诉读者："对于王木通这种人物，我早就似曾相识了。他是一个年代久远的社会存在。他没有文化，却被视为政治可靠；他愚昧，却被视为老实；他心胸狭隘，却被视为纯朴忠诚。就连他的蛮横自信，都被视为勇敢坚定……他视科学、文化如水火，视现代文明、民主政治如仇敌。"古华认为，"问题不在于王木通本身有多大的罪过，而在于他所承袭下来的那种古老的生活方式，在于容许这种生活方式所产生的思想方式赖以存活的社会环境"②。显而易见，古华已经明确意识到本土传统文化的巨大习惯力量对现代中国人的生存的重大影响。能这样摆脱单纯从时代政治看"文革"悲剧，深入到传统文化的深层结构探讨原因，并再由文化来反观现实政治，这种思考尽管是在寻根宣言发表之前，但他们的创作从实际意义来看，却是在进行着文化寻根。

还有另外一种情况，寻根作家本想寻出地域特色文化的优势，但这种地域特色文化又带有一种普遍性的意义。如陈忠实的《白鹿原》从陕西关中特色文化中寻出了"仁学"亦即儒家文化的意义，阿城的"三王"（《棋王》《树王》《孩子王》）从西南边陲的特色文化中找到了道家文化的精神，莫言从山东高密东北乡的特色文化中找出了侠义文化的特点，这就不仅仅是一种地域文化的差别，而更是一种不同性质、不同类型的文化差别了。

可以说，寻根作家虽然是从寻找"民族传统文化"出发，但所表现出来的，却都是带着各自地域特色的文化，也正因为如此，才使得寻根文学创作异彩纷呈。在中国一百年来的现当代文学史上，任何一个时段的文学创作，都不如20世纪八九十年代寻根文学创作那样丰富多彩，仅

---

① 黄修己主编：《20世纪中国文学史》，中山大学出版社1998年版。
② 古华：《木屋，古老的木屋……》，《小说选刊》1981年第9期。

此而论，寻根文学在中国现当代文学史上就应该有它的独特地位。

二　文化之根在生活

关于寻根文学的最早发轫，有人还追溯到了20世纪40年代的延安。如李阳春认为寻根文学的产生既有着中国历史的背景，也有着世界文化的背景。从中国历史看，四十年代毛泽东的延安"讲话"提出了"源"与"流"的问题，解放区文艺工作者深入生活深入黄土高原，其实也可说是"寻根"。20世纪五六十年代中国台湾地区的寻根文学，美国黑人作家亚历克斯·哈利的小说《根》，自1976年问世后在全世界范围内所唤醒的寻根意识，再加上日本、韩国及东南亚的儒学热，这一切都是寻根文学产生的背景，"这一切都说明了，出现在八十年代中国大地上的'文化寻根'热，决不是一个孤立的、偶然的文学现象。可以说，纵向上它继承了四十年代解放区文艺探寻源泉的传统，横向上则是对延绵半个多世纪的台湾'寻根文学'的呼应；西方国家对东方文化尤其是中国传统文化（如儒家文化）的赞美，以及世界范围内涌动的'同祖先对话'的潮流，加速了它的发育成长；但浩劫过后人们心目中普遍存在的要求追回被'十年文革'所割断了的传统文化的强烈愿望，才是其赖以生存的真正的广袤土壤"[①]。如果用毛泽东关于"源"与"流"的理论来分析，寻根文学作家把文化作为文学之根，则仍然是一个"流"与"流"的关系。因此，如果要进一步追溯文化之根，则必须上溯到"源"——生活。

文学为什么可以把文化作为自己的根，而文化却只能把生活作为自己的根？这是因为作为上层建筑的文学离生活更远一点，而一般意义上的文化特别是物质文化及社会习俗等，则是与生活紧密地结合在一起的（作为意识形态的文化除外）。文化与生活的关系，可以定义为内容与形式的关系。作为人类社会生活的外在显现形式是文化，而文化的内在实质就是人类的生产生活方式；离开了生产生活方式不存在文化，离开了文化就不是人类的生活。从这一意义说，文化之根只能在人类的社会生活。

---

① 李阳春：《由奇峰突起到平落沉寂的寻根文学》，《中国文学研究》1996年第1期。

从寻根文学的创作实践来看,其外在的显现形式是地域特色文化,其内在的实质则是反映了不同地域人们各具特色的生产生活方式。韩少功是在湘西苗、侗、瑶、土家族所居住的崇山峻岭里,找到了楚文化的流向;从"鸟的传人"的生活形态中,体味到"楚辞中那神秘、奇丽、狂放、孤愤的境界"[①]。在那与世隔绝的湘西山区,有一个充满了蛇虫瘴气闭塞幽暗的村寨,住着一群"不知有汉,无论魏晋"的村民,他们带着原始初民的思维特征,有着种种神秘的禁忌和迷信,烧窑要挂太极图,灌大粪可以治疯癫,喝牛血可以解毒;还有巫术占卜、坐桩殉古、畏天敬神、打冤械斗……正是这种弥漫着蛮荒怪异的如同原始氏族社会的生活方式和风土人情,映照出了湘西山区独具特征的楚文化风貌。因此,如果脱离湘西山区这块特有土地上的特殊人群及他们特有的生产生活方式,韩少功便无法展示他所找到的"绚丽的楚文化",更无法展示楚文化的"思维和审美优势"。

其他寻根作家所描写的自然也是特定区域的特定生活。如李杭育描写的是葛川江上流动的渔民生活,这里正处在大变革的时代,有人在守望,也有人在快步地朝前走。贾平凹描写的是"兼北部之旷野,融南部之灵秀;五谷杂粮茂生,春夏秋冬分明;人民聪慧而不狡猾,风情淳朴绝无混沌"(贾平凹《小月前本·在商州山地》)的商州山地的生活。张承志所描写的则是北方草原、戈壁、雪峰、江河等独特自然环境下的牧民生活。即便是陈忠实、阿城、莫言等作家作品中的儒家、道家、侠义等具有普遍意义的文化特征,也是通过对不同区域中不同人群的不同生活特征的描写展现出来的。因此,寻根作家所描写的"文化"无论是如何的奇特而怪异,均逃不出"文学是生活的反映"这一定律。

当然,如果仅仅是为了说明"寻根文学也是生活的反映"这一定律,是用不着多费口舌来举例分析的。这里需要说明的是:寻根作家所反映的是社会生活,但又不是正常的社会生活;与延安时代的深入生活深入黄土高原、反映现实反映工农兵是大相径庭的。

---

① 韩少功:《文学的"根"》,《作家》1985年第4期。

概而言之，文学是社会生活的反映，这是一条必然的定律，任何文学创作，无论自觉或不自觉，都无法背离这一定律。但仅有这一定律，还不能完全解决文学与生活的关系问题。因此，质而言之，则还有一个文学是什么样的生活的反映和怎样反映的问题。毕竟，社会生活本身是丰富多彩、复杂多样的，究竟是什么样的生活、哪一方面的生活才是文学所应该着力反映的？对这一问题似乎很难有一成不变的"定律"式答案。只能说，针对某一历史时段的特殊情况而言，强调要反映生活的某一方面，既应该也必要。比如，在20世纪三四十年代，当作家们躲进象牙之塔，有意回避抗战的现实生活，专写一些无病呻吟的作品时，提倡作家深入生活、多写反映抗战现实的作品是必要的。但当所有的创作都变成了千篇一律的政治传声筒，则又需要提倡写多样的生活、多样的文化了。因此，寻根文学说的是寻文化之根，似乎把"寻根"当作了目的；其实，"寻根"不过是手段，真正的目的乃是要避开主流现实的生活，去写边缘的、非主流的多样化生活。

关于文学寻根，韩少功还有一种说法，那就是要寻找"大量的还未纳入规范的民间文化"，这种所谓的"不规范"的文化，其实也就是非主流现实的文化，韩少功自己说得很明白："作家们写过住房问题、特权问题，写过许多牢骚和激动，目光开始投向更深层次，希望在立足现实的同时又对现实世界进行超越，去揭示一些决定民族发展和人类生存的谜。"[①] 很显然，韩少功们是为了避开住房、特权等现实问题，但要完全超越现实世界又是不可能的，所以只好对现实世界进行不同的选择；这个选择，就是不规范的民间文化，准确一点说，就是充满蛮荒野趣的特殊群体的特殊生活。

那么，寻根作家的这种选择究竟是对还是错？还有没有其他的特殊意义？从文学创作的总体要求来看，提倡回避主流现实的问题而去写不规范的边缘生活，这显然是不对的。如果寻根作家长期地一窝蜂似地都去写地域特色的边缘生活，显然也是违背创作规律的。这里当然不是说

---

① 韩少功：《文学的"根"》，《作家》1985年第4期。

具有地域特色的生活不能写,而是说即便是写地域特色的生活,也应该是该地域的主流现实的生活,而韩少功笔下湘西山区的生活、李杭育笔下葛川江上的生活、张承志笔下的草原戈壁生活,显然都不是主流现实的生活,其他寻根作家也大致如是。也正因为寻根作家的创作有这种偏差,所以一些批评家指责他们"忘掉了时代使命而把自己坠降到生活旁观者的位置"①,他们"对现实生活的回避态度……导致作家远离社会生活,使民族化失去了最重要的内容"②。应该说,这种批评还是切中肯綮的。

然而,"总体要求"不等于绝对要求,在特殊时期特殊背景下,"总体要求"肯定也有例外,寻根文学能够在当时大受欢迎、畅行全国,也就是一个例外。这也就是寻根文学在20世纪80年代的特殊背景下,在公然违背"总体要求"的情况下所创造出来的一个奇迹。之所以说是一个奇迹,是因为寻根文学确实给我们带来了一道丰富多彩的文学风景线,很难想象,当代中国的文坛如果缺失这道风景线将会逊色多少。

还有很重要的一点需要特别指出:寻根文学在20世纪80年代的出现,既有它的特殊背景,更有它的特殊价值。80年代的改革开放,加速了中国现代化的步伐,农村城市化的速度则更是突飞猛进,特别是随着家电产品的深入农村,城市居民的生活方式正在迅速地影响并改变着农村生活的原貌,我们在追赶西方发达国家的现代化步伐、力图缩短与其差距的同时,我们原有的诸多民族特性也在悄悄地流失,只有偏远的乡村仍然保留着原有的民族特色。于是,寻根文学的作家们便把目光投向了远离城市的乡土,因为"乡土是城市的过去,是民族历史的博物馆,哪怕是农舍的一梁一栋,一檐一桷,都可能有汉魏或盛唐的投影"③。而恰好是这种"一梁一栋,一檐一桷"的农舍,正在被方方正正火柴盒式的小洋楼取代,而且越是经济发达的地区,小洋楼越普及。这种变化是令人高兴的,很多人都得益于这种变化。但是,从民族文化保护的角度

---

① 张韧:《超越前的裂变与调整》,《文艺报》1885年11月9日。
② 白描:《文学的根在生活的土壤之中》,《文艺报》1985年11月21日。
③ 韩少功:《文学的"根"》,《作家》1985年第4期。

说，也是令人惋惜的，这正如冯骥才所说的，"在无度的旅游开发和金钱欲面前，一些原生态的东西正在退出我们的视野。不少城市现在已经完蛋了，幸而还有一些古村落。尤其偏远地区还有一些风姿各异的、遗存非常丰厚的、很有历史文化价值的古村落，甚至可以说是我们民族的精神家园"；"我们的新农村建设，不应当是建新村、建洋村，古村落要注重文化的厚重感与原生魅力的保存"[①]。冯骥才从20世纪90年代中期开始一直致力于古村落、古文化的调查、抢救和保护，他还说自己觉悟得太晚，如果早十年就好了。冯骥才所说的"早十年"，大致与寻根文学兴盛的时间相当，韩少功当年只是去寻找古村落"农舍的一梁一栋，一檐一桷"，而没有想到要保护——当年的寻根作家谁也没有这样的觉悟——但他们对偏远地区生活情境的描绘，无疑具有资料保存的价值，随着无度开发的范围越来越宽、越来越普遍，这种资料性价值还会越来越高。将来——甚至是现在，即使是生活在湘西山区的农民，像喝牛血解毒、巫术占卜、坐桩殉古等习俗，恐怕也只有到韩少功的作品中去寻找了。因此，这种资料性价值可说是寻根文学的一个意外收获，而且将随着时间的推移越来越凸显。

三 生活之根在生命

这里，似乎有必要讨论一下什么是"文化"的问题。现代汉语中所使用的"文化"一词，其实是一个舶来品，它是从西方引进的。英文、法文中的 culture，德文中的 kutur，就是我们今天所说的文化，它们都是从拉丁文 cultura 演化而来的。拉丁文 cultura 一词的基本含义是指"耕作"，细分起来则包括两个方面的"耕作"：一是为敬神而耕作；二是为生计而耕作。这个词后来经过引申，有了文化、教养、栽培、养殖、耕作、培养、磨炼等多方面含义。但词义不管有多少种含义，总是与人的生存相关的：不仅关涉人的物质生存——为生计而耕作，而且关涉人的精神生存——为敬神而耕作；二者的结合，也就是人的整体生命

[①] 冯骥才：《保护民间文化我要靠卖画》，《羊城晚报》2007年3月12日。

的存在。

　　关于文化与人的生活、生命的关系，王得后先生说得既简单明了又切中要害："文化就是人化，就是人的活法。人的一种活法形成一种文化，一种文化规范一种人的活法。人的活法在变化在发展，文化也在变化在发展。地域不同，活法不同，文化不同；时代不同，活法不同，文化不同。"不同的活法也就是不同的生活，不同的生产生活方式，它决定着文化特色的形成。更进一步，王得后还追索了文化根柢的所在："文化的根柢，第一在生死：怎样规范人的生死，以及为什么这样规范。生死包含两项内容，一是生死的权利在谁手里，生死的意义是什么；二是吃饭问题，温饱问题"；"第二在男女，在对待妇女的立场、观点、态度。"总之，"人是一棵文化树，树有根柢，根柢在生死，在温饱，在男女"[1]。生死、温饱、男女，其共同的意义指向就是生命：男女是生命的来源，温饱是生命存在的物质基础，生死是生命存在与否的最终判断。在这里，王得后所论及的是一个问题的两个层面，也可以说是具有递进关系的两个问题：其一是人的活法与文化的关系；其二是人的生命与文化根柢的关系。"活法"自然是生活的表象，"活法"之"法"，就是"为生计"而奔忙的种种外在活动，它所形成的文化特色，更多地体现在"一梁一栋，一檐一桷"等物质文化方面，是可以看得见乃至摸得着的，因而是"树"。"生命"则是生活的本真，"活法"之"活"，便是生命存在的"自我确证"，这种"确证"首先是通过"吃饭问题，温饱问题"来实现的，但又不仅仅是一个"吃饭问题，温饱问题"，因为"'生命'本身就意味着人的感觉、享受、激情以及甜酸苦辣、悲喜爱恨、束缚舒展、自由自在"[2]；"人的生命存在更表现为精神的升华与超越，表现为人对理想、感情、道德、精神、信仰、价值的追求"[3]——这些，更多地体现在内在的精神文化方面，看不见摸不着，沉在生活的底层，因而是"根柢"。

---

[1] 王得后：《文化的根柢》，《瞭望》新闻周刊1995年第43期。
[2] 张曙光：《生存哲学——走向本真的存在》，云南人民出版社2001年版，第190页。
[3] 刘济良：《生命教育论》，中国社会科学出版社2004年版，第55页。

人是文化树，生命是根底。这就意味着，我们不仅要关注文化之树，更要关注生命之根。关注生命之根，首先要关注生命的物质存在，告子说："食，色，性也。"饮食、男女，是生命存在的来源和基础，失去了这一来源和基础，生命的一切、一切的生命便都无从谈起。因此，对这一问题是绝对不能轻视的。但是，人的生命又不仅仅是一个物质生命，人之为人，人之不同于动物的地方就在于，除了满足自己的物质需要之外，还有超越于物质生命的精神追求："人不满足于生命支配的本能生活，人的生活是经过理解的生活，人要规划自己的人生、创造自己的价值，这说明'人'作为已超越了'生命'的局限，要去追求高于生命、具有永恒意义的东西，已属'超物之物'、'超生命的生命体'，这才所以称之为'人'"[①]。因此，正是因为有了精神生命，才使人的物质生命有了理性的意蕴和诗性的光辉，才使人的物质生命蕴涵了道德的升华和价值的沉思，最终，才使人的物质生命超越有限而走向永恒。

或许，从这里我们也可以找到寻根文学之所以能够兴盛一时而不能持久的最终原因。因为寻根作家们所感兴趣的既非主流现实的生活，也非文化之树的"根柢"；尽管他们打出的旗号是"寻根"，而他们所真正寻出来的其实只是文化之树的枝枝叶叶——不同区域人们的不同"活法"。人的活法是各不相同、各呈特色且丰富多彩的，人的生命特别是精神生命，作为与动物的生命直接区别开来的"类存在物"，则主要是人的本质共性的体现，因而强调的是其规范性、统一性。

当然，如果能从文化之树的枝枝叶叶揭示出它的根柢来，能从不同的"活法"中揭示出生命的本真来，自然就是绝佳的作品了。陈忠实的《白鹿原》，从白鹿原人的不同活法中，揭示出了儒家仁学的本真涵义，因而是寻根文学中最具魅力、最为成功的作品。再如韩少功的《马桥词典》，修正了《爸爸爸》、《女女女》猎奇猎怪写"活法"的创作路子，重点写马桥人普普通通的生活，通过对马桥一些特殊语词的归纳描写，揭示马桥人的生存状态和生命本真，较之前期的作品就更为成功。而他的

---

① 高清海：《"人"的双重生命观：种生命与类生命》，《江海学刊》2001年第1期。

《暗示》则又走向了另一极端，完成舍弃"活法"的描写，意欲通过"暗示"直取生命的本真涵义，而结果，什么涵义也没有"暗示"出来，可说是一个失败的尝试。从这里，也可以得出一个带规律性的结论：文化之树与其根柢是连成一体的，人的活法与人的生命也是连成一体的，二者必须兼顾，如果舍弃了谁，其创作就不可能成功。

舜文化与中国文学传统的形成

舜文化对中国文学的影响源远流长，涉及方方面面，而要找到其最早的源头，需要确定一个点，这个点从不同的角度去看可以有多个，如被称为中国文艺理论开山之作的"诗言志"，在《尚书》中托言帝舜，因而可视为舜文化对中国文学产生影响的最早源头。中国文学在几千年的发展演变过程中，以言志抒情为主要特征的诗歌一直占据着正统地位，不能不说与"诗言志"的理论有着深刻的联系。但"诗言志"毕竟只是一种理论性表述，缺乏创作的典范性意义，而要找到创作与理论相结合的点，《南风》之诗和舜歌《南风》之事是一个很好的范例。结合《南风》之诗和舜歌《南风》之事进行分析，我们不难看出它对中国文学传统的形成所产生的深刻影响。

一 开创了中国文学的"观风"传统

舜歌《南风》之事，在中国先秦时代有着广泛的影响，先秦两汉的诸多典籍均对此事有着大同小异的记载，如《史记·乐书》云：

> 故舜弹五弦之琴，歌《南风》之诗而天下治；纣为《朝歌》北鄙之音，身死国亡。舜之道何弘也？纣之道何隘也？夫《南风》之诗者生长之音也，舜乐好之，乐与天地同意，得万国之欢心，故天下治也。

另外，在《礼记·乐记》、《韩非子·外储说左上》、《尸子·绰子》、《韩诗外传》卷四、《淮南子》之《诠言训》和《泰族训》、《新语·无为》、《说苑·建本》、《越绝书》卷十三等文献中均有记载，其影响可见一斑。那么，《南风》之诗究竟是一首怎样的诗呢？《孔子家语·辩乐解》云：

  昔者舜弹五弦之琴，造《南风》之诗，其诗曰："南风之熏兮，可以解吾民之愠兮；南风之时兮，可以阜吾民之财兮。"

《南风》之诗是否真为舜帝所"造"，这是一个颇有争议的问题。这里不想纠缠其诗的真伪，更不想纠缠其作者的真伪，需要强调的只是：舜文化作为一个文化代码，它在中国历史和文化史上是一个真实的存在，并曾经起过核心价值的作用。因此，舜歌《南风》不管其事其诗的真实程度如何，但它在中国文学史上所产生的作用则是真实的，我们完全可以将它作为舜文化的内涵进行解读。

  分析《南风》之诗和舜歌《南风》之事，有两个问题必须首先理清楚：其一，《南风》之诗为什么是"生长之音"；其二，"乐"为什么能"与天地同意"。要回答这两个问题，必须先追索一下"以音律省土风"的古老传统，而这一传统又与有虞氏的世职有着密切的关系。

  所谓"以音律省土风"，乃是华夏先民长期运用的一种测量风气、物候的独特方法，与当时的天文、历法、农业生产及生活有着密切的关系，这在早期的典籍中不乏记载。如《左传·昭公二十年》曰："声亦如味，一气、二体、三类、四物、五声、六律、七音、八风、九歌，以相成也。"《吕氏春秋·察传》亦云："夔于是正六律，和五声，以通八风，而天下大服。"从这种记载中不难看出，古人认为音律、乐声与"风"及国家的治理有着密切的关系。而以音律来辨别四方或八方之风，在当时是被广泛尊信的一种专门技术，这门技术被后人称作候气法。冯时在《殷卜辞四方风研究》一文中总结说："候气法是一种以律吕测气定候的方法，它的起源相当古老，惜其术绝来既久。"[①] 在《后汉书·律历志》中

---

① 冯时：《殷卜辞四方风研究》，《考古学报》1994年第2期。

还有关于候气法具体操作的记载，但它是否与上古的法则一致，研究者一直表示怀疑。

候气法的具体操作方法怎样我们已经无法考证了，但"以音律省土风"的技术和传统确实存在过，这是毋庸置疑的。需要指出的是，这种技术和传统最早是由有虞氏家族掌握和继承的。《国语·郑语》云：

> 夫成天地之大功者，其子孙未尝不章，虞夏商周是也。虞幕能听协风，以成乐物生者也；夏禹能单平水土，以品处庶类者也；商契能和合五教，以保于百姓者也；周弃能播殖百谷蔬，以衣食民人者也。其后皆为王公侯伯。

虞幕为有虞氏初祖，执掌乐官。《左传·昭公八年》言："自幕至于瞽瞍无违命。"有虞氏家族执掌乐官之职从初祖虞幕一直到虞舜之父瞽瞍，世代均能忠于职守，未有过失。那么，虞幕"听协风"与"成乐生物"又有什么关联呢？我们可以看看韦昭的注解："协，和也，言能听知和风，因时顺气，以成育万物，使之乐生。"也就是说，当时的所谓乐官，其职守不仅仅是要精通音乐，还要能从音律中听出和风的到来，预测季节的变化，以使天下民人不误农时，助生万物，达到"解吾民之愠"、"阜吾民之财"的目的。诚如是，虞幕的"听协风"，才能与夏禹的"单平水土"、商契的"和合五教"、周弃的"播殖百谷蔬"相提并论，成为"天地之大功"。

最早的"听协风"主要是指自然之风，但因自然之风与"成育万物"相联系，与"物阜民丰"相统一；而"物阜民丰"与否又与国家的治乱相联系，治与乱的征兆需要从"民风"中观察。因此，从国家治理的角度来说，"协风"与"民风"必须同时关注，这恐怕也是《诗经》称各国的民歌为"风"的缘由。

舜歌《南风》本来是将"听协风"与"观民风"结合在一起的，但到后来，"听风"的技术失传，只有"观风"的传统延续下来了。

学者们一般都认为"观风"的传统源于孔子，其《论语·阳货》云：

《诗》可以兴,可以观,可以群,可以怨。迩之事父,远之事君;多识于鸟兽草木之名。

这里所说的"观",一般都解释为"观风俗之盛衰"[①],如赵孟頫《薛昂夫诗集叙》称:"可以观民风,可以观世道,可以知人。"当然,"观民风"还不是真正的目的,真正的目的是要考见政治上的得失及其原因,所以班固《汉书·艺文志》说:"王者所以观风俗,知得失,自考正也。"这一观点后人多有赞同。如刘知几《史通·载文》云:

观乎《国风》以察兴亡,是知文之为用远矣,大矣。

白居易《采诗以补察时政》云:

故国风之盛衰,由斯而见也;王政之得失,由斯而闻也。

由诗观风,进而"察兴亡",闻"王政之得失",才是"观"的真正目的。治理国家的人通过诗来"观民风"、"世道",掌握国情民俗和政治上的兴废得失及其原因,从而调整政策,缓和社会矛盾,引导社会顺利发展,这就是通过"观风"而经国治世的一般原理。而"观风"之所以能够"察兴亡"、"知得失",是因为"风"中真实寄寓或记录了"兴亡"、"得失"的实情,如果缺失这种"实情"的寄寓或记录,"王者"既无由"察"更无由"知",由诗"观风"便也无从谈起。因此,就"观风"的传统而言,孔子的提倡与其说是"源",不如说是"流",因为孔子至多是一种发现或认识,他看到了诗中确实有"风俗民情"可"观",所以才加以提倡的;而且,这一传统在孔子之前就已经流传了多少年,他只是"述而不作",从理论上加以总结而已。

因此,舜歌《南风》,不仅在诗中真实记录了风俗民情,也寄寓了自

---

① 何晏《论语》集解卷十七引郑玄注。

己从"风"中所体察到的风俗民情。作为一个"圣者"和"王者",他的实践就是一个最高、最好的典范,后人在理论和实践上仿效的同时,也就形成了传之久远的"观风"传统。

二 开创了中国文学的"教化"传统

与"观风"相联系的是中国文学的"教化"传统,因为"察风俗之邪正"绝不只是消极被动的"察",还包括积极主动的"教";而且,"风"的本义上也包含"教"的意思。《毛诗序》云:

> 《关雎》,后妃之德也,风之始也,所以风天下而正夫妇也。故用之乡人焉,用之邦国焉。风,风也,教也;风以动之,教以化之。……故正得失,动天地,感鬼神,莫近于诗。先王以是经夫妇,成孝敬,厚人伦,美教化,移风俗。

按照《毛诗序》作者的解释,"风"包含有"教"的意思,但与"教"又是有所区别的,"风"是"讽喻",也就是用形象化的手段来打动人,达到寓教于乐的目的。这一传统舜帝曾有过更为明确的提倡,《尚书·尧典》载:

> 帝曰:夔,命汝典乐,教胄子。直而温,宽而栗,刚而无虐,简而无傲。诗言志,歌永言,声依永,律和声,八音克谐,无相夺伦,神人以和。

在这里,舜帝命乐官夔典乐,明确提出要用诗乐来教育贵胄子弟,将他们培养成具有"直而温,宽而栗,刚而无虐,简而无傲"等品格的人,这无疑是适应当时社会需要的高素质人才。舜帝的这一段话,前半部分是直接对乐官夔说的,夔的职责就是"教胄子",所以只提出了对贵胄子弟的人格要求;后半部分则是针对整个天下说的,要做到"八音克谐,无相夺伦",以达到"神人以和"的目的。从"八音克谐,无相夺伦"的要求中不难看出，这不仅仅是指诗歌音乐的和谐，而是要以和谐的诗歌音乐来感化人、教育人，使全社会的人都能够和谐相处、"无相夺伦"，这不仅能够做到人类自身的和谐，还能做到人与自然的和谐——"神人以和"意即"天人和谐"，"神"可以代表天地自然。正因为诗歌音乐的教育感化作用有如此之大，所以《毛诗序》的作者才说"先王以是经夫妇，成孝敬，厚人伦，美教化，移风俗"，这其实是对舜帝以降历代先王以诗教化亦即文学教化传统的一个总结。

"教化"是从文学的社会作用而言的，而事实上，文学的社会作用有积极的也有消极的，而要让文学真正起到积极的"教化"作用，就必须从内容上提出要求，这就是所谓的"文以明道"或"文以载道"。这个"道"，就是儒家提倡的"尧舜之道"或"孔孟之道"。

从文学史来看，最早提出"明道"观的是刘勰，他在《文心雕龙》的开篇就说：

> 道沿圣以垂文，圣因文而明道，旁通而无滞，日用而不匮。《易》曰："鼓天下之动者存乎辞。"辞之所以能鼓天下者，乃道之文也。

由道而圣，由圣而文，文是道之文，圣以文明道。刘勰的这一观点，清人纪昀曾作了这样的评点："文以载道，明其当然；文源于道，明其本然。"从文学的社会职能说，理所当然应该"载道"；从文学的起源来说，"文"本来就是从"道"中流出的。因此，在刘勰看来，无"道"不成"文"，"道"因文而"明"，"文"因道而"用"。"道"与"文"的关系，相当于当代的文学理论所说的内容与形式的关系：内容决定形式，形式反作用于内容。用今天的眼光来看，刘勰的"明道"说虽然不无偏颇，但它确实为后世的"文以载道"而实现教化的理论奠定了基础。

刘勰之后，在诗文领域提倡"文以明道"的代不乏人，譬如，唐代韩愈、柳宗元所倡导的古文运动；宋代柳开、欧阳修等人所倡导的诗文革新运动。到了明清之际，则又有李贽、汤显祖、李渔等人强调戏曲的教化功用；有意味的是，小说、戏曲虽不为当时的正统文学观念所认可，但它们却同样重视正统文学观念所一直提倡的教化功能。这说明，文学的教化功能不仅仅是封建统治者或正统文学所需要的，所教化的对象也不仅仅是"胄子"，而是它本身确实有着重要的理论价值，并已成为古代文人的自觉意识和全社会各个阶层的一种"教育"需要。因此，凡是对于社会历史进步和文化教育需要有一定责任感的作家、理论家，总是自觉地提倡文学的教化功能。李贽、汤显祖等人大力提倡小说、戏曲的教化功用，王夫之、顾炎武、黄宗羲等人重视诗文的教化功用，尽管他们的思想态度、政治观点与正统社会格格不入，但在文学的教化观上却与正统社会表现出惊人的一致性，这只能说明，文学教化观本身就包含了一定的历史进步意义。这种进步意义是它得以贯穿中国古代文论史和文学史始终、并进而成为中国古代文论和古代文学优良传统的真正原因所在。这一优良传统使源远流长的中国古代文学在漫长的封建社会中发挥了巨大的进步作用。

那么，文学教化观的历史进步意义体现哪里？主要就体现在它的"以人为本"或"以民为本"的思想中，而这一传统的形成无疑是与舜文化相关的。舜帝所要求的"直而温，宽而栗，刚而无虐，简而无傲"，这是要培养人的良好品性和健康人格；虞舜所关心的"解吾民之愠"和"阜吾民之财"，这是要解决民众的生活需要。前者主要是解决人的精神需求，后者主要是解决人的物质需求。这二者的结合，才使得中国文学在物质生活方面有"风"可"观"，在精神生活方面所"教"能"化"。正因为舜文化给中国文学提供了这样的"影响因子"，所以后来的历朝历代才能够"以是经夫妇，成孝敬，厚人伦，美教化，移风俗"，从而形成源远流长的文学"教化"传统。

三 开创了中国文学的"美刺"传统

"观风"和"教化"的传统主要是从文学的内容而言，而为了让"风"表现得更真实，为了让"教化"收到更好的功效，必须借助一个有效的表现手段，这个表现手段就是所谓的"美刺"。《史记·乐书》说：

"舜弹五弦之琴,歌《南风》之诗而天下治。"因此,"弹琴"、"歌诗"只是手段,目的是为了"天下治";同样,"观风"和"教化"也是手段,目的也是为了"天下治"。"观风"和"教化"为"天下治"服务,"美刺"则为"观风"和"教化"服务。"美刺"作为文学表现手段,主要就是歌颂与批判,也就是通过歌颂美好事物和揭露批判丑恶事物而使"观风"和"教化"达到更好的效果,最终达到"天下治"的目的。

"观风"是为了了解天下的治与乱,"美刺"则是将天下治与乱的现状及其态度寄寓在"风"中,这一传统从虞舜开始,到《诗经》已初步形成。《魏风·葛屦》云:"维是褊心,是以为刺。"《大雅·节南山》云:"家父作诵,以究王讻。"此为刺。《大雅·崧高》云:"吉甫作诵,穆如清风。"此为颂,即美。孔子在总结《诗经》的社会功用时,提出了"兴、观、群、怨"说,其中的"怨",就是怨刺。《荀子·赋》中也有"天下不治,请陈诡诗"之说。这说明在先秦时代美刺传统就已基本形成。

美刺传统真正从理论上进行总结的是汉代。《毛诗序》云:

> 上以风化下,下以风刺上,主文而谲谏,言之者无罪,闻之者足以戒,故曰风。至于王道衰,礼义废,国异政,家殊俗,而变风变雅作矣。国史明乎得失之迹,伤人伦之废,哀刑政之苛,吟咏情性,以讽其上,达于事变,而怀其旧俗者也。故变风发乎情,止乎礼义。发乎情,民之性也。止乎礼义,先王之泽也。是以一国之事,系一人之本,谓之风。言天下之事,形四方之风,谓之雅。雅者,政也,言王政所由废兴也。政有大小,故有大雅焉,有小雅焉。颂者,美盛德之形容,以其成功告于神明者也。

按照《毛诗序》的说法,"风"包含两种意义:一是帝王的风化影响到下层百姓;一是下层百姓用诗歌来讽刺政治的得失,表达他们的思想感情。变风变雅之作,起于"王道衰,礼义废,国异政,家殊俗",在政治纷乱社会动荡时期,诗歌尤其富有深刻的讽刺意义。所以"风"的意义,应该以讽刺为主,但它是一种委婉的讽谏,以使统治者能够了解世道民情和王政得失。因此，这里所谓的"风"同"讽"，也就是"刺"。至于"颂"，或用来颂扬当代帝王的功绩，或赞美帝王祖宗的功德，并以此昭告神明。因此，"颂"是歌颂，也就是"美"。《毛诗序》作为儒家诗论的经典文献，以美刺论诗，揭示了诗歌的基本社会功能，从而产生了深远的影响，使这种美刺的表现手法，一直贯穿于两千多年的传统社会。

《毛诗序》之后，郑玄进一步发展了"美刺"说，其《诗谱序》云：

> 论功颂德，所以顺其美；刺过讥失，所以匡救其恶。

需要特别指出的是，"美刺"说中的"美"，只是《毛诗序》作者对《诗经》中《颂》诗的评论，这一类诗歌以歌颂周王朝统治者的"盛德"为主。但在后来的实际创作中，以歌颂帝王之德为主要内容的作品很少，除了为统治者"润色鸿业"的汉代大赋是有较高价值的美颂文学之外，像一些宫廷御用文人为帝王歌功颂德的奉召应制之作，是没有多少价值的。在社会上发挥实际功用的文学，是以"刺"，即揭露批判性的文学为主。在中国古代的文论中也特别重视"刺"，重视怨刺讽谏，伤时济世。这恐怕与我国流行的艺术发生论也有关系。《礼记·乐记》云："凡音之起，由人心生也。人心之动，物使之然也"；"乐者，音之所由生也，其本在人心感于物也。""感于哀乐，缘事而发"一直是中国古代文学创作的主要精神。似乎悲天悯人、伤时忧世的忧患意识是中华民族的天性，我国古代文学在关注现实、指涉人生时几乎都带有浓郁的忧患色彩，文学常常自觉地担负起讥刺时政、感慨世道的"济时"使命，以至于南宋刘克庄在《跋章仲山诗》中得出"诗非达官显人所能为"的结论。诗歌乃至整个文学就是穷而在下的文人言说政治现实、时事人生的窗口。

《诗经》的讽谏精神，再加上汉乐府直面现实的文学传统，在经过《毛诗序》作者等汉代文论家大力倡导之后，在后来的文学创作和文学理论中均得到了发扬。反映在文学理论上，要求文学讥讽时世、补阙时政、关注民生，成为一种理论的自觉。如唐代诗人陈子昂批评齐梁间的诗

"彩丽竞繁而兴寄都绝"①，要求文学有"兴寄"，寄寓深沉的人生感慨。李白在《古风·第一》中批评建安以后徒尚文采的创作倾向，"自从建安来，绮丽不足珍"，慨叹"大雅久不作，吾衰竟谁陈"，并立志要继承《诗经》和楚骚直面现实、关注社会的文学精神。陈子昂、李白革除南朝以来浮靡轻艳的文风和局促于个人狭小天地的创作风气，溯风雅讽谏精神，为文学创作指明了通向现实人生和广阔社会的正确途径。杜甫的诗歌创作和白居易等人的新乐府运动践履了这条通途。杜甫以如椽巨笔"辨人事"、"明是非"、"存褒贬"，描写广阔的时代风云，反映深重的社会人生苦难，后人将他的诗歌概括为"诗史"精神。晚唐孟棨《本事诗》云："杜逢禄山之难，流离陇蜀，毕陈于诗，推见至隐，殆无遗事，故当时号为'诗史'。"斯言一出，便得到后人的普遍认可。此后，"诗史"成为诗歌理论的一个标范，不仅用来称道杜诗，而且像陆游、文天祥、谢皋以至近代金和、郑珍等人记一代之实的诗均被誉为"诗史"。"诗史"说非常切实地揭明了文学贴近现实、关注时代政事、反映社会人生的特点。

需要说明的是，《南风》之诗和舜歌《南风》之事虽然并没有直接开创出"美刺"传统，但它却为后世的文人和文学树立了一个标尺，后世文人无论是从事文学创作、文学批评或是文学理论研究，似乎都忘不了一个共同的宗旨，那就是杜甫所说的"致君尧舜上，再使风俗淳"——"路不拾遗，夜不闭户"的尧舜时代，既是中国文人梦寐以求的社会理想，也是用来衡量社会现实的标尺，合则"美"不合则"刺"。因此，舜文化对中国文学美刺传统的形成和流传，与其说是影响作用不如说是决定作用，因为就像今天的文学批评必须确定一定的标准一样，没有一定的标准文学批评便无从谈起；同样，没有舜文化这一杆标尺，"美"与"刺"便失去了依据标准。

---

① 《陈伯玉文集》卷一《与东方左史虬修竹篇序》。

舜帝之"耿介"与屈原之人格追求

一 "唯一"的屈原

在中国数千年的历史天幕上,有无数个永垂不朽的名字犹如群星闪烁,将漫漫长夜点亮,使中华民族在几经沉沦中又几度奋起,绵延至今仍能屹立于世界民族之林。而在这众多的名字中,屈原的名字是极为特出的一个。其特出之处就在于其受到广泛尊崇的程度几乎无人能比,从帝王将相到墨客骚人再到平民百姓——大凡中国人,几乎无人不知、无人不晓、无不尊崇他,特别是在南方,随着一年一度端午节的赛龙舟、吃粽子,屈原的名字被普通百姓反复念诵的频率及在人们心目中所留下的印痕,在中国历史上无人比肩;以一人而独享一个节日,而且这个节日绵延是如此久远、范围是如此宽泛、人群是如此普及,在中国历史上同样找不到第二人;尤其是2008年以后,端午节成为全国人民的法定假日,不管人们是否有意去纪念屈原,但在休假的同时总会有意无意地提到屈原。因此,屈原的名字会更加广泛地深入人心。

以一人而独享一节,进而又成为法定假日,在中国历史上,能享如此殊荣的唯屈原一人而已。

二 "两可"的屈原

屈原在中国历史上的地位是"唯一"的,但对屈原精神的解释却是"两可"的,因为围绕着屈原精神,总有两种不同的说法:或说是"忠",或说是"怨",由此而形成"主忠"和"主怨"两大派别。

从文字记载来看，对屈原精神的解释从西汉淮南王刘安开始。他在《离骚传》中说："国风好色而不淫，小雅怨诽而不乱，若《离骚》者，可谓兼之。"刘安对屈原的评价颇高，说明他的眼力不凡。但将《离骚》与风雅相等同，则显得很勉强，《离骚》的激烈之情，决非"不淫""不乱"所能论评。刘安以儒家的经典度《离骚》，其评价虽高，但却是误解。稍后的司马迁，基本承袭刘安之意，但他却更推崇"怨"，似乎是有意曲解，他在《史记·屈原列传》中说："信而见疑，忠而被谤，能无怨乎？屈平之作《离骚》，盖自怨生也。"并由此推而广之，提出了他的"发愤著书"说。

由司马迁开风气之先，后来便形成两种倾向：一是怨愤论，如唐代的李白、杜甫、戴叔伦均认为是"哀怨起骚人"；宋代的辛弃疾认为它是"交疏怨极之作"；明代的黄文焕则"与屈原同痛"，并高度评价屈原的"怨愤之情"，王夫之更是从高层次上肯定了屈原的"忧国怨深"；清代的金圣叹认定屈骚是"忧患成书"而反对"忠孝著书"说……。这些观点均是对屈原精神的曲解。另一种是忠君论，东汉的王逸盛赞屈原的"膺忠贞之质"，宋代的洪兴祖极力推崇屈原"虽流放废斥，犹如爱其君，眷眷不忘臣子之义"；明清两代的儒者更是在"忠君"的美名之外还给屈原找到了"孝父""中庸"之义，也真可谓是"曲意奉承"。①

在正统文人大肆张扬"忠君"的同时，最高统治者也推波助澜，祭出他们的惯用法宝：追封屈原。如唐代追封屈原为"昭灵侯"（《旧唐书》）；宋代先是封为"忠洁侯"，后又加封为"清烈公"（《宋史》）；元代又追封为"忠节烈公"（《元史》）。

还有第三种情况，即试图纠正"主忠"或"主怨"的偏颇而全面评价屈原。如朱熹认为屈原既有"摅怨愤而失中"的一面，又有"忠君爱国"的一面②。近人闻一多则说"在思想上存在着两个屈原：一个是'竭忠尽智以事其君'的集体主义精神的屈原，一个是'露才扬己，怨怼沉江'的个人主义精神的屈原"；到了今天，则又有潘啸龙先生将闻一多的

---

① 黄中模：《屈原问题论争史稿》，北京十月文艺出版社1987年版，第69—163页。
② 同上书，第69—73页。

观点加以发挥:"在屈原身上,存在着两种看似矛盾而其实统一的'屈原精神',那不向黑暗势力屈服的'抗争精神'和不为任何摧折而移易的'忠贞精神'。所以,投影于历史的屈原就不是单一的,而是双重的。"①

从朱熹、闻一多的观点来看,虽然更全面地认识了屈原,但认为"思想上存在两个屈原",则又无疑是肢解了屈原精神。潘啸龙的表述确实更准确:"看似矛盾而其实统一。"但统一于何处?潘先生没有说。

其实,"忠"绝非屈原精神的内在实质,这一点,屈原自己也不承认,《天问》的结尾说:"吾告堵敖以不长,何试上自予,而忠名弥彰?"看来,屈原在世时就已被误解了,硬派给他的"忠名"连他自己也推不掉。

那么,"怨"呢?屈原在《涉江》中曾提道:"与前世皆然兮,吾又何怨乎今之人。"他把自己溶进了历史的长河,前世的不平之事已见得太多,自己的不平自然也可释然;特别是到了晚年,他把自己融进了整个宇宙,自己的小我之怨更显渺小,有这等襟怀,固然有怨也绝非主流。

况且,历史上只有一个屈原,他的思想和人格始终是表里如一的,并"不为任何摧折而移易"。因此,不能说"思想上存在两个屈原",也不能说屈原具有"双重人格"。我们应该找到那个思想和人格完全统一的屈原,或者说,应该找到屈原精神的内在本质。

三 "求索"的屈原

"路漫漫其修远兮,吾将上下而求索。"屈原用整个生命写就的这句座右铭,也正是屈原精神的内在本质所在。应该说"忠"与"怨"作为屈原精神的两种主要表现,只是外在的形式,而真正的内核则是上下求索——对理想和真理的执着追求。

以"求索"为线索来总结屈原的一生,则可体现在两个方面:作为一个政治家的求索,表现了对政治理想的执着追求;作为一个哲学家的求索,表现了对宇宙真理的执着追求。而这二者又统一在对理想人格的追求上——更重要的是体现在人格的自我完善上。

---

① 潘啸龙:《屈原评价的历史审视》,《文学评论》1990年第4期。

作为政治家的屈原,的确是"竭忠尽智以事其君"的,但同时又有着强烈的"怨愤之情"。这二者的统一,便统一在对政治理想的追求上。在当时的历史条件下,屈原要实现自己的政治理想——"美政",就不能不"竭忠尽智以事其君";但理想未能实现,反还遭谗受逐,一番好心遭恶报,"怨愤之情"便在所难免。但屈原又无法做到"独善其身",越是遭谗受逐,越要求索追求,这就是《离骚》的创作缘由。诗作的最后,屈原深感"美政"无望,理想破灭,故而发出撕肝裂肺的浩叹:"既莫足与为美政兮,吾将从彭咸之所居!"在他看来,理想与生命同为一体,理想破灭,生命就也应该结束。这是何等的悲壮,又是何等地执著。

但屈原毕竟没有立即追随彭咸而去,倒不是他违背自己的诺言,而是因为他的求索还未到尽头,他把眼光扩大到整个中国直至整个宇宙的探问,这便是他创作《天问》的缘由。

关于《天问》的创作思路似乎可以这样推测:当屈原的政治理想破灭之后,他要冷静地思考其中的因由,就不能不以中国的全部历史作为参照系,以便借古鉴今,明辨得失;而在当时,人们的思维习惯又总是把人事与天事联系在一起,因而要近索人事就必须远索天事;通过对人事与天事的追索与思考,他发现了许多谬误,也存在许多疑难。于是,他决意把这些以问难的形式"发表"出来,以期能引起人们的共同探讨;而在创作时,他却把自己的追索终点当作起点,由天事而人事,由古及今,最后以对自己"忠名"的质疑作结。这首被宋人赞为"词严义密"的诗,其逻辑思维的严密性简直堪与科研著作媲美。

现在,不妨来看一看屈原是怎样以哲学的睿智探源,以科学的态度求真的。

诗一开始,屈原便对创世神话发难:"遂古之功,谁传道之?上下未形,何由考之?"要探究万物的起源,最终得归结到天地的起源,屈原的这一"首问",可谓抓住了根本。而开天辟地的神话,本是原始先民对天地起源的一种猜测,这反映了原始人类思维上的幼稚和虚妄。但就是这种虚妄的猜测却被人们所信实,到了屈原的时代,甚至还演化为天命观,成了奴役人民的精神枷锁。屈原对此表示质疑,说明他意在求真,尽管他还不能对此做出科学的解释，但他的思考无疑有助于科学结论的取得。

自创世神话之后，屈原便一步步对天地的构造、日月星辰的运行、山川河湖的变化、春夏秋冬的更迭等自然现象提出了自己的质疑和思考，表明了屈原对万事万物的关切，对宇宙真理的索求，其眼界之宽，思维之锐，洞察之深，不仅同时代的人无人能够匹敌，后来人也少有能够匹敌的。

尤为重要的是，屈原将天事与人事区别开来，否定了天命观。如针对周绍共和及王制复辟的史实发问："中央共牧，帝何怒？蜂蛾微命，力何固？"历史上的周绍共和本来是深得民心的，但共和十四年大旱，有人便以"天灭共和"为由趁机恢复了王制，屈原认为小小的蜂蛾要不要"王"可由自己决定，人间要不要"王"怎能由上帝决定呢？这一对比，便明白地昭示了成事在人不在天。屈原从共和与王制的变迁方面否定了天命的作用，这等于挖掉了统治阶级借以奴役人民的精神支柱。鲁迅曾说屈原"怀疑自遂古之初，直至百物之琐末，放言无惮，为前人所不敢言"[①]。其实，不仅是"前人所不敢言"，考此后漫长的封建社会历史，恐怕也难找到第二人。

屈原之所以能"放言无惮"，是因为他已看透君主专制的本质，且有为真理献身的精神。不妨再看看《天问》的结尾："何试上自予，而忠名弥彰？""试上"，根据程嘉哲先生的考究，这是屈原自创的一个词，其含义为："对君主专制政体进行考查和分析。"[②] 这种解释很符合屈原的思想实质，因为他要实现"美政"，重点就得考察政体方面的因素，从《天问》中可以看出，屈原是肯定共和而否定王制的。他想必已经勘破：在专制政体下，"美政"绝无实现的希望，只有共和才是出路。他通过上下求索所得来的这一真理，本可直接用来指导社会实践。然而，共和作为历史长河中一个美好的瞬间，似乎已一去不复返，而专制政体反而越来越强盛——真理无法通行，他的求索还有什么意义？"道不行，乘桴浮于

[①] 鲁迅：《坟·摩罗诗力说》，《鲁迅全集》（第一卷），人民文学出版社1981年版，第68—69页。

[②] 程嘉哲：《天问新注》，四川人民出版社1984年版，第216页。

海"（《论语·公冶长》），他不能像孔子那样明哲保身，而只能选择"道不行，毋宁死"的路，他的执著，注定了他要实践自己的诺言："从彭咸之所居"——他要为理想献身，也为真理献身，由此走完了一个求索者的艰难历程。

四 "耿介"的屈原

屈原精神的内在本质是"求索"，而求索的目标既是求"真"，也是求"善"。

屈原历来被奉为中国浪漫主义文学的开山之祖，但他为什么能够"浪漫"起来？其缘由就在于他强烈地不满时俗而执著地追求自己的理想。他当时所面临的现实状况是："固时俗之工巧兮，偭规矩而改错；背绳墨以追曲兮，竞周容以为度。"（《离骚》）在屈原所处的时代，投机取巧、弃"直"追"曲"已成为一种普遍的社会现象。面对时俗所趋的这一现状，屈原感到深恶痛绝却又无可奈何，于是便到"先圣"的时代去寻找救世的良药："昔三后之纯粹兮，固众芳之所在。彼尧舜之耿介兮，既遵道而得路。"（《离骚》）时俗所"竞"与先圣所"遵"是这样地相背相离，使得举世皆浊我独清、众人皆醉我独醒的屈原，专以抗斥时俗为己任；而在抗斥时俗的同时，诗人慕远古之圣贤，上下求索"美人""美政"以慰平生之理想，这就是屈原的求"善"——既是对社会理想的追求，也是对个人理想的追求。

值得特别注意的是，在对远古圣贤的追慕中，屈原虽然是"尧舜"并称，但尤为推崇的是舜帝。在他的诗作中，多处单独提到舜帝，而尧帝则无如此"殊荣"，如"济沅湘以南征兮，就重华而陈词"（《离骚》）。如果说渡沅湘而南，"尧舜"中仅有舜帝之葬地，故而只能"就重华而陈词"的话，那么"驾青虬兮骖白螭，吾与重华游兮瑶之圃"，就确乎是对舜帝情有独钟了。"登昆仑兮食玉英，与天地兮同寿，与日月兮齐光"（《涉江》），如此高远美妙的理想之境，只有与舜帝同游时才会有，或者说，诗人只有借助于舜帝之光辉，才能达到美妙的理想境界，才能实现自己的社会理想和人生理想。这恐怕是屈原对舜帝情有独钟的主要缘由。

虽说屈原的一生为求索美人美政而追慕先圣，但舜帝之政绩则未见言及。这大致是因为中国自古以德治天下，美人美政的统一亦以德为旨归。因此，舜帝之政绩亦可体现于"德治"之中，屈原所仰慕的，其着重点自然也在舜帝之德。

那么，屈原最仰慕于舜帝的，或者说舜帝对屈原的影响最为深刻的该是何"德"？这似乎可以用屈原自己的一句诗作概括："彼尧舜之耿介兮，既遵道而得路。"这里的关键词是"耿介"，考屈原之骚赋，"耿介"可以说是屈原所标举的最高道德原则。然则"耿介"一词的涵义该如何解释？王逸的注曰："耿，光也；介，大也。""耿介"即"光大"之意；对整句诗的意思，王逸释为："尧舜所以有光大圣明之称者，以循用天地之道，举贤任能，使得万事之正也。"（王逸《楚辞章句》）这种解释确实与尧舜之政绩挂上了钩，但作为一个道德概念的诠释，却有点不明不白。考"耿介"之义，《辞海》的解释为："1、光大；2、正直。"《现代汉语词典》则释为："正直，不同于流俗。"耿介的原意为"光大"，何以又引申出了"正直"之义？对此，今人姜亮夫先生有很好的解释："耿介者，光大之义，即《尧典》'光明俊德'之说也……言有明如天日之德，即儒家'大学之道，在明明德'之谓。"[①]"光明俊德"怎么就与"正直"联系起来了呢？"人之纯德无逾于正大光明，而其非德无过于阴谋诡诈"，姜亮夫的这一解释也确实说到了根本上。

那么，《尧典》中的"光明俊德"，也就应该符合王逸的解释："循天地之道，举贤任能，使得万事之正也。""天地之道"自然是正大光明的，因为有日月可鉴。"选贤任能"则更能切中屈原之心思。屈原被放逐，就因为楚怀王和顷襄王偏听偏信谗言，不能选贤任能之故。比之于《尧典》，则尧舜之禅让，确乎是中国选贤任能最为典型的史例，以后的历史便不再有这样的例子。也正因为不再有，尧舜才成为千古圣君，才成为中国人心目中永不陨落的圣明完人。

然而，真正使屈原倾心的，恐怕还不在于舜帝的禅让——这在屈原

[①] 姜亮夫：《三楚所传古史与齐鲁三晋异同辨》，载《释中国》，上海文艺出版社1998年版，第1847—1849页。

的时代已无太多的意义，而在于舜帝的从善如流，能做到"稽于众，舍己从人"，"无稽之言勿听，弗询之谋勿庸"，能确保"嘉言罔攸伏，野无遗贤"（《尚书·尧典》）。这也就是孟子所说的："大舜有大焉，善与人同，舍己从人，乐取于与人为善。"（《孟子·公孙丑上》）这种美德与楚怀王的刚愎自用，其反差确实是太强烈了，故而屈原才对舜帝之德是那样地心醉神迷。

当然，更让屈原心醉神迷的，恐怕还是舜帝为断绝谗言所采取的措施："龙，朕塈谗说殄行，震惊朕师。命汝作纳言，夙夜出纳朕命，惟允。"（《尚书·尧典》）为防止谗说殄行蛊惑民众，特设纳言官，既传达舜帝的命令，又转告下面的意见，并要保证下传上达的真实性，这确实是确保"嘉言罔攸伏，野无遗贤"的有效途径。同时，舜帝还要求大臣们对自己的缺点也要当面指出，不允许当面顺从而背后又议论："予违，汝弼，汝无面从，退有后言。"（《尚书·益稷》）对于那些爱说谗言的人则要进行惩罚："庶顽谗说，若不在时，侯以明之，挞以记之，书用识哉，欲并生哉。"（《尚书·益稷》）即是说，既要严厉惩罚那些庶顽谗说的人，又要给人以生路，让人能改过自新。这种举措，确实可以说是光明磊落，德被四海的，这也就是舜帝之"耿介"的精髓所在。而作为被谗言所害的屈原，越是感到时俗的幽昧可怕，就越会仰慕舜帝之光大可贵，从而也就更坚定了自己与时俗抗争的决心。

"伏清白以死直兮，固前圣之所厚。"（《离骚》）在屈原看来，只要能得到舜帝等前圣的厚爱，自己的"死直"自然也值得了。这也就是屈原最后的精神寄托所在，而这种寄托反过来更强化了屈原对舜帝等先圣的仰慕之情。在这里，我们可以看出屈原执著于理想的二重追求：一是执著于对"美政"的社会理想的追求；二是执著于具有"耿介"之德的理想人格的追求。而在"美政"的社会理想中，"美人"是前提；这种"美人"，也就是具有"耿介"之德的理想人格。因此，屈原的社会理想是"美政"，屈原的个人理想是"美人"；而当社会理想无法实现时，便只能把个人理想——具有"耿介"之德的人格完善作为人生的最后追求，他的怀沙自沉，也就是"伏清白以死直"，确保了个人人格的完善，也是个人理想的最终实现。

五 "永远"的屈原

屈原精神的内在特质是求索，既求真，也求善。他以开放的姿态，求实的态度，执著的追求，上下求索宇宙、人生之真理，追求举贤任能之"美政"、光大正直之"美人"……这种美好而又实用的求索精神本应开一代风气之先，后人如能沿着屈原的足迹走下去，科学的思维方式可望在中国发达起来，社会和人生的理想也可望完善起来。但遗憾的是，无人能真正理解屈原，也无人能真正继承屈原的精神。屈原的求索中断了，屈原精神湮没了，这后果是至为严重的：

假设，屈原对天地起源的追问能继续下去，中国对物质起源的解释，就不会几千年来一直停留在原始的元气自然论上；

假设，屈原对自然现象的考究能有人师承，中国也不至于要等到鸦片战争才从外国引进化学、物理学、生物学等理论科学和应用科学；

假设，屈原的"疑天命"能得后人的证实，中国就不至于用火药制造鞭炮来敬神，用罗盘来看风水；更不至于让天文知识变成"算卜术"，让化合物变成"长生不老药"；

假设，屈原对美人美政的求索能够代有传人，中国也不至于几千年专制体制一成不变，待到西方的坚船利炮轰开国门之后，才如梦初醒地想到社会的变革、人生的改良；

假设，……

可以有很多假设，虽没有成为事实，但却可以说明一个问题：这是屈原死后给中国历史留下的空白。这空白如此巨大而漫长，使我们不能不为之痛心。中国人并不笨，更不缺少志士仁人，他们可以义无反顾地为道德献身，为忠孝捐躯，然而，却无人再敢"问天"。怪乎？悲乎？

前人留下的空白，只能由后人填补。

当然，两千多年的悠久历史已成定局，我们再也无法补上这漫长的一笔。但"往者犹可鉴，来者犹可追"，我们有义务让将来的一笔填得更丰满更有力些。

当年的屈原，面对西北的莽莽长天，曾一再呼唤"魂兮，归来"！他要招的，与其说是怀王之魂，倒不如说是复兴楚国的希望；我们要振兴中华民族，更必须招回屈原之魂，它是我们填补历史空白的动力。

　　"魂兮归来哀江南"，屈原一方面上下求索，一方面又心系江南，对理想和真理的执着追求与报效祖国、人格完善的志向相结合，这就是屈原的"全人"，这也正是我们今天所应弘扬的民族精神。

（载《中国文学研究》2010年第2期）

从《南风歌》到《种树郭橐驼传》

——中国民本思想发展演变的三个节点

中国的民本思想源远流长、内涵丰富，是中国古代德治理念的思想基础，也是古代政治思想中带有浓郁民主色彩的重要思想遗产，是今天最值得借鉴的文化精华。本文选取中国民本思想发展演变的三个节点进行归纳和总结，力图揭示其发展演变的主导性特点。

一 《南风歌》的奠基："解愠"与"阜财"

所谓民本思想，简略地解释就是"以民为本"的治国思想。这种治国思想起源于何时？或者说，作为思想奠基的第一个节点在哪里？这是一个颇有争论、很难说清的问题。有人认为，中国的民本思想"最早出现在周朝"[1]，"首先萌芽在周公旦的头脑中"[2]。也有人认为"商周时期萌芽的'民可近，不可下，民惟邦本，本固邦宁'的思想是中国民本论的最初表达"[3]。还有人认为："如果本于历史唯物论关于私有制、阶级与国家的学说，再考之以文献资料，我们可以追索到原始社会晚期，即史前传说时期。"因此，从黄帝的为民操劳、率先垂范，到颛顼的教化于民、帝喾的知民之急，再到尧帝的平章百姓、舜帝的布教四方，以至于大禹的劳身焦思以治水患，这些事迹，皆可视为"首开我国传统民本思想的

---

[1] 王成：《先秦民本思想与当代民主精神之会通》，《山东社会科学》2008年第9期。
[2] 孟祥才：《中国古代民本思想与农民问题》，山东大学出版社2003年版，第9页。
[3] 寇志霞：《以人为本的思想渊源》，《河北广播电视大学学报》2007年第4期。

理论之先河"①。还有人认为舜帝的《南风歌》"是华夏圣帝先哲'民本思想'的最初发轫"②。当然，关于中国民本思想起源问题的讨论远不止这些观点，之所以异说纷呈，究其原因，乃在于对文献资料的采信各有不同的取舍。因为中国的文字发展到商周之际才开始成熟，才开始应用于历史史实的记载，因而商周的历史才是信史。从这一观点出发，研究中国思想史的学者，也大都将渊源流变的起点定于这一时期，因为这是最为保险的一种做法。

需要特别指出的是，虽说商周的历史属于信史，但关于民本思想的起源则更多的学者将它定位于周而不是商。因为殷商的做法是"杀人以事鬼神，祈福于上帝"，"而在国家生死存亡的关键时刻，鬼神并没有显灵予以庇护"，相反，"是民众的力量帮助周武王取得了'伐纣'之役的胜利，出于对这种伟大力量的敬畏，周公提出'以德配天'和'敬德保民'的思想"，"而这一思想，无疑就是后世'民本'思想的滥觞"③。这一观点应该说是具有广泛的代表性的，从历史的真实情况看，也是很合理的，因为周公旦的"敬德保民"思想的确是在总结商周的经验教训时提出来的。但需要进一步追问的是：敬德保民的思想在周公旦之前究竟有没有？答案应该是肯定的。尽管殷商王室后来很信鬼神，但在商汤征伐夏桀的战争中，同样是以敬德保民获胜的。《诗经·大雅·荡》说："殷鉴不远，在夏后之世。""殷鉴"是什么？就是夏桀无道，失去民心，从而导致了夏朝的灭亡。那么，殷商之兴也就在于得民心亦即敬德保民。再往前追索，民本思想不仅有，而且似乎更为丰富。这是因为，越往前追索，私有制观念越淡薄，到了尧舜禅让的时代，在天下为公的背景下，自然会更加重视民众的利益，民本思想也就更加浓郁。

正因为尧舜时代更重视民众的利益，所以舜歌《南风》之事才更为可信。笔者在《舜歌〈南风〉与中国文学的"观风"传统》一文中，曾

---

① 刘玉明：《也论孟子民本思想的渊源形成》，《管子学刊》1997年第4期。
② 杨振生：《〈南风歌〉——中国最早的对联雏形》，《对联、民间对联故事》2005年第11期。
③ 王成：《先秦民本思想与当代民主精神之会通》，《山东社会科学》2008年第9期。

经从"虞幕听协风"与有虞氏家族"以音律省土风"的世职渊源关系方面分析了"舜歌《南风》"的可信性①。在这里,还可以进一步提出三重理由:其一,不是世职的关系不会对南风如此敏感;其二,没有"统领"全国的胸襟不会有如此气概;其三,不是草根出身、不是与民众心心相连不会有如此质朴的情感和真切的关怀。试看以后的历代君王,再也不见有如此的情怀,即便同样是草根出身的刘邦,也只能唱出"大风起兮云飞扬,安得猛士兮守四方"的《大风歌》,这至多是家天下的保境安民,与"解吾民之愠"、"阜吾民之财"不可同日而语。

因此,追索中国民本思想的起源,作为奠基的第一个节点应该是舜帝的《南风歌》,此前的黄帝、颛顼等,虽有为民的事迹,但毕竟没有直接表达思想的语言作品流传下来,因而不能作为思想起源的依据。

"南风之熏兮,可以解吾民之愠兮;南风之时兮,可以阜吾民之财兮。"《南风歌》的歌词虽简单,但却包含了四个层次的民本思想:其一,一切以民众为中心,急民众之所急,在这里看不到拓疆守土之类家天下的影子;其二,"吾"与"民"心心相通、平等相待的平民情怀,"吾民"相当于今天所说的"咱们的老百姓";其三,既重视民众的精神需求——"解愠",更重视民众物质财富的丰裕——"阜财";其四,体现了以物质需求为基础的精神需求,亦即建立在"阜财"基础之上的"解愠",因为"南风"之所以能"解愠",从根本上说,是因为它带来了春播的时机和丰收的希望。

《南风歌》所表现的民本思想虽然简略,但却质朴真实,并透露出君民关系的融洽,因为舜帝只是表露了对民众需求的关切,而没有提到所谓"载舟覆舟"的问题,或者也可以说,舜帝当时的民本思想还不是从维护政权的功利性出发的。舜帝之后,《尚书·五子之歌》所表现的"民惟邦本,本固邦宁"的思想,就明显带有了政治功利性,此后数千年,基本上沿着这一思路发展演变,到了柳宗元那里才有了一个新的提升。

---

① 陈仲庚:《舜歌〈南风〉与中国文学的"观风"传统》,《求索》2009年第11期。

二　孟子的发展："民贵"与"贵民"

舜帝之后，由最高统治者所直接表白的民本思想不再出现，而是由一些辅政者或是不在其位的知识分子，为了帮助最高统治者得天下或稳定天下而相应地提出了自己的民本思想，如夏初太康之五昆弟的"民惟邦本"，周初武王之弟周公的"敬德保民"；更多见的还是不在其位的知识分子的观点，如孔子的"养民""惠民"，荀子的"载舟覆舟"，管子的"以民为本"，墨子的"遵道利民"，乃至老庄的"与民休养生息"，等等。当然，最为重要的还是孟子的思想，他所提出的"民贵君轻"观点，可说是中国传统社会的洪钟巨响。

孟子民本思想的可贵之处在于：不仅提出了"民贵君轻"的纲领性观点，还由此生发开去，形成了自己的理论体系和具体的操作措施。

《孟子·尽心下》云："民为贵，社稷次之，君为轻。是故得乎丘民而为天子，得乎天子为诸侯，得乎诸侯为大夫。"朱熹解释说："国以民为本，社稷亦为民而立，而君之尊又系于二者之存亡。"（《四书章句集注》）从这里可以看出，所谓"民为贵"当然不是说"民"比"君"更高贵，而是指对"社稷"亦即国家政权所发挥的作用来说的，民众的力量是根本的、起决定作用的。这是孟子"民贵君轻"的核心要领。从这一要领出发，孟子从多方面展开了自己的论述，从而形成了自己的理论体系。

其一，"人和"决定战争的胜负。孟子说："天时不如地利，地利不如人和。……域民不以封疆之界，固国不以山溪之险，威天下不以兵革之利。得道者多助，失道者寡助。寡助之至，亲戚畔之；多助之至，天下顺之。以天下之所顺，攻亲戚之所畔，故君子有不战，战必胜矣。"（《公孙丑下》）孟子生当战乱之际，诸侯争霸杀戮不断，"争地以战，杀人盈野；争城以战，杀人盈城"（《离娄上》），在这样的现实背景下，孟子认为"人和"才是决定胜负的关键，则无疑有利于减轻民众的战争苦难；同时，也反映了他的战略眼光，是对战争规律的很好总结。

其二，"民心"决定天下的得失。孟子从桀、纣覆灭的历史经验中分析了天下得失的根本原因:"桀、纣之失天下也,失其民也;失其民者,失其心也。得天下有道:得其民,斯得天下矣;得其民有道:得其心,斯得民矣。"(《离娄上》)天下之得失在于能否得民,而能否得民又在于能否得到"民心",即能否得到民众真心实意的拥护。因此,民心向背决定政权兴衰,决定国家兴亡!

其三,"民归"决定天下的统一。在《梁惠王上》中,孟子与梁襄王有一段对话:"'(天下)孰能一之?'对曰:'不嗜杀人者能一之。''孰能与之?'对曰:'天下莫不与也。王知乎苗乎?七八月之间旱,则苗槁矣。天油然作云,沛然下雨,则苗勃然兴之矣。其如是,孰能御之?今夫天下之人牧,未有不嗜杀人者也,如有不嗜杀人者,则天下之民皆引领而望之矣。诚如是,民归之,由水之就下,沛然谁能御之?'"从春秋五霸到战国七雄,战乱已经持续了几百年,到了孟子的时代,随着兼并战争的规模越来越大,中华民族走向新的统一已是大势所趋,诸侯们看到了这一点,想要用杀戮来一统天下,孟子则极力想要造就一个不嗜杀的仁君来统一天下。虽然后来的秦始皇以杀戮统一了全国,似乎是对孟子这一思想的嘲讽,但秦王朝的短命却又最终证明了孟子的正确性,汉王朝吸取秦王朝的教训,采取"与民休息"的政策,使一统天下持续稳定了数百年。

其四,"民意"决定政事的取舍。孟子说:"国君进贤……左右皆曰贤,然后察之;见贤焉,然后用之。左右皆曰不可,勿听;诸大夫皆曰不可,勿听;国人皆曰不可,然后察之;见不可焉,然后去之。左右皆曰可杀,勿听;诸大夫皆曰可杀,勿听;国人皆曰可杀,然后察之;见可杀焉,然后杀之。故曰国人杀之也。如此,然后可以为民父母。"(《梁惠王下》)对贤人的任免和对罪犯的刑戮都是很重要的政事,在孟子看来,嫉贤妒能是官场通病,因而当"左右皆曰贤"时,是可以相信的;当"左右皆曰不可"时,则不能轻易相信。最终的判断要听取国人的意见,特别是杀人这样的大事,更应该以国人的意见为依据。这样的观点,显然包含有民主性因素,是孟子的民本思想在政治事务中的落实。

孟子的民本思想不仅从理论上论述了"民为贵"的重要性,形成了自己的理论体系，还从实践上提出了"贵民"的大政方针，并设计了具体的"贵民"措施。从大政方针说，孟子提出了"以善服人者，未有能服人者也；以善养人，然后能服天下"（《离娄下》）的观点。前一个"善"是指说得好或者好的思想，后一个"善"是指做得好或者好的措施，在孟子看来，对民众的治理说得好不如做得好，只有采取积极有效的措施，真正提高民众的生活水平，才能使天下人信服。就具体的措施而言，则包括以下四个方面：

措施一：制民之产。孟子说："无恒产而有恒心者，惟士为能。若民，则无恒产，因无恒心。苟无恒心，放辟邪侈，无不为已。乃陷于罪，然后从而刑之，是罔民也。焉有仁人在位，罔民而可为也？是故明君制民之产，必使仰足以事父母，俯足以畜妻子，乐岁终身饱，凶年免于死亡，然后驱而之善，故民之从之也轻。"（《梁惠王上》）"民"无恒产就无法生存，被生活所逼就可能铤而走险去犯罪。因此，仁君在位必须制民之产，让民众能够凭恒产养家活口。这样的恒产应该以多少为宜呢？"五亩之宅，树之以桑，五十者可以衣帛矣；鸡豚狗彘之畜，无失其时，七十者可以食肉矣；百亩之田，勿夺其时，数口之家可以无饥矣"。这一段话在《梁惠王上》中连续出现了两次，足见孟子对这一经济措施的重视程度，它无疑代表了孟子的一种理想的生活状况，可以说是当时小康家庭的写照。这一措施如果能得到真正的落实，则无疑会给民众带来最大的实惠。

措施二：教以化民。孟子不仅考虑了民众的物质需求，还考虑了精神需求。孟子认为："善政不如善教之得民也。善政，民畏之；善教，民爱之。善政得民财，善教得民心。"（《尽心上》）在他看来，好的政治措施不如好的教育更能得到人民的理解，要想得民心，必须实行好的教育。因此，在"富民"的基础上，接下来要做的，就是"谨庠序之教，申之以孝悌之义，颁白者不负戴于道路矣"（《梁惠王上》）。孟子认为教育民众不仅要有国学，更重要的是应该大力兴办"庠"、"校"、"序"等乡学。兴办学校的目的是为了对百姓施以人伦教育，让百姓明白人与人之间的各种道德关系和相关的行为准则，做到"父子有亲，君臣有义，夫妇有别，长幼有序，朋友有信"(《滕文公上》)。孟子所提倡的"教"，其主要目的就是要提高民众的精神道德修养，在他看来，"人之有道也，饱食、暖衣、逸居而无教，则近于禽兽"(《滕文公上》)。人类社会的历史，特别是现代社会的教训，足可证明孟子观点的正确性，当社会财富的丰富而又与道德滑坡纠结在一起时，所带来的社会问题甚或更可怕。

措施三：轻税省刑。孟子认为，贤君必须做到"恭俭礼下，取于民有制"(《滕文公上》)。这个"制"，既指节制，也指制度。从"制度"方面说，他提倡"助法"："夏后氏五十而贡，殷人七十而助，周人百亩而彻，其实皆什一也。彻者，彻也；助者，藉也。龙子曰：'治地莫善于助，莫不善于贡。贡者，校数岁之中以为常。乐岁，粒米狼戾，多取之而不为虐，则寡取之；凶年，粪其田而不足，则必取盈焉。为民父母，使民盼盼然，将终岁勤动，不得以养其父母，又称贷而益之，使老稚转乎沟壑，恶在其为民父母也？'"(《滕文公上》)孟子所提倡的税收制度是"助法"。夏代用的是"贡法"，商代用的是"助法"，周代用的是"彻法"，其税率都是十分抽一。但对比而言，"助法"是最好的。因为"贡法"不分年成好坏，数额相等，丰年自然无妨，如遇灾年，则无疑会雪上加霜，加重百姓的灾难。周代的"彻法"如何，孟子没有分析，但他认为"井田制"其实就是"九一而助"，因而也是一种很好的税收制度。从"节制"方面说，他提倡"薄赋敛"："易其田畴，薄其赋敛，民可使富也。食之以时，用之以礼，财不可胜用也。民非水火不生活，昏暮扣人之门户，求水火，无弗与者，至足矣。圣人治天下，使有菽粟如水火。菽粟如水火，而民焉有不仁者乎？"(《尽心上》)让粮食像水火一样充足，百姓就会有仁德了，这与马克思所说的让社会财富像泉水一样涌流，真有点异曲同工之妙。"薄赋敛"还不仅仅是指减轻农民的土地税收，也包括对社会其他阶层在税收上的优惠政策。孟子说："昔者文王之治歧也，耕者九一，仕者世禄，关市讥而不征，泽梁无禁，罪人不孥。"(《梁惠王下》)这里所说的"耕者九一"应该就是井田制的"九一而助"。另外，在关卡和市场上，只稽查，不征税；渔民捕鱼也不征税。特别重要的是"罪人不孥"，即犯罪者只刑及本人，绝不株连妻室儿女。这与孟子反对暴政的观念是紧密相连的："暴其民甚，则身弑国亡；不甚，则身危国削。"(《离娄上》)这同样也是从"民为贵"的角度来说明"贵民"的重要性。

措施四：仁民爱物。在孟子所提倡的"贵民"措施中，最重要的是要求统治者做到"亲亲而仁民，仁民而爱物"。孟子说："庖有肥肉，厩有肥马，民有饥色，野有饿莩，此率兽而食人也。兽相食，且人恶之；为民父母，行政，不免于率兽而食人，恶在其为民父母也？"这里首先是"亲亲"与"仁民"的结合，也就是将温情脉脉的家庭伦理与国家治理结合起来，体现了中国民本思想的第一大特色。第二大特色则是"仁民"与"爱物"的结合，孟子说："不违农时，谷不可胜食也；数罟不入洿池，鱼鳖不可胜食也；斧斤以时入林，材木不可胜用也。谷与鱼鳖不可胜食，材木不可胜用，是使民养生丧死无憾也。养生丧死无憾，王道之始也。"这与现代人提倡的生态平衡理念已经非常接近了。孟子之所以有这样的观念，是因为他既关心民生，也关心环境对民生的影响，他亲眼看见了环境遭到破坏时的景象："牛山之木尝美矣，以其郊于大国也，斧斤伐之，可以为美乎？是其日夜之所息，雨露之所润，非无萌蘖之生焉，牛羊又从而牧之，是以若彼濯濯也。"(《告子上》)齐国都城临淄南郊的牛山，原本是草木繁茂的，但因临近大都市，树木被砍伐，又因过度放牧，使得牛山寸草不生、光秃裸露。这就是人类社会对自然环境过度掠取所带来的灾难，其深刻的教训就是"顺天者昌，逆天者亡"。因此，对自然之物的"食""用"必须适度，做到人与自然共存共荣，和谐统一，这也是孟子的民本思想留给现代人的最宝贵财富。

三　柳宗元的提升："养人"与"民役"

孟子之后，中国的民本思想一直沿袭荀子"载舟覆舟"的思路前行而无大变，直到唐代的柳宗元才有了一个新的提升。

中国儒学的发展，到了柳宗元这里有一个明显的变化，那就是重视孟子而轻视周公。在唐代，周公和孔子并列为圣人，当时的通常说法是"尧舜周孔之道"。但柳宗元却把周公去掉而添列孟子，变为"尧舜孔孟之道"。他曾对青年人说，求道的要紧处是"先读六经，次《论语》，孟轲书皆经言"（《报袁君秀才避师名书》）。他把《孟子》与《论语》并列，且认为都是"经言"，足见他对孟子的重视程度。本来，孔子之后，儒学一分为八，孟子不过八家之一；再以后，差不多与荀子齐名，但从未有过与孔子并列的运气。柳宗元之所以要提高孟子的地位，是因为特别推崇孟子的"民本"思想，他要用此来针砭时弊。在儒学的发展过程中，孟子的地位不断上升，直至被尊崇为"亚圣"，这既有柳宗元所领导的古文运动的功劳，也是儒学内容更新的重要标志。

柳宗元推崇孟子，他的民本思想既继承了孟子，又发展了孟子。

首先，继承了孟子关于"民心"决定天下得失的观点，提出了"受命于生人之意"说。孟子的"民心"决定论本已打破夏商以来的"上天"决定论，但到了汉代的董仲舒，又倡言符命论，用自然现象中一些奇异的所谓"祥瑞之兆"来证明"君权神授"的真实性。这种"祥瑞之兆"往往是不难找到的，实在找不到也可以假造，使得不明真相的人常常信以为真，所以符命论到了柳宗元的时代已经畅行了上千年。柳宗元看到了它的危害性，特意写了一篇《贞符》，对此进行驳斥："受命不于天，于其人；休符不于祥，于其仁"，"未有丧仁而久者也，未有恃祥而寿者也。"在柳宗元看来，国运的昌盛与长久，必须依靠仁德，没有依恃"祥瑞"而能维持不败的先例。因此，"受命于生人之意"，这才是最根本的。"生人"也就是"生民"，唐代因避李世民之讳，往往改"民"为"人"。"生人之意"决定君权的"受命"，这与"民心"决定天下得失的观点是一脉相承的。

其次，继承了孟子关于"民意"决定政事取舍的观点，提出了"心乎生民"说。柳宗元在青年时代曾发下宏愿，声称要"致大康于民，垂不灭之声"（《答元公瑾书》）。他要在政坛上有所作为，使人民得到好处。后来身遭贬斥，政治抱负无法实现，但康民的志向始终如一。他在《寄许京兆孟容书》中说："过不自料，勤勤勉勉，唯以中正信义为志，以兴尧舜孔子之道，利安元元为务。不知愚陋，不可力疆，其素意如此也。"他之所以不遗余力地张扬圣人之道，其最终的旨归，是为了"利安元元",为黎民百姓谋利益,使他们能过上安宁的日子。基于此,他曾写过一篇《伊尹五就桀赞》,以中国历史上的伊尹在夏桀与商汤之间屡屡摇摆、曾五次就桀为依据,解说其中的缘由是因为伊尹"欲速其功",想尽快地让黎民百姓摆脱战争的苦难,而早期的商汤却不具备快速取胜的力量。所以,柳宗元得出了石破天惊的结论:"圣人出于天下,不夏、商其心,心乎生民而已。"在夏桀与商汤之间,前者为暴君,后者为圣君;前者为残暴之旅,后者为仁义之师;支持前者则是助桀为虐,支持后者则是解民于倒悬。这其中的正与邪、对与错,已经形成了千年定论,而柳宗元却打破常规定论,认为王朝君主是姓夏还是姓商并不重要,重要的是心系于民,解民于倒悬比君权的归属更重要。在中国的传统观念中,"圣人出,黄河清",国家的治与乱系于圣君一人,因而君权的归属是最为重要的;而柳宗元却认为君权的归属不重要,这实际上也就意味着,在国家的政治事务中,民众的利益是决定一切的。这样的思想是孟子所没有的,柳宗元之前也没人这样说过,这是柳宗元对中国民本思想的重要发展。

其三,借鉴了孟子的"贵民"措施,提出了"养人术"。柳宗元在《时令论》中曾提出了一个有关施政方针的指导思想:"圣人之道,不穷异以为神,不引天以为高,利于人,备于事,如斯而已矣。"在柳宗元看来,施政方针本来是很简单的,只要有利于民众的生产生活、能够完备妥当地处理各种事务就行了,大可不必用神异的东西来提高威慑力。他认为,凡施政能够与四季的生产相适应,不误农事,使民众丰衣足食、安居乐业,这才是最合理的。从这一指导思想出发,他在《非国语·大钱》中提出:"赋不以钱,而制其布帛之数,则农不害。"在《断刑论》(下)中提出:"赏,务速而后有劝;罚,务速而后有惩",赏罚之旨"是驱天下之人而从善远罚也"。从这些主张中不难看出,柳宗元的"利于人"不是一句空话,而是有具体的设想和措施的。他在柳州刺史的任上,尽管带着"十年憔悴到秦京,谁料翻为岭外行"(《衡阳与梦得分路赠别》)的身心怆痛,但还是日夜操劳地为柳州人民做了不少好事,留下了许多政绩,如身体力行,组织游民开荒种地,极大地鼓舞了柳州人民的生产热情,使柳州几年之内就面貌一新;他在柳州"建学宫,崇圣教……而乔野朴陋之风一变"(《柳州县志》)。很显然,只要有机会,柳宗元一定会将自己的理论付诸实践。尤为重要的是,他找到了可贵的"养人术":"吾问养树,得养人术。传其事以为官戒。"(《种树郭橐驼传》)柳宗元从郭橐驼的养树经验中所总结出来的"养人术"就是"顺人之天,以致其性",即遵循顺从民众生产生活的天然规律,促使其天然本性得以充分显现。联系到柳宗元在《晋问》等其他文章中的一贯主张,这种所谓的遵循顺从,就是要由官吏的"利民"转变为"民自利",由"富民"转变为"民自富"。从历史经验中不难看到,官吏的所谓"利民"措施往往不免演变为扰民的灾难,这似乎是一个世界性的经验教训,所以西方现代的政治学家提出了"小政府,大社会"的理念,要求政府尽量少干预市场经济的运行,柳宗元的"养人术"其实也暗含了这种思想。

其四,发展了孟子关于"民贵君轻"的观点,提出了"吏为民役"说。在长安为官时,柳宗元就认为官吏是人民的仆役,拿了人民的俸禄,就必须给人民以恩惠才能问心无愧。这当然是柳宗元的美好理想,而实际的情形却正好相反,他心里有不平,到永州后,当他送朋友薛存义去上任时,便直截了当地表示了自己的愤慨:"凡吏于土者,若知其职乎?盖民之役,非以役民而已也。凡民之食于土者,出其什一佣于吏,使司平于我也。今我受其值,怠其事者天下皆然;岂唯怠之,又从而盗之。"(《送薛存义序》)官吏是人民的仆役,而不是去奴役人民,人民纳税来雇用官吏,是要他们来保人民平安的,但那些官吏拿了人民的"纳税钱"却懈怠人民的事,甚至还要窃掠人民。对这种"天下皆然"的官场黑暗,柳宗元回天无力,给新上任的朋友几句劝勉,已是他的最大努力了。

自古皆谓官吏为"父母官",能够"爱民如子"就是"青天大老爷"了,这是天下皆以为然的定论。但柳宗元却说官为民仆,这显然是将中国的"民本"思想提升到了一个新的高度,很有一点今天所说的"公仆"意识了。在一千多年前的封建社会鼎盛时期,柳宗元就能提出这样的观念,真可算是洪钟巨响,惊世骇俗。柳宗元之后,这一观念后继乏人,中国民本思想又回复到"载舟覆舟"的水平,直到孙中山才反复强调官吏为"国民公仆"的观点,并将它与"民生、民权"的观念相结合,使之成为中国现代"民主"理论的先声。

(本文曾以"舜歌《南风》与中国民本思想之源流——中国民本思想发展演变的三个节点"为题发表于《中国文学研究》2011年第2期)

"愚辞歌愚溪","文者以明道"

——柳宗元在永州的文学思想

一 柳子独爱"愚"

常人皆崇"智",柳子独爱"愚"。

贬永五年后,柳宗元在潇水西岸的冉溪觅得了一块"宝地",于是便举家从城内迁出,在此定居下来,不知是什么引发了他的奇想,他居然用"愚"把自己严严实实地包围了起来:先是改冉溪为愚溪,然后再名屋旁的小丘为愚丘,丘下的泉水为愚泉,引泉而来的小沟为愚沟,截泉水而成的池塘为愚池,池的东面建愚堂,南面立愚亭,池中一小岛为愚岛。溪、丘、泉、沟、池、堂、亭、岛皆为愚,于是就有了"八愚",并刻"八愚诗"于石上,以宣"愚意",可惜诗已不存,不然,这别具风味的"愚作",定可让后世的读者品出几多"愚味"。

还好,他的"愚作"尚未全湮没,我们还可以从另外的几篇作品中得到部分补偿。品味他的《愚溪对》,可谓一篇绝妙的奇文。文中先写"溪之神"恼于愚名,梦中向柳宗元提出抗议:我清澈优美,又有灌田之功,载舟之力,你还择此为居,您不谢我,反说我愚,何以要辱我以不实之名?柳宗元却回答说,你本身并不愚,但你却招引愚者在此居住,你想要智的美名就应该招引达官贵人,而现在却只有我愚者一人在此!至于我的愚,那真是多得说不完,我不识时务,背离世俗:寒冬穿单衣,炎夏去烤火;驱车上太行高山,却像平地那样奔跑,于是毁了车;驾舟入吕梁急流,却当在平静的河道,结果沉了船;落入陷阱,毒蛇在旁,竟没有警惕和恐惧;升不知足,贬不知屈……我如此之愚,连累你也以愚命名,有何不可呢?溪神闻言,竟是"涕泣交流",接受了愚名。

与《愚溪对》相得益彰的,还有一篇《乞巧文》。

"乞巧",本是一种民间风俗。在民间传说中,织女是十分聪明的仙女。每年七月初七,她与牛郎在河汉相会,地上的凡女们便趁此机会献出瓜果糕点,乞求织女赐给自己一双灵巧的手。

柳宗元的《乞巧文》,先是描写了七夕乞巧的生动情景:香气扑鼻的糕饼,交错陈列的瓜果,虔诚叩拜的女人……似乎是受到感染,柳宗元也弯腰行礼,乞起巧来。他向织女诉说,自己处处不如"巧夫":不会应酬献媚,不会厚颜无耻,不会做骈四俪六的美文……他希望织女能使自己开窍:学会献媚,学会圆滑。然而,织女却不让他开窍,说,这一切你宁可受辱也不屑去做,那么,就应该坚定信心,照原来的做下去。听了织女的点拨,柳宗元便决心"抱拙终身"。"乞巧"不仅未乞得"巧",未觅得"智",反而更抱定了"拙",守定了"愚",这异乎寻常的结局,倒绝妙地揭示了柳宗元一生的素常志向。

柳宗元对"愚"确实有着异乎寻常的感情,他爱"愚"痴"愚",笃定于"愚"。那么,"愚"的涵义究竟是什么?它何以让柳宗元如此着迷?在柳宗元的著作中,"愚"可算是内涵最丰富的一个词,它可以从不同方面不同层次上进行解释,但最基本的涵义则体现在三个方面:其一是"愚性",即性不谐俗,众醉我醒的高洁品格;其二是"愚求",即执着理想,不避艰危的求索精神;其三是"愚论",即注重实用、不同时俗的理论观点。这三者,又以"愚求"为核心,因为"愚论"是求索的结果;而一旦有了理论武装,就能保持清醒的头脑,性格的表现自然也不同时俗。由此可见,"愚"既是柳宗元的精神支柱,也是他人生价值的集中体现,失去了"愚",也就失去了柳宗元。因此,他才对"愚"如此着迷。

那么,柳宗元的文学思想与"愚"有什么关系呢?

其实,最先以"愚"立论的,还是他的文学思想。前文所说的"八愚诗"虽已不存,但他为"八愚诗"所写的《愚溪诗序》却完整无缺。

在这篇序里，较集中地体现了他的以"愚"为特点的文学思想。他用了一句很好的话总括自己的创作特点："以愚辞歌愚溪。""以愚辞"是形式，"歌愚溪"是内容，无论形式或内容均关涉到"愚"，这既是他创作上的特点，也是他理论上的要求。在此基础上，建构了以"愚"为骨架的理论体系。

二 以"愚"为构架的理论体系

1."愚"与文学本质论：明道·益世·利民

柳宗元是唐代古文运动领导者之一，他和韩愈之所以要发起古文运动，就是要把文学从仅供少数人玩味的象牙之塔引向现实生活的广阔天地。因此，就文学的本质和作用而言，柳宗元把它看成是益世利民的武器，而绝非少数人消愁解闷的工具。基于这样的认识，他首先提出了："文者以明道。"

柳宗元在《答韦中立论师道书》中，曾谈到自己的创作转变：

> 始吾幼且少，为文章以辞为工。及长，乃知文者以明道，是固不为炳炳烺烺，务采色，夸声音而以为能也。

这里，他强调文章的作用是"明道"，而不以辞采为工；"明道"是内容，辞采是形式，因此，在内容与形式的关系问题上，他强调内容的决定作用。基于这样的认识，他对《国语》"务富文采，不顾事实"的倾向大加抨击，指斥这是"用文锦覆陷阱"，危害匪浅。但他并不否定形式的作用，"阙其文采，固不足以竦动时听，夸示后学，立言而朽，君子不由也"（《杨评事文集后序》）。因此，内容与形式必须兼顾，在重"道"的前提下，必须注意文采，才能立言不朽，这是很合乎艺术规律的。这里需要弄清的是，柳宗元所说的"道"究竟是什么意思？

唐代的古文运动，既是一次文学运动，又是一次思想运动。作为思想运动，它的主要任务是复兴儒学。当时，要复兴儒学，从儒学内部看，最大的障碍是章句学。这一学派，对儒家的经典著作，只求字句的解释，而不能从总体上去把握儒学的要义。因此,柳宗元和韩愈都与章句学相抗衡,以发扬圣人之道为号召,力求从现实的需要出发,去解释、明达儒学的精义。作为文学运动,它的主要任务是与复兴儒学和宣传圣人之道相配合,全面革新书面语言,改造文章体裁,用新鲜活泼的散文,替代僵硬呆板的骈文。"文者以明道"这句话,可以代表这两方面的内容。

在复兴儒学和发扬圣人之道方面,柳宗元的热情始终很高。

在青年时,就立志"要延孔氏之光烛于后世"(《答元公瑾书》)。到永州后,态度更坚决:"仆尝学圣人之道,身虽穷,志求之不已。"(《报崔黯秀才论为文书》)但是,面对发展变化了的时代,儒学已显得相当陈旧,对现实的指导作用也越来越小。在这样的情况下,章句学仍是死抠字句,墨守陈旧的教条,致使古老的儒学,在佛教和道教的攻势面前,更加缺少活力,人们便自然而然地对它失去了信心。所以,反对章句学是复兴儒学的必要前提。柳宗元曾向前来问学的青年人猛烈地抨击章句师,包括汉代著名章句大师马融和郑玄,谆谆告诫青年人不要去做章句师,应该通过经典著作,从整体上去领会圣人之道。

从儒学当时所处的境遇看,的确可以说是出现了真正的危机,古老的儒学,要么在死气沉沉中退出历史舞台,把地盘让给宗教;要么通过改造而获得新生,恢复以往的活力。柳宗元和他的朋友们反对章句学而标榜圣人之道,是因为讲圣人之道可以不受字句的束缚,能较自由地重新解释儒学,使它在重新解释中获得新生。这既不脱离源远流长的传统,又适应了现实的需要,是切实可行的办法。因此,柳宗元讲圣人之道,其实是他自己解释的圣人之道,与传统的儒学并不完全一致。这主要表现在两个方面。

其一,重孔孟而轻周公。在唐代,周公和孔子并列为圣人,当时的通常说法是"尧舜周孔之道"。但柳宗元却把周公去掉,变为"尧舜孔子之道"。尧舜是传说中的人物,并无著作传世,所以这种表述,实际上是只推崇孔子。柳宗元贬黜周公,是因为周公所制的周礼在唐代已失去现实意义,故没有再尊周公的必要。在孔子之外,柳宗元又十分推崇孟子,他曾对青年人说,求道的要紧处是"不出孔子","先读六经,次《论语》、孟轲书皆经言"(《报袁君秀才避师名书》)。他把《孟子》与《论语》并列,且认为都是"经言",足见他对孟子的重视程度;孔子之后,儒学一分为八,孟子不过八家之一;再以后,差不多与荀子齐名,但从未有过与孔子并列的运气。柳宗元之所以要提高孟子的地位,是因为孟子说过"民为贵,君为轻"。这种"民本"思想,对针砭时弊有非常重要的作用。在儒学的发展过程中,孟子的地位不断上升,直到被尊为"亚圣",这既有古文运动的功劳,也是儒学内容更新的重要标志。

其二,提倡儒学的除旧布新。从除旧方面讲,他把那些无现实意义或有消极作用的东西,从儒学中清除出去,如认为天命观不属圣人之道,分封制也非圣人之意。其实,这二者均是先秦儒学中的思想,柳宗元对他们加以否定,是以恢复圣人之道为名,行清除消极因素之实。从布新方面讲,他主张统合儒释,并应从道家、法家等学说中去吸取有用的东西。他认为这样取百家之长以充实儒学,即使是圣人复生,也不会反对。

从以上两方面看,柳宗元所谓圣人之道,既是传统的圣人之道,又不完全是传统的圣人之道。因此,他把自己所解释的圣人之道称之为"中道"或"大中之道"。"中"或"大中",按照他自己的解释就是"当":即恰当、适当的意思。他用"中"或"大中"来限定圣人之道,从名称上来讲,是为了区别于旧儒学,从实际用意上来讲,则是为了强调儒学的"益于世用"。

柳宗元之所以要打圣人的旗号,是因为"圣人之言,期以明道",而"道之及,及乎物而已耳,斯取道之内者也"(《报崔黯秀才论为文书》)。也就是说,道的内核就是为世所用。在《答吴武陵非国语书》中,他曾谈到自己的写作"不以是取名誉,意欲施之事实,以辅时及物为道",即是为了给时代和客观现实有帮助。本着这一原则,他创作了大量切中时弊的作品,特别是对当时横行跋扈的强藩和宦官,他毫不留情,即使可能为此招来杀身之祸,他也在所不惜,因为他"所忧在道,不在乎祸"(《忧箴》)。他真正担心的是:"念终泯没于蛮夷,不闻于时。"(《贞符》)他的本来目的是要"辅时及物",但处在永州这偏远的地方,他的文章又怎能流传于世,又怎能发挥它的作用呢?他对此不能不感到忧心忡忡。

但尽管如此,他仍然没有丧失信心,"往往不为世屈,意者殆不可自簿自匮,苟有辅万分之一,虽死不憾"(《上襄阳李愬仆射献唐雅诗启》)。他不屈服于环境的压力,也不愿妄自菲薄,就此消沉,而仍是孜孜以求,哪怕能起万分之一的辅助作用也死而无憾了。这几乎是一封血写的自白,是柳宗元用整个生命铸就的千斤诺言;同时,也足可见出柳宗元"抱拙守愚"的程度。

当然,"辅时及物"、"益于世用",也就是强调文学的社会功用,仅这一点而言,柳宗元并没有太多的理论贡献。因为中国的古代文论,历来就强调这一点。但就具体的功用而言,则可包括两个方面:既可宣扬封建的伦理道德,为统治阶级的政治服务;也可渲导民情,为百姓的痛苦鸣不平,提抗议。柳宗元的可贵之处,恰好是以"利安元元为务"。

柳宗元在青年时代,就曾发下宏愿,声称要"致大康于民,垂不灭之声"(《答元公瑾书》)。他要在政坛上有所作为,使人民得到好处。后来身遭贬斥,政治抱负无法实现,但康民的志向始终如一。他在《寄许京兆孟容书》中说:"过不自料,勤勤勉勉,唯以中正信义为志,以兴尧舜孔子之道、利安元元为务。不知愚陋,不可力强,其素意如此也。"看来,他之所以不遗余力地张扬圣人之道,其最终的目的,还是为了"利安元元",即为黎民百姓谋利益,使他们能过上安宁的日子。这对深受战乱之苦的中唐百姓来说,确实是最大的实惠。他的这种"勤勤勉勉","虽死不憾"的"素意",也正是他的"愚陋"处。

除他自己说不忘"利安元元"外,一有机会,他还要以此来劝勉朋友。周君巢曾写信劝柳宗元炼丹服药以延年益寿。柳宗元回信说,自己的人生目标就是使"生人之性得以安,圣人之道得以光"(《答周君巢饵药久寿书》),至于寿命长短,倒是无关紧要的。信的最后说:"仕虽未达,无忘生人之患,则圣人之道幸甚,其必有陈矣。"这里的"生人"就是"生民",相当于今天所说的人民。唐代为避李世民讳,常把"民"写作"人"。柳宗元在这里所强调的是:即使仕途不畅,也决不忘记人民的忧患;如果大家都能这样,圣人之道就可以大行于天下了。

尤为可贵的是,柳宗元提出了官为民仆的思想。在长安为官时,他就认为官吏是人民的仆役,拿了人民的俸禄,必须给人民以恩惠才能问心无愧。这当然是柳宗元的美好理想,而实际的情形却正好相反,他心里有不平,到永州后,当他送朋友薛存义去上任时,便直截了当地表示了自己的愤慨:

> 凡吏于土者,若知其职乎?盖民之役,非以役民而已也。凡民之食于土者,出其什一佣乎吏,使司平于我也。今我受其值,怠其事者天下皆然;岂惟怠之,又从而盗之。(《送薛存义序》)

官吏是人民的仆役,而不是去奴役人民,人民纳税来雇用官吏,是要他们来保人民平安的,但那些官吏拿了人民的钱却懈怠人民的事,甚至,还要窃掠人民。对这种"天下皆然"的官场黑暗,柳宗元回天无力,给新上任的朋友几句劝勉,已是他的最大努力了。

自古皆谓"父母官",能够"爱民如子",就是"青天大老爷",这是天下皆以为然的定论。但柳宗元却说官为民仆,这在漫长的封建社会,真可算是洪钟巨响,同时,也足可见出他的"愚"论是何等的惊世骇俗。

2. "愚"与文学创作论:立诚·博采·讽谕

作为一个优秀的作家,柳宗元对文学创作有着很深的直接体验,他从自己的创作实践中总结出来的创作理论,就更有科学性和实用性。在创作论理论体系中,他首先强调的是作家的品德修养:"文以行为本,在先诚其中。"

在柳宗元看来,文与行是紧紧地联系在一起的。所谓"行",就是品行、品德。唐代的古文运动,因为要益世利民,所以对作家的品德修养要求甚高,无论柳宗元或韩愈,均是如此。他们认为:作家的品德修养是根本的东西,文章是作家品德的反映;品德的高低好坏,决定文章的高低好坏;而文章的高低好坏,又决定着社会效果的高低好坏。因此,要救世风必须先正文风,要正文风又必须先立人品。这也就是柳宗元之所以强调"文以行为本,在先诚其中"(《报袁君秀才避师名书》)的原因。这里的"诚",主要是要求作家在进行创作时必须抱定诚实的态度、表达真实的感情；同时，在内容的反映上，也应该是真实的。柳宗元强调"诚"，这也是进攻骈文的有力武器。在此之前，还没有谁把作家的人品提到这样的高度，特别是骈文作家，更不注意品德的修养。这大致是肇始于梁代的简文帝萧纲，他公然提出"立身先须谨慎，文章且须放荡"（《戒当阳公大心书》），把人品和文品完全割裂开来，彻底否定了人品在创作中的作用。他既倡放荡之说，又大量创作放荡之文，再加上他的地位之尊，影响力尤著，因而助长了齐梁文坛的淫风。到了中唐，这股文风仍然猖獗，柳宗元的人品要求，其现实意义在于：既救文风于根本，也挽世风于久颓，真可谓是一剂益世利民的良药。

当然，品德修养还不是立诚的全部内容，在创作过程中，柳宗元还提出了"凡为文，以神志为主"（《与杨京兆凭书》）的要求。"神志"，就是精神状态，也可以说是创作态度，柳宗元在《答韦中立论师道书》中曾谈到自己写文章时，不敢存有轻率之心、怠惰之意、昏愦之念、骄矜之气，因为害怕写出的文章浮滑而不稳当、松散而不严谨、晦涩而庞杂、傲慢而无礼。一个享有盛名的作家，创作态度仍如此端正严肃，这也可以证明柳宗元自己的"诚"：他是说到做到，决不妄言的。

作家加强了品德修养，再加上健康的精神状态、端正的创作态度，其心境就可以做到"清莹秀澈"、"善鉴万类"，带着这种心境进入创作过程，就可以广纳素材，做到："漱涤万物，牢笼百态。"

柳宗元在《愚溪诗序》中说自己"虽不合于俗，亦颇以文墨自慰，漱涤万物，牢笼百态，而无所避之"。这里所谈的首先是积累素材和选择题材方面的经验。积累素材要尽量地广，对自然"万物"、人间"百态"，均应"无可避之"地包容接纳，因为这关涉到创作基础是否丰厚的问题。有了素材，还必须"漱涤"，才能"牢笼"。"漱涤"是去芜存菁，"牢笼"是兼收并蓄，这两者是相互联系的整体，即先去芜存菁，然后才兼收并蓄：前者是素材转化为题材，进入创作领域的桥梁，后者是保证题材、风格多样性的基础。因此，两者都不能忽视。此外，对自然"万物"和人间"百态"的采录，这又牵涉到一个创作源泉的问题，即他自己的创作是从现实生活中去找材料的，而不是靠前人的作品去"点铁成金"。他能成为文学大家,与他广纳天下之"材"为我所用是分不开的。他的文章,大至日月星辰,小至草木虫鱼;上至朝政纷争,下至民间琐事;远至古代圣贤,近至当今豪俊——事无巨细,物无大小,皆可汇集笔端,可以说,在反映生活面的广和细方面,无论柳宗元之前或之后,很少有人能过其右。

当然,柳宗元对前人的作品也是很重视的,这主要是从借鉴写作技巧方面去考虑的。写作技巧自然是越丰富越好,因此,柳宗元提倡博采,以便:"旁推交通而以为之文。"

在博采众长的问题上,柳宗元在《答韦中立论师道书》中曾提出"本"与"参"的经验。"本"就是从内容上借鉴前人经验,他认为应该"本之"的有《尚书》《诗经》《春秋》《易经》等;"参",就是从形式上借鉴前人的经验,他认为应该"参"之的有《谷梁传》《孟子》《荀子》《庄子》《老子》《国语》《离骚》《史记》等。而就具体的技巧而言,则应该各取所长:取《尚书》之叙事的质直,《诗经》之感情的恒久,《礼记》之行事的适宜,《春秋》之论断的简明,《易经》之变化流动,这样写出来的文章,才会合于道,然后,再从《谷梁传》中学习磨砺文章的气势,从《孟子》《荀子》中学习文章的畅达而有条理,从《庄子》《老子》中学习文思的恣肆无涯,从《国语》中学习表达的别有奇趣,从《离骚》中学习行文之幽深微妙,从《史记》中学习文字的高峻雅洁。最后再"旁推交通"即融会贯通,消化吸收而变为自己的东西,就能自铸伟辞、自成一家。柳宗元的这些经验,可谓全面、具体又实用。

从以上的分析中可以看出,柳宗元的创作论,虽已接触到文学创作的实质,但还不是仅就文学而言的,而是论文章——包括学术著作和文学作品。那么,学术著作与文学作品有什么不同呢?柳宗元认为文学的不同处就在于:"导扬讽谕。"

在《杨评事文集后序》中他曾说:"文有二道:辞令褒贬,本乎著述者也;导扬讽谕,本乎比兴者也。"即文章的作用有两种:一是"辞令褒贬",作者直接作出是与非的评判,明确表示肯定否定的态度;二是"导扬讽谕",作者借用比兴的手法,以艺术形象为中介,从而间接地诱导和激发人们的思想感情。他还认为这两类作品均有不同的渊源和要求："著述"源出于《尚书》《周易》《春秋》等,以论述政治、哲学、历史为本,要求结构完整、内容充实、语言准确、说理周备,才便于作为文献保存。"比兴"源出于上古的歌谣、殷周的风雅,以比喻寄托、联想为本,要求文采绚丽、音节动听、语言流畅、意境优美,才便于流传唱诵。这些论述,可以说已从根本上揭示了学术著作与文学创作的区别,接触到文学创作中的形象思维问题。因为"比兴"就是要借具体的"物象"来表达抽象的"情志",其实质也就是形象思维。柳宗元很善于运用文学的特点来抒发自己的情志,他寄浓情于山水,寓至理于万物,创作了大量的文艺散文,如寓言、游记、杂文等体裁,均在他的手中臻于成熟,从而开辟了中国散文发展的新阶段。这既是他创作上的丰收,也是他理论上的丰收。

柳宗元的创作论,虽没有本质论那样多的惊世骇俗的宏论,但因主要是对自己实践经验的总结,因而就实用性方面说,则有更浓的"愚论"色彩。

3. "愚"与文学批评论:信实·知难·辨玉·尽味

在文学批评方面,柳宗元提出的第一个批评原则就是"文必信其实",也就是要求文风朴实,内容真实可信。他对《国语》大加指斥,写了六十七篇《非国语》,就是因为《国语》以华美的文采掩盖了内容的谬误,他担心人们"溺其文而必信其实",故起而非之,为的是"救世之谬"。

信实的原则既然是针对《国语》提出来的,那么,它首先就是对历史著作的要求,从信实的原则出发,要求于修史作者就是"直",即直道而行,直录其事。关于这一点,柳宗元还指责过韩愈。韩愈任史馆修撰时,曾奉命编修《顺宗实录》,这在政治上是一个十分敏感的问题,韩愈感到左右为难:如果秉笔直录,难免会触怒权贵,招来"人祸";如果"巧造语言,凿空构立善恶事迹",又怕有"天刑"。柳宗元知道这件事后,立即写了《与韩愈论史官书》,批驳了韩愈"不有人祸,则有天刑"的错误,严正地指出:史官的任务就是褒善贬恶,必须"不忘其直,无以他事自恐"。

对历史著作要求直录，对纯文艺性作品呢？柳宗元也要求不脱离生活的真实。柳宗元曾写过一篇《观八骏图说》，批评《八骏图》把马画得"若龙凤麒麟、若螳螂然"的做法是荒诞不经的。他认为骏马与凡马同，也是"四足而蹄，吃草饮水"，如果失去这个马之为马的真实性，也就失去了骏马。推而广之，圣人亦与常人同，如果把圣人描绘成怪异之人，那也就失去了圣人。显然，他是从实用性出发，强调现实主义的真实再现，过于理想化以致失去生活的真实，他是坚决反对的。

当然，即使是不脱离生活真实的作品，也未必能立即得到人们的认可，很多光耀后世的作品，倒是不见容于当代，这是因为："知之愈难。"

柳宗元在《与友人论为文书》曾谈到为文有两难："得之为难，知之愈难。"得之难是作家的事，知之难则是批评家和读者的事。柳宗元分析知之难有两个原因：一是"卓然自得以奋其间"，即人们往往自以为是而横加指责，很难进行客观公正的评价；二是"荣古虐今"，即人们总是重视古人的作品而轻视今人的作品："扬雄没而《法言》大兴，马迁生而《史记》未振。"这种"荣古虐今"的倾向，使多少名声不高的作家，在当代就被埋没无闻，这对文学的发展实在是"为害已甚"。因此，这种偏向必须纠正。纠偏的法门就是古今并荣，"彼古人亦人"，今人亦人，既然"可以言古"，为何"不可以言今"？柳宗元自己就是古今并荣的，他评价韩愈的作品，认为高于扬雄而与司马迁不相上下，可谓公正而准确。

那么，如何评价有缺点的作品呢？柳宗元提出的办法是看主流，即应该："得其高朗，探其深赜。"

还是在《与友人论为文书》中，柳宗元提出了这样的要求：

> 苟或得其高朗，探其深赜，虽有芜败，则为日月之蚀也，大圭之瑕也，曷足伤其明，黜其宝哉！

就是说，只要风格高朗，思想深邃，即或行文上有些败笔，那也不过是美玉微瑕，不失它的宝贵处。这就要求批评家在评价作品时，应该抓主流，求独创，辨明玉与瑕，而不能横加指责，求全责备，因微瑕而黜美玉。

当然，瑕也可以指，不能因瑕黜玉，也不必因玉掩瑕。柳宗元对《国语》的批评，便是瑕玉互指的。他既指责《国语》的"文胜而言厖，好诡以反伦"，又提倡"参之《国语》以博其趣"。只有这样，才能不失之为公正、全面。

再者，读者的审美趣味是多种多样的，要解决众口难调的问题，批评家也应该去发现和提倡多种风格，从而使文学创作能"尽天下之奇味以足于口"。

韩愈曾写了一篇奇文《毛颖传》，他以史传体的形式为毛笔立传，又用传奇的笔法写毛颖君（即毛笔）一生的遭遇，文笔雄奇风趣，描摹细腻生动，是一篇很具特色的寓言。但因它通篇都是"驳杂无实"的文字，所以文章一出便受到攻击，正统文人均"大笑以为怪"。唯有柳宗元慧眼独具，读了此文后，立即写了《读韩愈所著〈毛颖传〉后题》的长文。他首先指出，韩文的长处不在说理，而在于强烈的艺术感染力："索而读之，若捕龙蛇、搏虎豹，急与之角而力不敢暇。"即被深深地吸引、陶醉，使人一气下读，几无喘息的余闲。这自然是强调该作品的娱乐性。但他所看到的又不仅是它的娱乐性，他深知作者的意图："韩子穷古书，好斯文，嘉颖之能尽其意，故奋而为之传，以发其郁积，而学者得之励，其有益于世欤！"这说明，柳宗元文学批评是思想标准和艺术标准并重的。

尤为可贵的是，他提出了"尽天下奇味以足于口"的观点。他认为，"大羹玄酒"，虽是"味之至者"，但仅有此味又不免单调，所以酒筵上总还要设"小虫水草，楂梨桔柚"，并佐以"苦咸酸辛"，以满足各人所好。对文学欣赏也是如此，人们的审美爱好，艺术趣味总是多种多样的，因而文学的风格、趣味也应多种多样，以满足读者的口味。这反映了柳宗元对艺术规律的正确认识。

综上所述，柳宗元的文学思想，既系统全面，又具体实用。贬永十年，在创作上是他的成熟、丰收期，在理论上也是他的成熟、丰收期。

他的理论，主要是在总结自己的创作经验的基础上形成的，又在与时俗的不断抗争中得到完善，还经过了文学批评实践的检验，因而具有较强的科学性。我们从他的理论中，既可见出执着的理想、不避艰危的"愚求"之志，又可见出注重实用、不同时俗的"愚论"特征，就整个理论的构架而言，或隐或现，均不脱一个"愚"字。

三 寒江独钓"愚"

柳宗元的《江雪》是尽人皆知的，诗中那位寒江独钓的渔翁，人们皆说是柳宗元自身的写照。写照了什么？曰：清高孤傲。这当然也对，但不免皮相，至多，也只是揭示了柳宗元的"愚性"；更深层次应是他的"愚求"：或许这位渔翁倒真能探出一条新的钓鱼之路，这才是真正的柳宗元，他不会随波逐流，更不会随人所识，而往往能于寻常处发现至理、于奇异处找出常规。

自然，柳宗元也有孤独，但那是探索者的孤独，屈原式的孤独。

"投迹山水地，放情咏《离骚》。"（《游南亭夜还叙志》）在山山水水之中，他在努力寻找着屈原的足迹。这足迹，正引导着他去努力探寻新的思想领域和新的文学领域……

可贵的柳子之"愚"！

（载《柳宗元在永州》，中州古籍出版社 1994 年版）

柳宗元初到永州时的山水游踪及心路历程

一 "周天寒彻"的孤独之境

柳宗元贬谪永州足有十年，这十年的贬谪生活，既害苦了柳宗元，也成全了柳宗元，因为他一生的文学成就，大都是在永州完成的；他在中国文学史上的独特地位，更是由在永州创作的文学作品所奠定的。

说贬谪生活害苦了柳宗元，这主要是从他的精神打击和身体损害方面说的，柳宗元正当47岁的盛年就告别人世，这不能不说是因为永州十年的贬谪生活拖垮了他的身体。人的精神、心理因素与人的身体因素往往是联系在一起的，二者的结合体现一个人的健康状况，并进而体现一个人的生活质量如何，幸福指数如何。柳宗元在永州的生活状况和生活质量究竟如何，其他方面我们已经很难做出准确的判断，但精神、心理状况是完全可以通过他当时的作品来判断的。

最能体现柳宗元当时心境的作品应该是《江雪》：

千山鸟飞绝，万径人踪灭。孤舟蓑笠翁，独钓寒江雪。

这首诗在柳宗元的诗中，无疑是流传最广的一首，对中国人来说，凡是能认识几个字的就应该能读能背，其普及程度，可与李白的《静夜思》、孟浩然的《春晓》三足鼎立。我不知道别人读这首诗时是一种什么样的感觉，本人读这首诗时总感到一股寒气逼人。我们不难想象，整个世界全被厚厚的冰雪笼罩，不仅看不到人的踪影，连鸟的踪影也不见——整个世界一片死寂，看不到丝毫的"热血"气息，唯有一个渔翁在江中钓鱼；而这个渔翁，肯定被冻得瑟瑟发抖甚或是被冻僵了。这样一幅"周天寒彻"的景象，怎能不让人觉得寒气逼人！

但仔细想来又觉得很奇怪，永州这地方地处北纬25°左右，属中亚热带气候，年平均气温在18℃左右，一月最冷，月平均气温也在6℃—7℃[《零陵地区志》（上），湖南人民出版社2001年版，第116页]，怎么会有柳宗元所描写的景象？即便是2008年1月，南方遭遇了百年未遇的大冰灾，也仍然未出现这样的景象。因此，柳宗元所描写的不应该全是实景，更多的是他当时心境的"外化"。中国诗歌讲究情景交融，或以景生情或因情生景，《江雪》应该属于后者。

如此"周天寒彻"的景象，是以"透骨心寒"的情感体验做基础的。那么，《江雪》所要表达的究竟是一种什么样的情感？有人认为，此诗是一首"藏头诗"，拈出每一句诗的开头一个字组合在一起，就是"千万孤独"[1]。这才是柳宗元当时心境的真实写照，渔翁的处境就是柳宗元自己切身的感受。我们看到，渔翁的身边不仅无人作伴，甚至连一只鸟之类的生物都没有，他所感受到的"孤独"何止"千万"?! 此诗作于元和二年（公元807年），正是柳宗元被贬永州的第二年。从一个炙手可热、正欲大展宏图的年轻京官，突然成为荒僻之地的罪臣，地位的巨大落差本已造成了心理的巨大落差，而在这一年的时间内，朝廷又连发四道诏命，规定包括柳宗元在内的"八司马"不在宽赦之例，将他希冀早日复用的幻想彻底打破；同时，与新环境的格格不入的心境，也一时难以磨合，此时的柳宗元，除了"千万孤独"，恐怕再难找到第二种感觉。

二 "羁鸿难归"的思乡之情

《江雪》所描写的景色，更多的是诗人当时心境的外化，也就是说，此诗所描写的更多的是虚景而不是实景。那么，描写实景的作品又如何呢？我们来看一看同样作于元和二年的《湘口馆潇湘二水所会》：

---

[1] 翟满桂：《一代宗师柳宗元》，岳麓书社2002年版，第287页。

九疑浚倾奔,临源委萦回。会合属空旷,泓澄停风雷。高馆轩霞表,危楼临山隈。兹辰始澄霁,纤云尽褰开。天秋日正中,水碧无尘埃。杳杳渔父吟,叫叫羁鸿哀。境胜岂不豫,虑分固难裁。升高欲自舒,弥使远念来。归流驶且广,泛舟绝沿洄。

如果说《江雪》主要是一首抒情诗,写景是因情的外化,那么,这首诗则主要是一首写景诗,是因景而生情。

状写山川之美,乃是柳宗元的拿手好戏。汪森在《韩柳诗选》中曾说:"柳州于山水文字最有会心,幽细淡远,实兼陶谢之胜。"近代的藤元粹在《柳柳州诗集》卷三中评论此诗时则说得更具体:"开旷之景,叙来如见,宛然一幅活画。"那么,现在我们就来看一看,柳宗元是怎样描绘这幅"活画"的。

诗人先写远景:潇湘二水各自从九嶷和临源发源,到此地会合,但江流一缓一急,一蜿蜒而来,一直奔而至,一幅颇具特色的远景江流图已经呈现在读者面前。接下来,诗人便仔细描摹二水会合口的胜景。先看水面,空旷开阔,碧水连天,波涛不惊,水的动景反而变成了静景;而两岸危楼高耸,则又化静为动,让人看来触目惊心;顺着危楼再往上看,一幅蓝天白云的美妙天景便呈现眼前,那雨后初晴的灿灿阳光,那悠悠飘过的缕缕白云,好一幅秋高气爽的绝妙佳境,而且是水天一色,绝无纤尘,这简直就是一个神仙世界,不染半点世俗的浊气。读者读到此,都免不了心驰神往,诗人自己身处如此仙境,就更当飘飘欲仙了。然而且慢,立即便有世俗的浊气传来:"杳杳渔父吟,叫叫羁鸿哀。"因为有了"羁鸿"的哀鸣作陪衬,"渔父"之"吟"便也有了悲音,这悲音其实并非来自渔父之口,而是发自诗人的心底,由"羁鸿"的哀鸣,诗人不能不想到自己被贬他乡羁留穷乡僻壤的痛楚,因而再美妙的景色也不属于他,这景色不仅不能使他愉快起来,相反,他越想借它来排遣乡思之念,乡思之念反而越来越浓。仙人的佳境他已没有心思欣赏,只好驾舟起回程。然而,回程之路又在哪里呢?作为被贬之人,他又不能不想到自己只能"羁留"于此的处境:故乡不能去,有家不能归。他所能回的"家",与"羁所"同名,与"监狱"无异,他又何必急急忙忙地回到那"监狱"中呢?更为可怕的是,不回到那"监狱"他便无处可去,无法抉择的两难处境,更增添了诗人的愁苦,小舟漂泊于宽阔的江面,徘徊不前,虽是风平浪静,也给人岌岌可危之感,这不是小舟的危急,而是诗人心境的危急。

　　此诗从表现手法来说,与《江雪》形成鲜明的对比:《江雪》是以悲景写悲情,以冷寂之景写孤独之情,情与景是同质同构;此诗则是以喜景写悲情,以温馨美妙之景反衬羁留难归之情,情与景是异质同构。同质同构,容易与读者产生共鸣,因为它把读者的思维引向了同一个方向,带向了同一种情感;异质同构,则容易让读者产生震撼,因为它把读者的思维引向另一方向后又突然中断,让读者回过头来遭遇到另外一种情感体验,这种思维和感情的波折恰如连绵的波浪撞击岩壁,必然激起层层浪花。因此,《江雪》带给我们的是彻骨的寒冷和无边的孤独,是读者与诗人的感同身受,是读者对诗人境遇的同情;此诗带给我们的则是与诗人相反的感受,特别是作为永州人,我们感谢柳宗元将这里的景色描写得这么美好,置身这样的美景中,我们会感觉到温馨而舒畅。但作为"罪臣""羁留"此处的柳宗元,他该如何来适应、接受乃至于融入、享受这样的美景呢?他能否不把自己当作"羁鸿"呢?然而,我们的"好心好意"对柳宗元来说却是很难做到的。因为,中国人的固有观念是故土难迁、热土难离,游子思乡的悲苦本已重重地烙入心灵深入骨髓,更何况柳宗元在游子的悲苦之上又增加了一层"罪臣"的孤独感,他怎么能割舍那一份思乡之情呢?"罪臣"身份不改变,他又如何去除那一份孤独感呢?面对这种两难处境,不仅作为"当局者"的柳宗元无所适从,即便是作为"旁观者"的读者,也觉得无所适从。那么,这就不仅仅是同情那样简单了,我们或许会有种种的惋惜、叹息乃至无可奈何等复杂情感,这也就是我们的思维和情感之波在遇到岩壁的撞击后所激起的层层浪花。

三　"为农信可乐"的适意心态

　　解铃还须系铃人,柳宗元的心境如果永远是那样地"千万孤独",永远是那样地"岌岌可危",那么,不出三年,柳宗元就会被这种心境彻底压垮。然而,柳宗元毕竟没有被彻底压垮,时间之手给了他最好的抚慰,三年之后的心境已经有了很大的改善。改善的缘由,在他的《游石角过小岭至长乌村》一诗中有明确的交代:

志适不期贵,道存岂偷生?久忘上封事,复笑升天行。窜逐宦湘浦,摇心剧悬旌。始惊陷世议,终欲逃天刑。岁月杀忧栗,慵疏寡将迎。追游疑所爱,且复舒吾情。石角恣幽步,长乌遂遐征。磴回茂树断,景晏寒川明。旷望少行人,时闻田鹤鸣。风篁冒水远,霜稻侵山平。稍与人事间,益知身世轻。为农信可乐,居宠真虚荣。乔木余故国,愿言果丹诚。四肢返田亩,释志东皋耕。

此诗作于元和四年,柳宗元时年37岁,是谪居永州的第四年。大致而言,柳宗元此诗亦为记游诗,其游踪所至较前诗所到的距离更远,所以诗人用了"遐征"二字,很有点征途漫漫的味道。据《湖南通志》卷十八《山川地理》篇载:"石角山在(零陵)县东北十里,山有小洞,极深远。连属十余小石峰,奇峭如画。"长乌村则较石角山更远,至少也得十几里山路,靠步行走来,自然也可称之为"遐征"了。

就此诗所描述的内容来看,游踪之远倒在其次,更重要的是心路历程的演变之远,写游踪也只是为自己的心理变化提供一个真实的注解。汪森在《韩柳诗选》中评论此诗说:"先用虚写,后用实叙,章法自变。"如果仅从记游的角度说,的确是先虚后实的;但从诗人的心路演变来看,则又是先实后虚的。诗人初贬永州时,其心境是那样地抑郁难伸、纠结难解,以至于在游潇湘二水相会处时,再美的景色也激不起诗人的快意,勾起来的反而是更多的故乡愁思。写这一首诗时的心境则大不相同了,诗人是真正地畅神山水适意田园了。这种心理变化的缘由,按照诗人自己所说的,首先就因于"岁月杀忧栗"所起的作用,时间之流可以洗去一切血痕,当然就更能洗去人的郁闷;而更重要的是,随着诗人生活阅历的加深,与下层百姓的多方接触,他看清了小我的"身世轻",终于从个人荣辱的小圈子中跳了出来，只想做一点实实在在的事情："四肢返田亩，释志东皋耕。"唐初卓有战功的王绩，虽然官至大乐臣，但却"挂冠归田，葛巾联牛，躬耕东皋"，他决心向王绩学习，也要亲身参加农耕生产。有了这样的决心和打算，他便从"千万孤独"的心境中跳了出来，想起以前居官时的应酬与虚荣，与眼前所见的"为农"的实在与真乐，形成了鲜明的对比，他的心理天平很自然地便倾向了后者。

正因为他的心理因素从"虚荣"转向了"实在"，所以对景色的描写也更见质朴，"奇峭如画"的小石峰，只一笔带过，平常的田园景色反而浓墨重彩，这不是诗人的疏忽，更不是本末倒置，而是诗人的心境变化使然。蒋之翘在《柳集辑注》（卷四十三）中曾评论此诗说："昔人论此诗，以为逼真韦左司游览诸作，予深不然之。子厚意志感慨已不如韦之恬淡，句调工致已不如韦之萧散，是本同道而异至，乌可漫议云乎？"柳宗元此诗自然不能与韦应物的"游览诸作"相提并论，甚至也不能与柳宗元自己其他的"游览诸作"相提并论，因为此诗根本就不能当作"游览"诗读，而应将它看作一篇心理自传。所以，要了解柳宗元的心路历程，就不能不读此诗。

从柳宗元的心路历程和人生目标来说，此诗是一个定航标，此后的十余年，柳宗元基本上就是伴随着这样的心态流程走完了自己的人生之路，尽管在43岁时又经历了一个"十年憔悴到秦京，谁料翻为岭外行"（柳宗元《衡阳与梦得分路赠别》）的政治打击，但心态很快就得到了调整，到柳州一上任，立即就投入繁忙的公务，日夜操劳，留下了不少政绩，以"辅时及物"的热忱，在短短四年的时间内，为柳州人民办了不少的实事和好事。这一切，可以说是柳宗元在此诗中所确定的心态定位和人生目标的实现。

（载《柳宗元永州诗歌欣赏》，湖南文艺出版社2002年版，有修改）

"隔"与"不隔"的山水美

——元结山水诗的审美特征及其价值

一 永州山水美的发现者

从秉性上说，元结是一个闲散之人。"少无适俗韵，性本爱丘山"，陶渊明的闲适与散淡，用在元结身上也完全合适。用元结自己的话说则是"顾吾漫浪久，不欲有所拘"①，"谁肯爱林泉，从吾老湖上"（《宴湖上亭作》，第43页）。可以看出，元结的性情与陶渊明并无二致，不同的只是：陶渊明偏爱"山"，如"性本爱丘山"、"悠然见南山"等，"山"的意象在陶诗中具有决定性的意义；元结则更爱"水"，"水"的意象不仅与元结的诗歌相伴始终，甚至与元结的生命相伴始终。

追溯起来，元结的闲散与爱"水"，是有着久远的家族渊源的。他本是北方游牧民族鲜卑人拓跋氏的后裔，虽然从他的祖父开始渐渐地转而习儒，但游牧民族的散漫天性一直在影响着他的家庭，他父亲曾两度出任过地方小吏，终因不习惯官场的生活而挂冠归田。元结青少年时代一直跟着父亲过着耕隐的生活，若不是安史之乱，他很可能就会终老田园。后来虽然出仕，但仍然念念不忘"为泉上翁"，这与他祖先"逐水草而居"的游牧生活恐怕多多少少还有点关系。

安史之乱害苦了元结，逼得他举家南逃，但也给元结提供了施展才

---

① 元结：《游潓泉示泉上学者》，《元次山集》，中华书局1960年版，第42页。下引仅注明篇目和页码。

华的机会,让他这个"兵家未曾学"(《悉官引》,第26页)的书生去带兵打仗,居然攻守得宜取得大胜,保全了十五座城池,为李唐王朝的平叛立下了汗马功劳,从而得以升任道州刺史。在道州刺史的任上,虽然不足三年,但他在永州滞留的时间则有十余年,永州的山山水水到处留有他的足迹,到处流传着他的吟唱;正因为有了他的足迹和吟唱,曾经是养在深闺人未识的永州山水才得以名闻天下,仅此而论,元结对永州山水美的发现和描绘,可以说是一个开拓者。

二 "隔"与"不隔"的自然山水之美

元结的一生为官的时间很短,从41岁步入政坛到54岁逝世,总共才14年的时间,这期间还穿插了1年的辞官退隐、1年的罢官去职、3年的母丧守制,真正为官的时间不足10年;而且,即便是在为官的任上,也仍然念念不忘归老林泉,在永州所写的山水诗,几乎全都表现了这一意念。

元结在永州所创作的山水诗共有二十多首,要了解元结在这些诗中所寄寓的情感线索,《贼退示官吏》是一把很好的钥匙。此诗虽然不能归入山水诗之列,但却可以看作山水诗的总序或宣言,因为元结将自己的人生经历和人生态度都概括在这一首诗里,其后的每一首山水诗,或借景抒情或托物言志,但所"抒"所"言"者,都是对此诗中所表白的情感和意念的生发。诗的开头是对自己人生经历的回顾:"昔岁逢太平,山林二十年。泉源在庭户,洞壑当门前。井税有常期,日晏犹得眠。忽然遭世变,数岁亲戎旃";诗的结尾则是表明自己的生活向往:"思欲委符节,引竿自刺船。将家就鱼麦,归老江海边。"(第35—36页)很显然,元结对昔日平静的山林生活是难以忘怀的,并时刻准备着辞官退隐,回归这种山林生活。正因为有了这样的人生经历和生活向往,他才不怕丢掉官位,才可以为百姓的利益呼喊、为百姓的利益抗命,成为一名为百姓所拥戴的好官员,这在漫长的封建社会可谓凤毛麟角。

因为钟情山水,所以凡山水在他的眼中都是美的,哪怕是一间小小的茅阁,只要能与山水相连,也能让他心旷神怡:"及观茅阁成,始觉形胜殊。凭轩望熊湘，云榭连苍梧。天下正炎热，此然冰雪俱。"(《题孟中丞茅阁》，第37—38页）茅阁本身美不美并不重要，重要的是它可以与熊湘和苍梧相连。可以想见，元结站在茅阁中一边观望一边联想，看在眼中美在心中，于是便顿觉神清气爽、暑气全消。

　　元结爱山水，他所描写的主要是一种情感铺垫和对比，也就是借清幽的景色描绘来寄托自己的归隐意念。如《无为洞口作》："无为洞口春水满，无为洞旁春云白。爱此踟蹰不能去，令人悔作衣冠客。"（第36页）在这里，诗人并没有写出特别的景色来，不过是一池春水，几片白云，怎么就能令诗人"踟蹰不能去"呢，关键是住在这里的僧人，特别是他们的生活态度让诗人感觉遇到了知音："洞傍山僧皆学禅，无求无欲亦忘年。欲问其心不能问，我到此中得无闷。"当然，唐代文人对学禅还不像宋代那样时兴，元结虽然也慕禅慕仙，但也仅仅是解解烦闷而已。他真正想要回归的则还是躬耕自给的普通人的生活。如《宿洄溪翁宅》："长松万株绕茅舍，怪石寒泉近檐下。老翁八十犹能行，将领儿孙行拾穞。吾羡老翁居处幽，吾爱老翁无所求。世俗是非何足道，得似老翁吾即休。"（第40页）从这里可以看出，八十老翁的这种自然质朴的普通生活，才是元结所要身体力行的，"行拾穞"，正是元结"归耕守吾分"（《忝官引》，第26页）的生活写照。也正是从"归耕"的感受出发，元结不仅写出了洄溪的山水之美，更重要的是写出了洄溪的灌溉之利："洄溪正在此山里，乳水松膏常灌田。松膏乳水田肥良，稻苗如蒲米粒长。"（《说洄溪招退者》，第40页）这是亲身从事过农耕生产的人才能写出的诗句，在中国文人中，畅神山水的多，回归田园的少，而真正能做到躬耕自给的更是寥寥无几。元结的前半生做到了，后半生只要有机会，他也能做到，如乾元元年（762年），他辞官归隐瀼溪，过着"耕彼西阳城"、"相伴有田父，相欢唯牧童"的生活（《漫歌八曲》，第28页），说明元结的"归耕"愿望，绝非是"为赋新诗强说愁"式的矫情，而是真情实感的直白。

　　需要辨析的是，八十老翁"将领儿孙行拾穞"本就是一种生活所需，甚至可以说是一种生活所逼，而元结为什么要说他是"无所求"？这本是一种很普通的世俗生活，元结为什么要说"世俗是非何足道"？元结的这一说法其实是有背常理的。

当然，有背常理并非无理，元结还是有自己的理由的，元结的理就在于"隔"。这里想借用一下王国维论诗所标举的"隔"与"不隔"两个术语。王国维用一对相反的审美概念对中国古典诗词中的意境作出理论概括，这就是所谓的"隔"与"不隔"。但王国维并没有从理论上对它们的内涵予以界定，只是举出了一连串的诗句来说明二者所产生的不同的审美效果。[①] 后人在他举例的基础上再根据自己的理解进行解释，于是就有了种种不同的说法。在这里，笔者不想纠缠于王国维的原意，也不想拘泥于他的原意，只想借用一下这两个术语来作出自己的界定：这里所说的"隔"，是指与官场名利关系的隔离，类似于西方现代美学中的"审美距离说"；"不隔"则是指对山水的真情挚爱、对田园生活的真情向往。元结从内心来讲是厌恶官场生活的，但生当国家危难之际，又不能推卸"尝欲济时难"的责任，因而只能在"终日领簿案""忧劳忘昏旦"（《漫酬贾沔州》，第31页）的官场上应承和维持，但他"性情尤荒漫"的本性未改，在无法摆脱官场烦恼的情况下，他只能借助"云山与水木"来"以兹忘时世"（《漫酬贾沔州》，第32页）。因此，元结诗歌的山水美首先是因为"隔"——为祛除官场名利等俗务而产生的。

三 "隔"与"不隔"的人造山水之美

元结的本性是挚爱山水田园而厌恶官场名利，即便是身在官场而仍然心系山水，可以说，山水已成为他生命的一部分，在他的生活中，几乎时时刻刻都要以山水为伴，如果没有山水，哪怕是用人工也要造出山水来。如《引东泉作》："东泉人未知，在我左山东。引之傍山来，垂流落庭中。宿雾含朝光，掩映如残虹。有时散成雨，飘洒随清风。"（第43页）这是他在道州刺史任上所作的一首诗，我们可以想见他所居住的地方是有山无水的，所以便通过人工引来东泉之水；也正因为是人工

[①] 王国维：《人间词话》，上海古籍出版社1998年版。

引来，颇费了一番心思，所以对这一流泉才更加喜爱，观察才更加细致，那"朝光"、"残虹"、"清风"、"雨雾"的描写才那样地逼真传神、清灵美妙。这就是元结的"不隔"：对山水田园的真情挚爱。从这种人造山水的美妙描述中，我们也可以看出元结对昔日平静的山林生活所思之切、所念之深，因为元结在诗的最后又动起了辞官的念头："吾欲解缨佩，便为泉上翁。"（第44页）可见回归山林的意念，在元结的头脑中是何等根深蒂固，他不像其他文人那样只是将山水当做怡情逸性的手段，在他的意念中，山水就是生命的归宿所在，这才是真正的人与山水的"不隔"。

人造山水的美妙，可以是实景，也可以是虚景。元结在道州任上，曾给一个小小的"石鱼湖"写过三首诗：《石鱼湖上作》《夜宴石鱼湖》《石鱼湖上醉歌》。在《石鱼湖上作》一诗中，元结写有一序，说明石鱼湖的由来："瀼泉南上，有独石在水中，状如游鱼。鱼凹处，修之可以贮酒。水涯四匝多欹石相连，石上堪人坐。水能浮小舫载酒，又能绕石鱼洄流，乃命湖曰石鱼湖。"（第42页）很显然，这是由一股泉水所形成的一汪积水，准确的命名应该是"潭"，但元结不仅要命名为"湖"，而且要将它与洞庭、君山相媲美："石鱼湖，似洞庭，夏水欲满君山青。山为樽，水为沼，酒徒历历坐洲岛。"（《石鱼湖上醉歌》，第46页）这里所写的似乎是酒徒的醉态，但在这醉态之外，我们看到的是元结对这一水一石的喜爱与流连；这里的景色谈不上如何地美，几位朋友聚在一起喝喝酒，本也是寻常之事，但元结却要将它描写得很不寻常，其原因就在于它很能体现元结"顾吾漫浪久，不欲有所拘"的本性，在这里他可以率性而为，得到充分的精神自由，审美想象也可以展开飞翔的翅膀，几尺水潭可以变成浩瀚的洞庭，几个酒徒的形象也变得无限高大——这种夸张和想象，在元结的诗歌中很少见，与李白的风格颇为接近。因为加入了太多的想象和夸张，所以石鱼湖的景色成了虚景，但它给人的审美体验却更加强烈。另一首《夜宴石鱼湖作》则与《石鱼湖上醉歌》形成了鲜明的对比。《醉歌》是写在白天，举目所见天高地阔，因而石鱼湖被无限地放大；《夜宴》写在晚上，在灯光的映照下，石鱼湖更感幽深：

"高烛照泉深,光华溢轩楹。如见海底日,瞳瞳始欲生。"(第 45 页)烛光倒映在泉水中,竟然有如海底之日瞳瞳欲生,这既是实景的细致生动描绘,也是高度的夸张和奇特的想象,没有静观默察的体物之细,写不出这样生动的景色来;而没有丰富的联想和阅历,也写不出这样阔大的境界来——这是自然景观,也是人文景观,元结的特长就是很善于在自然景观中融入人文的因素,从而使本来无足轻重的自然景观具有了永久性的审美价值。

当然,"隔"与"不隔",主要是为了行文方便而借用的两个术语,就元结的山水诗创作而言,是很难区分哪首是"隔"或"不隔"的。元结厌恶官场的追名逐利,是与他挚爱山水田园生活的无求漫浪联系在一起的,二者可以互为因果:因为挚爱山水,所以厌恶官场;因为厌恶官场,所以更爱山水。在具体的诗作中,这两种情感往往是结合在一起的。如《欸乃曲五首》,第一首主要是"隔":"偶存名迹在人间,顺俗与时未安闲。来谒大官兼问政,扁舟却入九疑山。"此诗前面的序言说:"大历丁未中(公元 767 年),漫叟以军事诣都使还州。逢春水,舟行不进,作欸乃五曲。"(第 46 页)那么,诗中所说"来谒大官兼问政",就应该是指"以军事诣都使"之事。这一趟出行的目的是"谒官问政",正是元结所不乐意做的事情,因而诗一开始便说"偶存名迹在人间,顺俗与时未安闲"。为了使自己能够"安闲"下来,元结从末句"扁舟却入九疑山"开始,接下来的四首便都是写永州的山水之美,特别是第四首,与第一首形成了鲜明的对比:"零陵郡北湘水东,浯溪形胜满湘中。溪口石颠堪自逸,谁能相伴作渔翁。"很显然,后面的四首从情感表现来说都是"不隔",但它们与第一首的"隔"是一个相互补充、相互生发的关系,正是这种补充和生发,才使元结的山水诗有了更丰富的内涵,也给我们留下了更多的回味。

四 "隔"与"不隔"的千古绝唱

柳宗元在《零陵三亭记》中曾提出一个"观游"乃"为政之具"的理论:"邑之有观游者,或者以为非政,是大不然也。夫气烦则虑乱,视壅则志滞。君子必有游息之物，高明之具，使之清宁平夷，恒若有余，然后理达而事成。"① 在柳宗元看来，"观游"是为了怡情逸性、平心静气，以便更好地"为政"。柳宗元或许指出了一般文人"观游"的目的，但如果将这一理论用在元结身上则大不然。因为元结的"观游"不在"为政"，而在"避政"乃至"逃政"。而他为"避政"、"逃政"，不仅给我们留下了诸多的山水诗，更重要的是给我们留下了诸多的山水人文景观，譬如浯溪的山水和碑林，能在今天成为全国重点文物保护单位，就是当年元结因"避政"、"逃政"而留下的"功绩"。

大历三年（768年），元结升迁容州刺史兼经略守捉史，并加容州都督等职衔；大历四年，朝廷又加封元结为"守金吾卫将军""兼御史中丞"。朝廷如此重用元结，让他集军政大权于一身，在一般文人看来，这正是建功立业的大好时机，一定会放开手脚大干一番的。但元结却不同，以母丧上书朝廷，要求离任丁忧守制。朝廷以"忠大于孝"的理由"夺情"，仍然要求他留任，他则上《再让容州表》坚持自己的要求，于是得以在浯溪守制三年。大历六年（771年），大书法家颜真卿来浯溪，元结请他将自己的《大唐中兴颂》书于石上，摩崖勒石。从此，"浯溪三绝"以其"文奇、字奇、崖奇"而名扬天下。

或许，从建功立业的角度说，我们应该为元结感到惋惜，因为从他的为政理念和军政才能来看，有这三年的守制时间，他一定能够在中国历史上特别是在民族团结史上写下浓墨重彩的一笔。据《新唐书·方镇表》载，容州是一个行政和军事中枢，容州都督实际上管着十四州的军事，元结到任前，容州已经被夷族首领攻占，元结改变过去专凭武力镇压的政策，采取抚慰劝励的办法，并以诚恳坦率的态度博得了夷族同胞的信任，仅用六十多天的时间就恢复了八个州的秩序，在此基础上，再用三年的时间，元结定然会政绩卓著、誉满天下。然而，元结仅以一纸《再让容州表》就将这绝好的机会舍弃了——他失去了一个更高的官位、更大的功名，却给我们带来了一个浯溪碑林，这是中国文化史上独一无

---

① 柳宗元：《零陵三亭记》，《柳宗元集》，中华书局1979年版，第737页。

二的一个碑林，其文化价值和艺术魅力将永世长存，历久弥新。而浯溪碑林的每一块碑刻都可看作是对元结的纪念，这数百块碑刻的分量，远比史书上的一笔记录要厚重。诚如是，元结一时的所失，换来了永久性的所得，这是"隔"与"不隔"的共同收获；同样，也是"隔"与"不隔"所带来的绝佳意境、千古绝唱。

（载《船山学刊》2010 年第 2 期）

全球化背景下当代文学的反思与建构

关于民族文学和民族文化建设的问题似乎是一个由来已久而又愈谈愈新的话题，特别是世纪之交的近十年时间里，在全球化的语境之下，这一问题更是愈谈愈火爆。本文试图在梳理前人观点的基础上，再结合创作实绩来谈谈自己的观点。

一 理论视阈：从二元对立到参"二"为"三"

谈到民族文学和民族文化建设，往往要涉及相互对立的两对词语，即"全球化与本土化"或"世界性与民族性"。这两对词语，在对问题实质的指涉上可以互换，无本质区别。需要指出的只是，"全球化"和"世界性"在更多的情况下不是全称而是代称，即指代"西方化"或简称为"西化"。因此，在中国历史上，关于文学和文化建设的问题，往往围绕着"中国本位化"与"西方化"的争论展开，其结果是形成截然对立的"二元"论。

最早的争论是从16世纪的明代开始的。明代末叶，随着西方传教士的涌入，带来了西方先进的科学技术，中西方文化发生了第一次碰撞，当时的一些文人感觉到了中国科学技术的落后，于是提出要向西方学习。最早提出这一观点的似乎是徐光启，他在崇祯四年上疏皇帝说："欲求超胜，必须会通……西法不妨于兼收，诸家务取而参合。"[①] 徐光启的观点当时得到了一些人的赞成和发扬，如王锡阐、梅文鼎等人，但

[①] 《明史·徐光启传》。

也招来了诸多攻击，如冷守忠等人甚至提出要废除由徐光启、汤若望等人合编的《崇祯历书》，并建议根据邵雍的《皇极经世》去修订历法。因此，中西文化的交流从一开始就形成了学习西方与盲目排外的两种截然不同的观点。

明代的争论因清代的闭关守国而中断了两百多年，直到 19 世纪中叶的晚清，当西方的坚船利炮与中国的长矛大刀发生激烈的碰撞之后，中西文化的交流才在一种被逼无奈的背景下重新开始。当时影响最大的一种观点就是"中体西用"，它在很长一段时间内，形成为一种被经世派、洋务派、改良派等所广泛接受的社会思潮。这一思潮经历了始而言"技"、继而言"政"、进而言"教"的过程，特别是言"教"，主张学习西方的自由、民主、平等，开启了中国思想大解放的先河，这是明代徐光启等人所绝难企及的。值得注意的是，这一时期在对待西方文化的态度上，只有"学什么"和"怎样学"的争论，而没有"学"与"不学"的争论。这说明，当时中国的知识分子在"被逼无奈"的境况下，都不得不考虑向西方学习；同时也说明，中国知识分子的民族自尊心受到了严重的伤害，以至于完全失去了以独立的民族文化去战胜西方文化的信心。

到了 20 世纪的初期，情况发生了些许变化，第一次世界大战给人类所带来的深重灾难，让世人看到了西方文化的缺陷，中国部分知识分子又找回了民族自信，于是又形成了"全盘西化"论和"中国本位文化"论两种截然对立的观点。"全盘西化"论者以胡适为代表，他的"全盘西化"（Wholesale Westernization）其实是与"全力现代化"（Wholehearted Modernization）或"充分现代化"相联系的。胡适解释说："现在的人说'折衷'，说'中国本位'，都是空谈。此时没有别的路可走，只有努力全盘接受这个新世界的新文明。全盘接受了，旧文化的'惰性'自然会使它成为一个折衷调和的中国本位新文化。"[①] 从这里可以看出，胡适的"全盘西化"主张，其实只是一种行动手段，真正的目的则还是为了要"调和"出"中国本位新文化"。"中国本位文化"论者其代表人物是

---

① 陈序经：《再谈"全盘西化"》，《独立评论》第 147 号。

戴希圣，但真正起核心作用的则是陈立夫。这一派所打出的旗号是"以科学化运动检讨过去，以新生活运动把握现在，以文化建设运动创造将来"①。从旗号看，"科学化"是摆在第一位的，但陈立夫认为："欲复兴民族，必先恢复民族固有的特性，然后再研究科学。"② 可以看出，"恢复"才是第一位的，因此，其思维路向可以概括为：起点是"恢复"，过程在"建设"，目的在"本位"。

20 世纪 40 年代以后，关于文化建设的问题有 30 年左右的时间没有形成论争，到了 20 世纪 80 年代才形成为一个高潮，而且这一高潮一直延续到现在还没有消歇的迹象。这一时期的论争，学者的视野更为宽阔，观点更为复杂，很难再归纳为二元对立的两派，大致地划分，可以归结为"儒学复兴"、"全盘西化"、"会通综合"三个类型。"全盘西化"论基本上是胡适观点的延续，但比胡适更偏激；"儒学复兴"论者认为"复兴儒学是中国文化现代化的根本途径"，也可以说是"中国本位文化"论的延续，只是更"现代"了一点。"会通综合"的观点是以前所没有的，需要简单地评析一下。

近十余年来，人们对"文化"的研究，大都采取了比较文化学的方法，有了一种更广阔的世界视野和全球意识，很多学者都意识到了二元对立论的偏颇性，于是试图超越它，从"二元"的会通或综合中，找到自己所需要的第"三"种东西。对这一问题展开讨论的学者很多，有老一辈的文化泰斗，也有著名的青年学者。老一辈的如庞朴和张岱年，年轻一辈的如王岳川等。庞朴提出"会通古今中西"的主张，认为应该"酝酿出会通古今、中西的中国式的社会主义现代化文化，使中国文化重振雄风于天下"③。张岱年认为必须"走中西融合之路，必须以创造的精神从事综合并在综合的基础上有所创造"④。王岳川认为应该"在全球文化转型的语境中，重视民族文化中的差异性和特殊性的同时，又超越这

---

① 《发刊词》，《文化建设》第 1 卷第 1 期。
② 陈立夫：《文化建设之前夜》，《华侨半月刊》第 46 期。
③ 金元浦等：《中国文化概论》，首都师范大学出版社 1999 年版，第 690 页。
④ 张岱年等：《中国文化与文化论争》，中国人民大学出版社 1997 年版，第 401 页。

一层面而透视到人类某方面所具有的普适性和共通性，使我们在新理性的指导下，重新阐释被歪曲了的民族寓言，重新确立被压抑的中国文化形象"[①]。这些观点尽管侧重的角度有所不同，但基本的思想都是一致的，那就是要"参'二'为'三'"，即在"参合"西方的和民族的或全球的与本土的文化精华之后，再创造新的"中国文化形象"。这个新的形象，既不同于原有的民族的、本土的形象，更不是西方的、他民族的形象，而是超乎二者之上的第"三"种形象。百年的文化论争，终于从"二元对立"走向了"参二为三"，这应该是文化论争的一个最大收获。

以上是从纯理论的角度对历史上的"文化"论争进行了一个粗线条的梳理，之所以要进行这样的梳理，目的是要为今天的民族文学建设提供一个有益的借鉴，因为"参二为三"的原则，放在文学领域同样适用。

二 历史回眸：先面向世界，再回归民族

有了"参二为三"的原则，我们可以减少很多无谓的争论，但不能说已经完全解决了问题，因为在参"二"的过程中仍有一个孰先孰后、谁主谁次的问题。现在，我们换一个角度，从全球化的历史进程与民族文学的关系方面来看一看民族文学建设究竟应该怎样确定参"二"过程中的"先后"、"主次"问题。这里，我们先来探讨一下"孰先孰后"的问题。

"全球化"的历史进程真正要追根溯源起来，可以说是已经相当"久远"了。美国的社会理论家罗兰·罗伯森将全球化的"时间—历史路程"描述为五个阶段，第一阶段即萌芽阶段"从15世纪初期"就开始了，那么延至现在就应该有了整整五百年的历史；从内容上来讲，全球化当然绝不仅仅是经济的全球化，它包括的范围广泛而复杂，但罗伯森在第三阶段（从19世纪70年代到20世纪20年代中期）中所归纳的两大"主题"似乎可视为全球化的主导性内容，即"'现代性'问题初步成为讨论

[①] 王岳川：《全球化与本土化的对峙》，《跨文化对话》（五），上海文化出版社2001年版，第68页。

主题","关于民族国家认同和个人认同的思想成为主题"①。这两大主题，无论是对中国的现代历史或现代文学来说都具有极为重要的意义，因为就中国人对"全球化趋势"的认同来说，主要也就是认同了这两大主题，或者说，中国的"现代性"从一开始就是与"民族国家认同与个人认同"结合在一起的，而尤为重要的是对民族国家的认同。中国对现代性的需求与对民族国家的认同似乎是互为因果的基础性力量，二者形成了一个平行四边形的合力，拉动着中国现代历史的前进。

不同的是，全球化的进程在中国的"时间—历史路程"不仅短暂得多，而且是被"逼压"出来的，当被西方列强用坚船利炮轰开国门的时候，中国人才突然意识到我们也要与西方的科学技术相与同步，亦即我们也需要顺应世界的潮流：必须走现代化之路。同时，这一"逼压"也使中国人认清了自己，不再做中央帝国的迷梦，知道了世界上还有比我们更强大的他民族国家，于是，使中华民族独立于世界民族之林，便成为百年来中国人的共同心愿。因此，不仅中国"现代性"的启动是被"逼压"出来的，对他民族国家的认同也是被"逼压"出来的，这一"逼压"也意味着民族危亡的形势压倒了一切，对"个人认同"也就淡化了，除了五四时期曾短时间地张扬个性之外，此后便少有人提起。

西方的现代化之路本来是肇始于英国的工业化，但到了中国则演化成了民族解放之路。在中国，谋求现代化的志士仁人一直是将救国救民的任务放在首位的，五四运动时期的"反帝反封建"明显地带有双重的任务："反帝"是为了摆脱殖民统治，争取民族独立；"反封建"则是为了告别落后的封建社会而向现代社会迈进。"反帝"排在"反封建"的前面，这也意味着"民族国家的认同"亦即民族独立性在当时来说具有更为重要的意义。到了20世纪三四十年代，救亡和抗战更是成了压倒一切的任务，所以救亡文学和抗战文学也就成了当时文学的主旋律。一直到新中国成立后的头30年，我们的闭关自守和"反帝反修"，虽然不无偏颇之处，但它同样也是西方国家和苏联对中国实施封锁逼压的结果，因

---

① [美]罗兰·罗伯森：《全球化——社会理论和全球文化》，梁光严译，上海人民出版社2000年版，第84—85页。

而它同样是为了民族独立性的需要。因此可以说，在20世纪80年代以前的半个多世纪中，中国人及中国文学所采取的一切应对措施，基本上都是在国外的政治力量和军事力量的"逼压"下而被动产生的，不仅没有主动性，更不敢有寻找本民族文化优势的奢望，因为当时的人们比较一致的看法是：要想加快现代化的进程，除了"别求新声于异邦"之外，便别无他途。

到了20世纪80年代，刚一打开国门，便有一股清新的空气扑面而来，给了中国人以惊奇和信心。这股清新的空气便是作为落后民族的拉丁美洲文学正在风行世界。于是，当时的一批青年作家敏感地捕捉到了这一新的信息，发现中国古老的传统文学原来也有自己的优势，于是，"寻根文学"便应运而生。

拉美魔幻现实主义"化腐朽为神奇"的奇思妙想，使得其绝妙佳作如《百年孤独》等作品风行全球，拉美文学也因此而"走向世界"，这给了中国作家以启迪和信心，引发了他们创造奇迹的冲动，也立意要促使中国的文学走向世界。本来，中国的当代文学长期被西方所忽视，这很是刺伤了中国作家的自尊心，也激起了他们要"走向世界"的强烈愿望和悲壮感。因此，"走向世界"便成了中国作家的一个情结、一个梦想，这正如高尔泰所说的："在辽阔的中国土地上，在古老的文化背景下，这实在是一条转悠不尽的道路，也是一条中国文学走向世界的道路。"[1] 而且，作家们的这一心态并不是"20世纪80年代的中国所独有，而应当说是一种世界性的现象，我国新时期的'寻根'文学思潮，正是适应这种世界潮流应运而生的"[2]。寻根作家适应世界潮流所做出的抉择就是"先回归民族，再走向世界"。而这里的回归民族已经不仅仅是"民族国家的认同"，更重要的是要找到民族文化的优势，这一份自信是以前的中国人和中国文学所难以企及的。在20世纪中国现代化的历程中，如果说20世纪80年代以前的一切应对措施都是在政治和军事外力的逼压下被动采取的，20世纪80年代以后的文化回归和文学寻根则是在经济和文化的"逼

---

[1] 高尔泰：《当代文学及部分评论印象》，《中国》1986年第5期。
[2] 乌热尔图：《我属于森林》，《文学自由谈》1986年第5期。

压"下主动进行的，这也意味着中国的现代化进程已经有了一个具有决定性意义的大转折：终于从被动转为主动了。有了这种主动性，中国文学要走向世界便有了良好的心理基础。

值得特别指出的是，不管是"被动"还是"主动"，中国文学总是先"面向世界"的，总是在世界性的文化背景中，以他民族的文学为参照，再来寻找本民族文学的优势和定位。由是而论，寻根文学作家提出要"先回归民族，再走向世界"，作为一个特殊背景下的阶段性口号，是有它的合理性和实践指导意义的；但如果要将它作为一条带普遍性的理论原则用来指导实践，则无疑会将创作引向歧途。与此相联系的，还有一个更为偏颇的口号，那就是"越是民族的，越是世界的"。试想，如果这一"定律"成立，我国五四运动以前的文学很少受到外来文化的影响，应该是最"民族的"，同样也应该是最"世界的"，那么，我们就不需要去创造什么新的文学，只管将这些最"民族的"传统文学复制出来推向世界也就行了，何必还要费尽心机地寻找民族文学的优势和定位呢！因此，正确的提法应该是：先面向世界，再回归民族。这也是上述百余年的文学"现代史"所证明了的。

三　创作定位：参照他民族文学，寻找本民族优势

"先面向世界，再回归民族"这一原则可以说解决了参"二"过程中的"孰先孰后"问题，但这只是民族文学创作的出发点，它要求作家在进行文学创作的时候首先必须有"世界性"眼光。但仅有这种眼光是不够的，还必须解决好参"二"过程中的"谁主谁次"问题，也就是在进行具体的文学创作的时候，必须找到一个准确的目标定位，那就是"参照他民族文学，寻找本民族优势"。

关于文学的民族性与世界性的关系问题，也是五四以来一直讨论着的热门话题。鲁迅在谈到文学地方色彩的意义时曾经说过："有地方色彩的，容易成为世界的。"[①] 在世界范围内的"地方色彩"，自然也就是民族

---

① 《鲁迅全集》（第12卷），人民文学出版社1981年版，第391页。

性。当时的周作人也是从这一意义上来谈论"地方趣味"的,他对这一问题似乎比鲁迅更重视:"我轻蔑那些传统的爱国的假文学,然而对于乡土艺术很是爱重:我相信强烈的地方趣味也正是'世界的'文学的一个重大成分。具有多方面的趣味,而不相冲突,合成协和的全体,这是'世界的'文学的价值。"① 闻一多在《〈女神〉之地方特色》一文中则直接从民族文学的角度来谈论地方特色:"将世界各民族底文学都归成一样的,恐怕文学要失去好多的美","真要建设一个好的世界文学,只有各国文学充分发展其地方特色。"只是到了寻根作家这里,因为有了拉美文学的成功样板,这一问题便不辩自明,故而他们一门心思所想的是如何突出自己创作的民族特色和地方特色,甚或是越土越好,将文化之根追索到越古老越原始就越好。这也使得寻根作家招来了几多指责,有人甚至讽刺他们寻根寻到了猴子尾巴上。当然,指责者也确实有自己的道理,寻根作家"原始"得过了头、"野性"得没了边的作品也确实给人以太过蛮荒之感,与人类文明的进化历程似乎是不相称的。然而,平心而论,我们只要将寻根文学的另一背景因素考虑进去,就可以明白他们这样做的价值。

我们可以往前追索一下:寻根文学得到了拉美魔幻现实主义的直接启发,而魔幻现实主义又直接肇源于欧洲的超现实主义,超现实主义则又是在西方世界的反传统反理性特别是反科学主义思潮的直接影响下产生的。因此,寻根文学产生的直接缘由是要向拉美学习,让中国文学也走向世界;但更深层的缘由则是要寻找一种"原始的"或曰"野性的"思维方式,以弥补科学理性单面线性思维的不足。我们可以先看一看季红真对这一问题的分析和归纳:"阿城在对庄禅的推崇中,包含着对悟性直观的思维方式的认同,而郑万隆以为'远古与现代是同构并存的',扎西达娃从远古的神话故事和世代相传的歌谣中,从每一个古朴的风俗祀仪中,看见了祖先们在神与魔鬼,人类与大自然之间为寻找自身的一个位置所付出的代价,则使整体性把握世界的认知方式,更多地带有神话

---

① 周作人:《自己的园地》,岳麓书社 1987 年版,第 117 页。

思维的特征。当然，并不是所有的作家都认同选择这样的思维方式，但有一点是真实的，那就是作家们对民族原始思维的溯寻，孕育了神话式思维方式复兴的可能性。譬如，李杭育曾在《通俗偶得》一文中，主张文学的认知方式要依重'直觉、经验、想象力构成的智慧'，而神话式思维显然是以想象力为思维动力的。虽然每个作家重视的认知方式各有差异，但有一点是共同的，那就是不再满足理性的认知活动，更重视艺术的直觉，艺术的想象，艺术的还原、重构。"① 因此可以说，寻根文学的出现，是带着两重目的或者说是具有双重意义的：既要走向世界，又要寻回民族文化之魂特别是思维方式上的优势。

应该说，寻根作家的努力是收到了成效的，2000 年，终于有一部"中文小说"第一次获得了诺贝尔文学奖，这不能不说是寻根作家辛勤努力的结果。虽说该作品还不能代表寻根小说的最高水平，但也具备了寻根小说的共同特征，作品中对西南边陲古风民谣的追寻，无疑是这部作品获奖的重要缘由，"诺贝尔文学奖评奖委员会"发布的《新闻公报》说："小说是根据作者在中国南部和西南部偏远地区漫游中留下的印象。那里至今还残存巫术，那里的民谣和关于绿林好汉的传说还当作真事流传，那里还能遇见代表古老的道家智慧的人物。小说由多个故事编织而成，有互相映衬的多个主人公，而这些人物其实是同一自我的不同侧面。通过灵活运用的人称代词，作者达到了快速的视角变化，迫使读者疑窦丛生。这种手法来自他的戏剧创作，常常要求演员既进入角色又能从外部描述角色。我、你、他或她，都成为复杂多变的内心层面的称呼。"这一段话对该作品外在特征的描述是准确的，但对其原因的分析则欠深刻。小说运用"你"和"我"交错叙事的结构方式，这本身就是对科学理性单面线性思维的挑战，在这里再也看不到线性的情节安排，也理不出单线的叙事线索，它之所以"迫使读者疑窦丛生"，完全是因为其多角度立体式的叙事方式搅乱了读者线性阅读的常规思维，使读者读了大半甚至读完之后还不知所云。其实，作品并没有设计什么悬念，更无曲折离奇

---

① 季红真：《文化"寻根"与当代文学》，《文艺研究》1989 年第 2 期。

的情节,如果一定要按常规归纳出什么情节线索,那确实是再简单不过了:"你"为了寻找想望中的灵山而投入大自然的怀抱,途中偶遇"她",便有了一段似真又假似假又真的萍水爱情故事;"我"似乎是为了采集民俗民谣而在偏远山区四处漫游,而且行无定踪,更难归纳其情节线索。但是,"你"、"我"、"她"和"他"却有一个共同的特点,那就是都厌恶城市的世俗生活,他们投身于大自然,是为了要寻找生命的本原意义,这一主题无疑是具有"现代"意义的;同时,也使该作品成了寻根小说,而不是旅游漫记。

寻根文学"对民族原始思维的溯寻",其收获最大、真正能切中中国文化根脉的,则还是韩少功和陈忠实,也只有他们的溯寻才是具体而实在的,将他们二人所得的结果结合起来,才能真正体现东方文化的优势,才能真正解救现代科学理性的单面线性思维之弊。就儒家仁学的思维方式来说,它所重视的是具体的"君臣、父子、夫妇、兄弟、朋友"等"五伦"中的"二人"关系,而在这"二人"关系中,它一定要确定谁为"尊"谁为"从"、谁为"主"谁为"次"的问题,这对于我们在处理外来文化和民族文化的关系时应该是具有决定性意义的,也就是说,在这"二者"的关系中,应该以自己的民族文化为"主"、以外来文化为"次",这一对"主次"关系如果不能确立,我们就无法保持自己的民族特色,也就谈不上独立于世界民族之林。但是,儒家仁学的思维方式容易从"一元独尊"发展到"唯我独尊",这就可能会引发拒斥外来文化甚或否认他民族文化的夜郎自大心态,于是就需要用楚文化特别是道家的思维方式进行调剂,楚文化"合一人神"的思维方式,可以让我们将外来文化整合进民族文化,使之成为一个整体;而道家的"圆融",则即可以帮助我们更有效地吸收外来文化,也可以帮助我们以平和平等的心态对待他民族的文化,能与他民族文化和平共处。[①]

[①] 关于儒家仁学的思维方式和楚文化的思维方式等问题,本人曾在拙文《规范尊从与一元独尊——儒家仁学的思维模式探析》(《新国学研究》2005年第2辑)、《合一人神:楚文化思维模式与韩少功之演绎》(《福建论坛》2002年第2期)、《阿城:对道学精神的完整体认》(《零陵师专学报》2002年第1期,人大复印资料《中国现代、当代文学研究》2002年第4期)三篇文章中有过较系统的阐释,可供参阅。

寻根文学对"民族原始思维的溯寻",其最大的价值则还是体现在文学创作方面,我们可以借用列维—斯特劳斯的观点来说明其意义。列维—斯特劳斯在《野性的思维》一书中曾高度评价了原始的"野性思维"在现代的意义,他这样总结野性思维的特点:"我们称作'野性的'而孔德描绘为'自发的'这种思维活动所具有的突出特点,主要表现在它给自己设定的目的是广泛而丰富的。这种思维活动企图同时进行分析与综合两种活动,沿着一个或另一个方向直至达到其最远的限度,而同时仍能在两极之间进行调解。"[1] 从列维—斯特劳斯的总结中可以看出,野性思维的"目的广泛而丰富",它绝不是单面线性的思维,其思维路向宽广而灵活,列维—斯特劳斯用了一个比喻,说它像修补匠的"修补术",可以随意地将本不相干的东西补缀到一起。其实,这一比喻仍是现代理性单面线性思维的结果,因为只有在单面线性思维的观照下才会有所谓"本不相干"的观念,在野性思维的观照下则没有"本不相干"的东西,一切都是相互联系、相互沟通并可以相互往来、相互转化的。诚如是,当年的屈原才可以乘龙驾凤,与天地鬼神相交通;老子才可以齐生死等祸福,庄子才可以泯灭蝴蝶与庄周的界线,真正做到齐物而逍遥,这其实也就是楚文化之所以"绚丽"的缘由。今天,我们的创作如果也想"绚丽"起来,那首先就得让作家的头脑"野性"起来:能够与天地鬼神、古人今人、正常人非正常人等自由地相交通,而绝不能将它们看作"本不相干"的东西。如果没有这点"野性"的自由,我们的想象空间就难免显得促狭而贫乏,我们的艺术殿堂就难免显得色彩单调。因此,列维—斯特劳斯认为,就像国立公园保护野生物种一样,艺术殿堂应该保有野性思维的存在。寻根作家从"民族原始思维的溯寻"中找到了野性思维的"优势",将它激活并运用到自己的创作中,于是就有了一个丰富多彩而又显得魔幻怪诞的艺术世界。这个艺术世界绝非屈原庄周的重复,而是一个有着强烈民族特色的"现代"新世界。因此,寻根作家所寻出的东西虽带有"原始"的野性,其意义则是"现代"的;其特征、其气派虽是民族的,其地位、

---

[1] 列维—斯特劳斯:《野性的思维》,商务印书馆1987年版,第250页。

其影响则是世界的。

　　总之,在世界文化背景中寻找民族文学优势,在传统文化背景中寻找民族文学的"世界性"定位,这应该是全球化背景下当代文学建构的一条基本原则。我们的"文学优势"在何处？说一千道一万,那种带野性的屈原、庄周式思维方式才是最根本的,因为只有它可以丰富我们的头脑,给作家提供广阔的想象空间；头脑丰富了创作才可能丰富,想象空间拓展了创作路子才会拓展。因此,这正是一种具有世界意义的民族思维方式,运用这种思维方式进行创作,就能够创作出具有世界意义的当代文学作品,才能够建构"世界性"的民族文学。

（载《中国文学研究》2009年第1期）

文学"寻根"与文学"现代性"的转型

一 "全球化"趋势逼压下的文学"现代性"

"全球化"作为一个世界性的热门话题,在西方发达国家是从20世纪80年代中期开始的。中国的情形似乎有点特别,是随着加入"世界贸易组织"的时间日益临近,才感觉到经济的全球化趋势已逼到了我们面前,我们在急急忙忙地采取应对措施的同时,似乎总还有一种过于突然之感。其实,真正要追根溯源起来,全球化的历史进程可以说是已经相当"久远"了。美国的社会理论家罗兰·罗伯森将全球化的"时间—历史路程"描述为五个阶段,第一阶段即萌芽阶段"从15世纪初期"就开始了,那么延至现在就应该有了整整五百年的历史;从内容上来讲,全球化当然决不仅仅是经济的全球化,它包括的范围广泛而复杂,但罗伯森在第三阶段(从19世纪70年代到20世纪20年代中期)中所归纳的两大"主题"似乎可视为全球化的主导性内容,即"'现代性'问题初步成为讨论主题","关于民族国家认同和个人认同的思想成为主题"[①]。这两大主题,无论是对中国的现代历史或现代文学来说都具有极为重要的意义,因为就中国人对"全球化趋势"的认同来说,主要也就是认同了这两大主题,或者说,中国的"现代性"从一开始就是与"民族国家认同与个人认同"结合在一起的,而尤为重要的是对民族国家的认同。中国对现代性的需求与对民族国家的认同似乎是互为因果的基础性力量,二

---

① [美]罗兰·罗伯森:《全球化——社会理论和全球文化》,梁光严译,上海人民出版社2000年版,第84—85页。

者形成了一个平行四边形的合力，拉动着中国现代历史的前进。值得特别指出的是，全球化的进程在中国的"时间—历史路程"不仅短暂得多，而且是被"逼压"出来的，当西方列强用坚船利炮轰开国门的时候，中国人才突然意识到我们也要与西方的科学技术相与同步，亦即我们也需要顺应世界的潮流：必须走现代化之路。同时，这一"逼压"也使中国人认清了自己，不再做中央帝国的迷梦，知道了世界上还有比我们更强大的其他民族国家，于是，使中华民族独立于世界民族之林，便成为百年来中国人的共同心愿。因此，不仅中国"现代性"的启动是被"逼压"出来的，对他民族国家的认同也是被"逼压"出来的，这一"逼压"也意味着民族危亡的形势压倒了一切，对"个人认同"也就淡化了，除了五四时期曾短时间地张扬个性之外，此后便少有人提起。

到了 20 世纪 80 年代，刚一打开国门，便有两股清新的空气扑面而来，给了中国人以惊奇和信心。这两股清新的空气，一是亚洲"儒家文化圈"的经济腾飞；二是作为落后民族的拉丁美洲文学正风行世界。于是，当时的一批青年作家敏感地捕捉到了这一新的信息，发现中国古老的传统文化原来也有自己的优势，也有推动现代化的动力因素，"寻根文学"便也因此而产生。

东亚地区的经济腾飞，不仅震动了世界，更给了中国人以复兴的希望。我们知道，在亚洲文化的发展史上，曾出现过以汉字为主要传播手段的东亚文化圈，历史上不同程度地受到中国的传统文化特别是儒家文化的影响，日本、新加坡、韩国和我国的台湾、香港，便是近代以来这一文化圈内最活跃的地区，这些国家的经济发展速度和现代化程度令世人瞠目，因而被称为"工业东亚"。而这些国家中尤为突出的是新加坡，被"视为这一地区中成功地推行儒家伦理的典范"，不少学者也以此为依据，认为"儒学是推动工业东亚现代化的一股重要动力"[①]。而远在欧洲的哲学家海德格尔等人，也从中国的老庄哲学中找到了批判现代理性主义的武器。欧洲国家有人甚或断言 21 世纪是中国文化的世纪。这一切

---

① 陈俊民：《儒家伦理与新加坡精神》，见《文史知识》1988 年第 6 期。

本足以诱使中国的作家产生回归传统的想望了,而拉丁美洲作家的成功更让中国作家的"寻根"转化为积极的行动。当然,确切地说,寻根文学的发轫,更直接的原因则还是肇源于拉美文学的成功。

二 "现代性"之流变历程:从"劣根性"批判到"优势"根脉的寻找

在文学的"现代性"方面,寻根文学所承续的其实是乡土文学的余绪,这使得寻根文学也可归入到"乡土文学"的大概念中,只是对待传统文化的态度方面,寻根作家有了不同的转向,即从乡土作家以对民族文化的"劣根性"批判为主转向了以弘扬民族文化的"思维和审美优势"为主。

1. 鲁迅所确定的基调:"揭出病苦"

谈到乡土文学,自然得首先谈到鲁迅。这一是因为"乡土文学"的概念是由鲁迅率先提出的,他在为《中国新文学大系·小说二集》所写的导言中说:"凡在北京用笔写出他的胸臆来的人们,无论他自称为用主观或客观,其实往往是乡土文学,从北京这方面说,则是侨寓文学的作家。"如同李大钊、毛泽东强调中国革命的农民问题一样,鲁迅所看到的也是中国文学的"乡土"根基,作家们尽管身处大都市,但仍挣不脱乡土的脐带,解不开乡土的情结,描述的仍是乡土的人和事。所以鲁迅以"乡土文学"之名冠之,也确实恰如其分。二是鲁迅创作了一批优秀的乡土文学作品,为同时代及后来的作家树立了典范。就创作而言,鲁迅所首先关注的是绍兴乡下人的落后与愚昧。他的主要作品《风波》《故乡》《祝福》《阿Q正传》等,都以绍兴为背景,但他的目的却不是写城镇而是写农村,或者说鲁迅是将浙东乡土当作中国农村的缩影来写的。正因为鲁迅所要表现的是带普遍性的农村生活,所以地域性特征被他尽量地消解,作品中的鲁镇、未庄、吉光屯等地名,几乎可以移到中国农村的任何一个地方,鲁迅借此所要表现的,只是一种古老的乡村文化氛围,在这种氛围中,我们看到了闰土的麻木、祥林嫂的木讷、九斤老太的步履蹒跚,特别是阿Q那似狡黠而实愚昧的面容。鲁迅描写这些，当然不是为了发思古之幽情，也不是为了抒发那一种文人常见的乡愁乡恋，虽然这也是文学的一种永久性主题，而且较容易出名篇佳作，但鲁迅却宁可舍弃这一条"终南捷径"，因为他要担负更为沉重的历史使命，他以一个知识者的理性和先驱者的觉悟，立意要改造中国的传统文化，使之适应现代性转型的需要。因此目的，他对乡土的态度便不是依恋迷醉，而是清醒冷峻的批判。当他放眼世界文明突飞猛进的大潮时，热切地希望加快中国历史的前进步伐，而反观乡村文化，竟是那样地古老绵远而沉滞封闭，这就不能不令他忧心如焚痛心疾首。于是，他的创作便全力用在"揭出病苦"上，试图挖出中国农民乃至全体国民灵魂深处的劣根性，使之裸露在国人的面前，以"引起疗救的注意"。三是鲁迅的身边聚集了一批追随者，形成了严家炎所说的"中国现代文学中的第一个流派——乡土文学流派"。譬如鲁迅的同乡许钦文，不仅作品的冷峻阴郁风格与鲁迅相似，在构思上与鲁迅更具相通之处；同为浙人的许杰，在《漂浮·自序》中直接阐明自己的创作目的就是要写出"无灵魂的人生"；台静农也多写礼教压迫之下的人们的愚昧和不争气；而王鲁彦多写愚昧无知的人群冷漠，就更有鲁迅之风，这正如沈从文在评他的《柚子》时所说的："鲁彦的《柚子》，抑郁的气氛遮没了每个作品，同时讽刺的悲悯的态度，又有与鲁迅相似处，当时正是《阿Q正传》支配到大部分人趣味的时节，故鲁彦风格也从那一路发展下去了。"[①] 其实，《阿Q正传》不仅影响了当时人的风格，更是影响了中国文坛近百年，其余绪至今仍在，因为对国民劣根性进行批判的任务，至今仍不能说已经完成；或许这一任务永远也不能完全结束，因为只要人类存在，人性的负面作用就会存在，对它进行揭示批判的任务也就应该存在，从这一意义上说，鲁迅的"揭出病苦"，就不仅仅是中国现代化的需要，更是与人类现代化的历程相伴始终的。

2. 沈从文的第一变：对乡村灵魂的赞美

沈从文说王鲁彦受到了鲁迅的影响，其实他自己也是受到了鲁迅的

[①]《沈从文文集》（第11卷），花城出版社1984年版，第180页。

影响的,他在自己的《小说集·题记》中说:"由于鲁迅先生起始以乡村回忆做题材的小说,正受广大读者欢迎,我的用笔,因之获得不少的勇气与信心。"所不同的是,沈从文只是从鲁迅的作品中吸取了写乡土题材的勇气与信心,而他的创作目的和风格,却与鲁迅截然不同,特别是从情感表现来说与鲁迅是相反的:对乡村人物由冷峻批判变为热情赞美。所以乡土文学到沈从文这里产生了第一个流变,这大致是由于沈从文对"现代性"的不同认识所致。沈从文没有出过国,他的眼光自然没有鲁迅那样开阔,他对"现代性"的认识,首先是从城市商业中看到了它的负面效应。在沈从文看来,城市几乎无一不表现出畸形发展的"中国味":沿袭数千年的中国封建文化,深入骨髓地仍然弥漫在城市的每个角落;与此同时,被西方商业文化污染的都市文明,也将其不加选择地吸纳进来,于是便造成了城市文化的大混乱,好的东西往往被废弃,东西文化中本应抛弃的糟粕却肆无忌惮地大流行。因此,沈从文认为,生活在这种文化氛围中的人们,对西方文化中的个中精义不曾悟得,却独对灯红酒绿的放荡生活倍感兴趣。人们失却了乡村社会固有的率真坦诚,少了乡下人特有的素朴宽厚,却多了一分虚伪矫情和自私势利,人的生命就在这种卑怯苟且、龌龊庸懦中消解了。那么,这样的生活还有什么意义呢?于是,失望于城市而钟情于乡土的沈从文,就只好到他的故乡——边远的湘西去做精神的漫游并寻找灵魂的归宿了。沈从文不满意于城市文明,似乎要立意摆脱"这一个现代社会",这使得他的作品很长一段时间内不见容于当代社会,他本人甚或还被视为逆历史潮流而动的保守乃至反动作家,其人其作都被打入冷宫几十年,这一遭际,除了政治的因素之外,人们对现代性认识的偏颇也确实是原因之一。因为人们曾简单地认为,城市文明是社会现代化的必由之路,城市化的一切都是社会的进步,都应该肯定。只是到了城市的污染威胁到人类的生命安全时,人们才从环保的角度意识到城市化的负面效应,沈从文的作品才重放光彩。其实,以今天的眼光看来,沈从文也绝不是反"现代性",而是从人的精神的层面关怀着人的现代性,他在对乡村灵魂的赞美中,呼唤着一种健全的民族生活方式,以安置一个个漂泊无定的现代灵魂,进而实现民族文化人格的再造，这正是我们今天所做的极为重要的工作，而沈从文以一个作家的天然敏感，几十年前就已开始了这一工作。因此，鲁迅和沈从文所重点关注的其实都是国民的灵魂，但一在批判，意欲使中国人在现代化的道路上能够轻装前进；一在赞美，意欲防止中国人在现代化的行进中只剩下了躯壳。二人的思维路向截然相反，但在对"现代性"的认同上却并无二致。

3. 赵树理的第二变：提倡移风易俗

乡土文学发展到20世纪40年代产生了第二个流变，这一流变当以赵树理为代表。如果说鲁迅和沈从文是以先知先觉者的身份居高临下地对农民进行启蒙，赵树理则是以朋友的身份与农民拉平了关系。正是这种平等的关系，再加上赵树理长期生活在农村，使得他对农村生活的描写显得具体而实在，既不像鲁迅那样虚泛，也不像沈从文那样空灵，因而乡土味更浓，在乡土民俗的描写上也更加深入。赵树理的《小二黑结婚》，以农村婚俗为主线，将占卜下神、生产禁忌、起外号的习俗，等等，全都囊括其中，使读者看到了一幅细致入微的农村风俗画。作者写这些，当然不是为了把玩古民俗，而是为了写出新旧习俗之间的斗争，进而提倡移风易俗。所以从"现代性"的意义上来讲，鲁迅所关注的是礼教对国民灵魂的禁锢，赵树理所关注的则是习俗对人的思想行为的囿限。所不同的是，鲁迅笔下的人物都是无法自救的，而赵树理笔下虽然也有二诸葛、三仙姑这样的麻木不仁装神弄鬼者，但毕竟已有了小二黑、小芹一类的新人，他们不仅能够自救，甚或还能通过斗争拯救他人，所以在新旧习俗的斗争中，往往是新习俗取得胜利。这当然不是说赵树理比鲁迅站得更高，而是恰恰相反，因为赵树理所关注的是具体的习俗乃至具体的事件，其最后的胜利归于何方，自然就可以按照作者的自信直接描述。但从现代化的进程来说，从反封建礼教到反旧习俗，无疑也是一种历史的演进。

4. 寻根文学的第三变：对民族文化优势的寻找

自20世纪四十年代到八十年代中期，乡土文学一直在沿着赵树理的路子走下去而无大变，到寻根文学的出现，才可视为乡土文学的第三个流变。寻根文学之所以可纳入乡土文学之内，首先就在于它对赵树理所开创的传统的继承，即注重风情民俗的描写，这正如汪曾祺在《中国寻根小说选》的序文中所说的："寻根小说十分注意对风俗的描写，几乎无一例外"，"寻根小说写的是人，是在某种特定风俗的雨露中生活的人。"其次，寻根作家大都拒斥城市文明，有意去描写"不规范"的山民村夫的生活，这又接上了沈从文的传统。再次，寻根作家虽然写的是特定风俗中的人，但却不是为了展示新旧风俗之间的斗争，而是要观照特定风俗中的国人的灵魂，这又是鲁迅的遗风。因此可以说，寻根文学是半个多世纪的乡土文学的集大成者，是对乡土文学的一次大提升，这正如丁帆所说的："'寻根文学'是使乡土小说进入更高层次的一次直线运动，它唤醒了朦胧的自觉。乡土小说不再是把焦点放在表现一种新旧思想冲突的表面主题意蕴上了，而更多地是带着批判的精神去发掘民族传统文化心理的'集体无意识'对于民族文化整体进化的戕害。"[①] 当然，更为不同的还在于，寻根文学是在80年代对现代性的负面影响进行清算的背景下产生的，所以在对待传统文化的态度上，与鲁迅和赵树理等人就有了截然的不同。寻根作家不仅要接续传统文化的根脉，还要寻出传统文化的优势，所以寻根文学也就有了与前三个阶段的不同特征，它不以反传统来显现自己的"现代性"，而是以对优秀传统的弘扬来体现"现代性"的完整性，这仍是对世界"现代性"潮流的认同。因为按照罗伯森关于全球化阶段的划分，"从60年代后期开始"进入"第五阶段"，其特征就是"不确定性"，西方世界在对现代性——特别是在其中起核心作用的科学理性——的负面影响进行清算的时候，也就模糊了现代性的明确目标；失去了"瞻前"的明确目标，人们的目光便只好"顾后"。于是，怀乡忆旧的情绪便弥漫整个世界，民族主义、原教旨主义更是成为世界性潮流，这一现象反映到文学领域，也就是世界范围内的文学寻根。中国的寻根文学也就是在世界寻根文学的影响下，特别是在拉美寻根文学的直接启发下发轫的。因此，中国寻根文学的回归传统，不仅不是反现

---

① 丁帆：《新时期乡土小说与市井小说：民族文化心理结构的解构期》，见《小说评论》1988年第2期。

代性，相反，却正是与世界的现代性潮流完全同步的；而且，与前几个阶段的乡土文学相比，这一次与世界的现代性也是结合得最紧密的。

尤为重要是，寻根文学虽然也写民俗，但并不停留在新旧民俗的斗争；虽然也写山野村民，但并不一般地赞美他们的朴素纯真；虽然也揭示国民的劣根性，但也并不以批判封建礼教为重点。寻根作家的超越前贤之处，集中体现在他们对中国传统文化根脉的追寻和认同。这首先便是对儒家文化的认同与弘扬，譬如贾平凹的一些创作，明确地提出要表现秦汉文化的精义，高扬秦汉雄风，他的那些商州系列作品中的人物，大都远离城市，保有善良忠厚、诚笃守信、无私助人的美德，他们身上笼罩着中国传统文化道德的光辉，是一批纯如清水、美如山花带有浓郁古风味的中华儿女；再如王安忆的《小鲍庄》，对普通农民身上的传统文化底蕴作了深刻的洞察和表现，并通过一个"仁义"的孩子捞渣的形象，对儒家文化中的仁学思想作出了现代意义上的阐释；郑义的《老井》，那强烈的家族意识和故土意识，也无疑浸染了浓郁的儒家文化色彩。其次是对道家文化的认同与表现，譬如阿城的《棋王》，就表现出浓郁的道家文化底蕴和风范，主人公王一生在动乱颠沛贫乏艰难的知青生涯中处变不惊，无怨无忿，只是专注于吃饭和下棋，而二者的结合，使得王一生的人格放射出一种大俗大雅、亦俗亦雅乃至雅俗难辨的含蓄混沌之美，这正是道家文化所带来的风流神韵。此外，像李杭育的"葛川江"系列小说极力挖掘和表现吴越文化的特色风范，莫言执著地表现"高密东北乡"和郑万隆着意表现东北林莽中的侠义文化风采，都是颇有收获的。当然，其中收获最大的还是韩少功和陈忠实，他们二人以对道家和儒家思维方式的追寻而特立于他人；如果将他们二人的收获结合起来看，则不仅切中了中国传统文化的主脉，而且可以以此证明"东方文化的思维和审美优势"所在。

三 "现代性"背景下文学寻根之不足

寻根文学的直接发轫，乃是肇源于拉美文学的成功。拉美魔幻现实主义"化腐朽为神奇"的奇思妙想，使得其绝妙佳作《百年孤独》风行全球，拉美文学也因此而"走向世界"，这给了中国作家以启迪和信心，引发了他们创造奇迹的冲动，也立意要促使中国的文学走向世界。而拉美作家成功的奥妙就在于"先回归民族，再走向世界"，于是中国的寻根作家一门心思所想的也就是如何突出自己创作中的民族特色和地方特色，甚或是越土越好，将文化之根追索到越古老越原始就越好。这也使得寻根作家招来了几多指责，有人甚至讽刺他们寻根寻到了猴子尾巴上。当然，指责者也确实有其道理，寻根作家"原始"得过了头、"野性"得没了边的作品也确实给人以太古蛮荒之感，与人类文明的进化历程似乎是不相称的。

在寻根作家中，将具有民族特色的陈旧观念寻出来，而与"现代性"发生冲突的作家也有，贾平凹就是最有代表性的一个。20世纪80年代中期的贾平凹，以一部笔记体小说《商州初录》而倍受世人关注，并被视为寻根文学的实力派作家。《商州初录》承续的可以说是沈从文的路子，同"边城"是沈从文的故乡一样，"商州"也是贾平凹成长的地方，这里的民风也同样淳朴善良，在淳朴民风的熏陶下，这里人人都有一颗纯洁无邪的美好心灵。作者显然也有用这种美好心灵去救城里人"现代病"的意思，所以作品的结尾说："城里的好处在这里越来越多，这里的好处在城里却越来越少。"贾平凹长期浸润于秦汉古老文化之中，自然会体验到它的厚重和朴实，他将这种"文化之根"寻出来，试图使之成为自我和全社会的民族精神，这确实是大有好处的。但是，贾平凹与沈从文毕竟不一样，他还是太喜欢"城里的好处"了，所以在后来的作品中，贾平凹所描写的便大都是"城里的好处"对山里淳朴民风的冲击，而且绝对是"城里的好处"获胜。譬如信守传统文化的韩玄子就非败给靠开加工厂致富的王才不可（《腊月·正月》），老实巴交的木犊反不讨妻子黑氏的喜欢，在一个中秋之夜她竟跟着敲钟人来顺私奔了（《黑氏》）；尤为对比鲜明的是禾禾和回回，禾禾从不安生种田，折腾来折腾去，最后竟折腾富了，回回老老实实地种田，辛辛勤勤地劳作，却越来越穷（《鸡窝洼人家》）。作者显然是要告诉人们，像回回这种人仅凭老实和勤劳已经无法生存下去了。特别是作品的最后，回回被证实没有生育能力，这似乎意味着，像回回这种人就该断子绝孙。由此看来,贾平凹的文学寻根并不是为了给现代中国人找到一个精神家园,而只是为了赶赶当时的寻根风潮而已。所以,一进入20世纪90年代,在商品大潮的影响下,贾平凹的创作立即就转了向随了俗了,《废都》便是最好的证明。这部小说还未出版,就被媒介炒作为"当代《金瓶梅》",如果仅从性描写和性观念来说,它确实太像《金瓶梅》了。关于性描写姑且不去说它,仅就性观念而言就可以用四个字概括:陈腐不堪。作品中所描写的,是绝对的男权中心,男尊女卑。在庄之蝶的眼中,女人只不过是一件玩物,他可以随意地玩唐婉儿,玩柳月,玩阿灿,乃至于将旧恋人景雪荫恶作剧般地玩弄之后又一脚踢开;特别是柳月,先是供庄之蝶泄欲,后又将她当作礼物送给市长的傻儿子做媳妇,而就在新婚的前一晚,还要送给庄之蝶享受一回。这些女人除了作为庄之蝶的施欲对象外,就什么都不是,这不正是古代士大夫常有的、《金瓶梅》之类的古代小说中常见的陈腐不堪的男女等级观和性欲观?庄之蝶的生活也正是沈从文当年所要极力抵制的"灯红酒绿的放荡生活",因此,贾平凹的文化寻根如果说在《商州初录》中还可以看到一点沈从文的影子,那么到了《废都》里则完全走向了反面,特别是作品中陈腐的男女等级观和性欲观,从任何意义上来讲,都是与"现代性"背道而驰的。

现代性源于西方,但历史演进到今天,已经使得现代性具有了世界性的普遍意义。在中国,无论是反传统的趋新或是恢复传统的怀旧,都脱不了"现代性"的框架,都是一种现代化的努力,然而,其侧重点则是决不相同的。发轫于五四时期的"乡土文学",虽然目标是反传统文化,立意要刷新的也是人的精神,但根本目的却不在精神的层面而在物质的层面,因为社会制度的革新和国防实力的增强乃是其时的当务之急,文学自然也不能超脱社会的政治、经济之外,所以"乡土文学"所谋求的现代性落实到根本上也就是要增强民族国家的经济实力,使中华民族凭借着物质力量强大的国家而屹立于世界的东方。到了80年代的"寻根文学",其"寻根"的根本目的却已不在物质层面而在精神层面,虽说综合国力的增强仍是当务之急,而经济实力在综合国力中仍具有决定性的意义,但外部的军事压力毕竟已减轻,作为民族国家的独立地位也再难撼动,文学也可以有余闲来关心人的精神存在了。所以,"乡土文学"和"寻根文学"虽然所关注的都是"现代性"问题,但前者侧重于"现代国家"的物质性存在,后者则侧重于"现代民族"的精神性存在,这或许就是二者之间的根本区别。这种区别当然并不意味着"寻根文学"脱离经济、脱离社会生活更远了,而是因为在经济飞速发展、社会生活变动不居的今天,人们更需要精神的稳定性,因为"人的精神需要栖居之所,在政治变幻莫测,经济此消彼长,人们的生活漂泊无定的现代社会中,传统的历史文化就成为一种相对稳固和深厚的精神家园,由此人们不但获得了精神上安身立命的归宿感,而且也拥有了和外部世界联系和沟通的基础"[1]。而在寻找精神家园的过程中,对民族文化乃至民族身份的认同,却也正是经济全球化所"逼压"出来的一种带全球化倾向的文化现象。

（本文的第二部分曾以《从"乡土"到"寻根":文学现代性的三大流变》为题,发表于《文艺理论与批评》2004年第2期）

---

[1] 殷国明:《必要与可能》,《跨文化对话》(二),上海文化出版社1999年版,第139页。

楚文化思维模式与韩少功之"东方优势"

一 引言：非同寻常的 1985 年

1985年，对中国文坛来说确实是非同寻常的一年。这一年，由几位青年作家发起的"寻根文学"，为中国当代文坛增加了一道亮丽的风景线，而且其余绪至今仍在文坛上占有不可忽视的地位。很难想象，20世纪八九十年代的中国文坛，如果没有"寻根文学"撑场，那将会失去多少光彩！这一年对韩少功来说则更是非同寻常，不仅"寻根"的旗号由他率先打出，更以《爸爸爸》这一绝妙佳作，奠定了他在"寻根文学"中的中坚地位。

韩少功在《文学的"根"》一文中，一开始就追问："绚丽的楚文化流到哪里去了？"然后他就提出文学要寻根："文学有根，文学之根应深植于民族传统文化的土壤里，根不深，则叶难茂。[①]"但是，"民族传统文化"毕竟是一个含混的概念，传统文化之中，有精华更有糟粕，于是韩少功的"寻根"之论，便引来了诸多"商榷"。为了使自己的思想表达得更清楚一些，1986年韩少功在《文学月报》第6期发表《寻找东方文化的思维和审美优势》一文，明确提出："所谓寻根就是力图寻找一种东方文化的思维和审美优势。"从这里似乎可以看出，韩少功的寻根重点，是放在"思维和审美优势"方面。

但理论与实践似乎远不是一回事，再加上读者阅读的主观差异性，

[①] 韩少功：《文学的"根"》，《作家》1985年第5期。

十几年来对韩少功寻根小说的论评真可谓众说纷纭。这里先回顾一下众人对其所寻楚文化之"根"的评说，再来探讨一下韩少功所寻到的楚文化之"根"亦即"东方文化的思维和审美优势"是什么，这于今天的创作或许会有所启迪。

二 回顾：对韩少功所寻楚文化之"根"的双向评说

因为韩少功所追问的是"绚丽的楚文化流到哪里去了"，而就他自己的创作来说，就是要寻回楚文化之根，这正如康濯所说："韩少功从他在汨罗江六年中所感受的新旧生活、习俗民情、传说歌谣、山川风物，发现了同屈原及其作品乃至古代楚文化或显或隐的若干联系，从而领悟了新旧生活的某些渊源，想到了今天的文学应怎样从屈原和楚文化的传统学习、继承和发展，这就是他思索和提出'寻根'的具体发轫。"① 鉴于此，很多批评家便从分析楚文化的特征出发，去验证韩少功的寻根实践。

从楚文化的角度去批评韩少功，湖南人似乎有得天独厚的优势，因而首先进行这一工作的大都是湖南的批评家。率先着手这一工作的似乎是胡宗健，他在《文学月报》（1986年第3期）上发表《文学的根和叶——兼论湖南青年作家》一文，文中先归纳了楚文化的三个特点："想象丰富，意境宏阔"；"体物之妙，传神写照"；"不假雕饰，自然率真。"然后分析了《归去来》，认为它是"对狭义上的楚文化的直接寻觅"："那可是几回回梦里回楚地的境界呵！这篇小说有意打破人和现实的同一状态，用一种美学上的错位，即精神世界和物质世界的非同一状态，环境和时间的非同一状态，来发露出一种逆向的情感活动。在这里，作者表现了一种极其复杂的心境，既有遥远而又迫近的难耐，又有'是我'而又'非我'的困顿。这种错综复杂的美学沉思，自能激起我们一种诗意的兴奋，并把我们引向那样一个虽没有披兰戴芷、佩饰纷繁、索茅以占、结茝以信、能歌善舞、呼鬼唤神但也能体会到楚辞中那神秘、奇丽、狂放、孤愤的境界。"接着，陈达专也

---

① 胡宗健：《治伤思过和"寻根"》，《文学月报》1986年第12期。

在《文学月报》(1986年第5期)上发表《徘徊的一九八五》一文,认为"韩少功一心要突出小说中的'楚味'(而不是'湘西味')":"他以种种魔幻的手法来描摹楚地的神奇现实,勾勒出愚昧落后而至今未死的民族精灵丙崽的形象,以象征、联想以及疯态、病态、错觉、幻觉等非常心态来表现生活现象的本质真实,从各个层次和各种角度来构塑一个民族沉沦的悲剧,而揭示出'绚丽的楚文化'的另一面:野蛮愚昧而又生命不绝的落后的楚文明。"《文学月报》还在1986年的第6期上开辟"关于'文学寻根'的探讨"的笔谈专栏,一些批评家也特别注意到楚文化的特点问题,如未央认为"楚文化一个重要的特征是忧患意识,是忧国忧民"。李元洛认为《楚辞》的"美学特征有七":"民族忧患意识,即忧国忧民的心态";"宇宙意识和历史意识";"个人意识和生命意识";"重在'表现'的美学思想";"自觉的创新意识";"多元化";"开放性"。凌宇的《重建楚文学的神话系统》一文则全面分析了楚文学对以韩少功为代表的湖南青年作家的影响及他们试图重建楚文学神话系统的努力,他认为"以屈原为代表的楚文学,也是以南方巫鬼文化为核心"的,而"南人的幻想情绪,湘楚一带现实人生中依然保留着大量魔幻色彩,历史文化中楚文学奇异瑰丽的神话世界,为湖南作家提供着游刃有余的艺术感兴",有了这种感兴,使得韩少功等人的作品"不再完全拘泥于人物、事件外部表现形态的真实性,荒诞、神秘或魔幻色彩笼罩着作品的画幅,具有类神话或现代神话的特征","这是一种楚人浪漫主义情绪的复活,这批作品照亮了始终让人感觉到却说不出来的独特文学风骨,这种风骨是属于楚人的,是属于湖南作家楚人血液中无法抹去的浪漫因子"[1]。

当然,不仅仅是湖南的批评家注意到了韩少功创作的楚文化特点,湖南之外也有很多批评家论及此问题。如陈思和即认为韩少功的创作"力图重显楚文化的生命魅力"[2]。李振声认为韩少功的寻根是"着眼于巫楚文化背景"[3]。汪政、晓华认为"楚文化的神话色彩和部族观念启发了

---

[1] 凌宇:《重建楚文学的神话系统》,《上海文学》1986年第6期。
[2] 陈思和:《当代文学中的文化寻根意识》,《文学评论》1986年第6期。
[3] 李振声:《韩少功笔下的"非常人"》,《文艺研究》1989年第1期。

韩少功的艺术思维，引导他去探求这神话中的理性内涵","从作品的审美风貌而言，韩少功基本上在努力取得楚文化的滋养，力求吸取其浪漫浓艳、神奇诡谲的美学风格……在上述风格下的是对传统文化的理性审判"①。张学军认为韩少功的作品"展示了一个神秘怪诞、充满了巫术文化的艺术世界"，《爸爸爸》中"弥漫着原始氏族社会的蛮荒怪异的神秘气氛，渲染了湘西山区独具的混沌蒙昧的荆楚文化风貌"②。王一川说："对韩少功而言，传统决不是铁板一块的整体，其中可以区分出两种东西：都市'规范'传统和乡土'不规范'传统。而惟有后者即'不规范'传统，才通向文学之'根'"，韩少功所追寻的是"'不规范'传统"亦即是"楚文化'传统'。"③

关于韩少功寻找楚文化之根的问题，也有一些批评家提出了相反的看法。有人认为韩少功的寻根方法是不科学的，如潘仁山认为，"楚国古老的民风习俗，在今天的长沙城或汨罗县，早已汰尽更新，唯独在封闭的落后偏僻的兄弟民族的生活之中，仍如活化石似的保留下来"，"只有在彼地，能更好地体会到楚辞中那种神秘、奇丽、狂放、孤独的境界"，这种感受和认识或许不无道理，"但这并不是楚文化的流向，因而，据此去跋涉湘西山区，寻找楚文化的'根'，恕我直言，实在是一种舍本逐末的不大科学的方法"，"倘从汉民族的方言中找到个别词句的吻合，或从兄弟民族的歌舞氛围、服饰习俗中找到某些佐证，那仅仅是个别的、微量的、表象的、朦胧的楚文化的流向或根须吧"④。还有人认为韩少功所寻到的根本就不是真正的楚文化，如王晓明认为韩少功的寻根小说是想借用楚文化的忧患意识"来继续撰写那已经在《月兰》里开了头的控诉书，在《回声》里开了头的反思录"，但王晓明对此表示怀疑："这楚文化在审美方式的特点又是什么呢？他不止一次地解释说，这特点在于'神秘'、'奇丽'、'狂放'，总之是一种无拘无束的精神境界，一种所谓的

---

① 汪政、晓华：《神话　梦幻　楚文化——韩少功创作断想》，《萌芽》1988年第2期。
② 张学军：《寻根文学的地域文化特色》，《山东大学学报》（哲学社会科学版）1994年第3期。
③ 王一川：《传统性与现代性的危机》，《文学评论》1995年第4期。
④ 潘仁山：《关于寻"根"的思考——致韩少功同志的信》，《文学评论家》1986年第1期。

'主观浪漫主义'精神。应该说，韩少功理解的这种楚文化是和有些楚文化研究专家的认识大体相近的，但是，却和他自己的情感记忆不大相符。他对湘西的那份迷惑，归根到底是一个长沙伢子对于荒僻山野的惊叹，是他因为在理智上无法解释那些陌生的人事而产生出来的疑惑和遐想。你可以说这是一种对楚文化的迷惑，它本身却不属于楚文化……我很难相信韩少功的身上会有多少楚文化的因子，他所说的那种楚文化，毕竟是一种原始文化，在现代中国，大概只有在沈从文那样带有苗族血统，连标点符号都用不熟的'乡下人'身上，才可能较多地保留楚文化的影响"；同时，韩少功"要用沈从文的方式来讲述鲁迅的故事，他这些小说的内容与形式之间也必然要互相妨碍"，虽然"作者幸运地找到了一个丙崽"，但幺姑的形象就"加重了叙述方式和故事之间的不协调"，幺姑最后变得像条鱼，"不但这些极端的描写本身颇为生硬，它们更把作者企图表达的批判意识搅得稀薄起来"[①]。

对韩少功寻根小说中有关楚文化之根的论评基本上集中于此。这些论点尽管是各抒己见异彩纷呈，但却有一个内在的共同点，那就是批评家们似乎都注意到了韩少功作品中的"非正常性"。我认为，韩少功的寻根小说立意要营造的就是一个"非正常"的艺术世界，而营造这一艺术世界所运用的思维工具也就是楚文化中所特有的一种思维模式，这也就是韩少功所寻找到的"东方文化的思维和审美优势"，韩少功寻根的目的、核心乃至于最大的收获均凝结于此。十几年来，对关涉到韩少功寻根的优劣成败的这一核心问题，批评界却不见真正有分量的论评，这是令人遗憾的。

那么，楚文化的思维模式是什么？其渊源在哪？韩少功又是怎样来演绎并发挥它的优势的？本文试图给出一个像样的答案。

三　溯源：祝融与楚文化之思维模式

要确定楚文化的思维模式是什么，似乎得先看看韩少功自己对这个问题的认识，他在多大程度上认识了楚文化，才有可能在多大程度上反

[①] 王晓明：《不相信的和不愿相信的——关于三位"寻根"派作家的创作》，《文学评论》1988年第4期。

映它。在《文学的"根"》一文中，韩少功曾借诗人骆晓戈的口这样总结楚辞的特点："神秘、奇丽、狂放、孤愤。"这自然也就是楚文化的特点。因为这些特点恰好与人们通常所认识的楚文化中的巫风盛行信神信鬼的特征相联系，所以韩少功一开始便大写巫风，这正如他自己在答美洲《华侨日报》的记者问时所说的："《爸爸爸》的着眼点是社会历史，是透视巫楚文化背景下一个种族的衰落。①"显然，韩少功对楚文化的认识，也是从巫风切入的；但韩少功并没有停留于此，尔后的作品便祛除了信神信鬼的神秘色彩，而切入到了楚文化的思维深处，确切地说，韩少功发现了楚文化的一个最具特色的思维模式，并将它运用到自己的创作中，于是才有了一系列"非正常"的怪诞荒诞之作。

那么，这个独具特色的思维模式是一个怎样的模式？这仍然要到信神信鬼的巫风中去认识。楚人的信神信鬼，这绝不是楚人迷信，因为迷信的人失去了自我，总是将自己的命运完全交付给鬼神，这样的人是不可能创造光辉灿烂的楚文化的。其实，楚人的信鬼神有着极为悠久的历史渊源，但造成这种状况的原因，则主要是楚人有着不同于北方人的思维方式。

楚人的信鬼神，很早就有学者注意到，最早论及此事的似乎是王逸，自从他给予楚人以"其俗信鬼而好祀"的评判之后，几乎历代的正史均要给予荆楚之地的人以相同的评价，如《汉书·地理志》认为楚之江南"信巫鬼，重淫祀"；《隋书·地理志》认为荆州之地"率敬鬼，尤重祠祀之事"；《通典·州郡典》载唐天宝年间事，说扬州"人性轻扬而尚鬼好祀"，荆州"风俗略同扬州"；《宋史·地理志》论风俗更为简略，但对荆湖南路归、峡之地的评价完全取自《汉书》："信巫鬼，重淫祀。"元、明、清三代的《地理志》均不载风俗，但人们的看法也仍未改变，以至于到了韩少功这里，他对楚文化的认识，仍要从巫风切入。

当然，王逸也仅仅是看到了楚人"信鬼而好祀"的风俗现象，对其形成原因则未及论述。要探究形成这一风俗的原因，需得到楚人的远祖

---

① 韩少功：《答美洲〈华侨日报〉记者问》，《钟山》1987年第5期。

祝融身上去找。楚人奉祝融为先祖，这可以从楚人的祀典中找到确证。《左传·僖公二十六年》载，楚国的别封之君夔子不祀祝融和鬻熊，楚人认为大逆不道，于是举兵攻灭夔国并俘其国君夔子。夔子却辩解说："我先王熊挚有疾，鬼神弗赦而自窜于夔。吾是以失楚，又何祀焉？"夔子的辩解也恰好证明，只有在"失楚"即不承认自己是楚人的前提下，才可以不祀祝融和鬻熊，那么，凡楚人就不能不祀，由此可见出祝融和鬻熊在楚人心目中的崇高地位。鬻熊为楚国的开国之君，他的地位自然崇高；那么祝融又是何许人也？

在中国的古籍中，对祝融其人其事的解说相当含混，祝融的名称似乎首先是作为人类社会的一个发展阶段而出现的，如《六韬·大明篇》以赫胥氏、尊卢氏、祝融氏为三王，《庄子·胠箧篇》则以祝融氏、伏羲氏、神农氏为三皇，《史记》又调换了一下次序，以伏羲氏、神农氏、祝融氏为三皇。这三种说法不管排列的顺序如何，祝融氏所照应的只能是原始部落时期的某个阶段，其时间的古老，若依三皇五帝的排序，还在黄帝之前，因而这里的祝融氏不应该只是楚人的祖先。另据《礼记·月令》的记载，祝融似乎是炎帝的部下："孟夏之月，其帝炎帝，其神祝融。"张虑《月令解》则云："南方之神炎帝，乘离执衡司夏也。火性炎上，故曰炎融者，火之明盛也。神必有祝，遂称祝融。"显然，此处的祝融已不是上述的祝融氏，他作为炎帝的助手，其职责似乎是为祝祷"火之明盛"。由此可以说，祝融是以火神的身份相伴炎帝的。但是，在《国语·郑语》和《史记·楚世家》中，则又说祝融是高辛氏帝喾的火正。火正者，生为火官之长，死为火官之神，则祝融又是人（火官）与神（火神）兼备一身了。而在《国语·楚语》中，这个火正则落实到了具体的人："颛顼受之，乃命南正重司天以属神，命火正黎司地以属民。……以至于夏、商，故重黎氏世叙天地，而别其分主也。"学者们一般都认为，这重黎氏就是楚人的先祖，不管是合称重黎或是分称重、黎，都是祝融氏，都是黄帝之后老童（卷章）的儿子。因此，楚人的先祖其实是属于华夏集团的。但为什么作为火官的"人"与作为火神的"神"有了同样的称号呢？《帝王世纪》解释了其中的缘由："祝诵氏，一曰祝和氏，是为祝融氏……以火施化，故后世火官因以为谓。"由此可知，火官的称谓源于火神，他们的共同特点是"以火施化"。火对于原始人类的生存来说本就具有决定性的意义，那么原始人类对于掌握着他们的命根子的火官，自然要尊为神圣的，中国的先民本来就有将此岸世界即人的生活与彼岸世界即神的生活混同于一的特点，故而火官和火神也就可以同一了。

原始先民本就尊火官为神圣，而楚人又尊之为先祖，这就使得祝融在楚人的眼中有了双重的光环和加倍的分量，其地位的崇高也就可想而知了。也正是在祝融光辉的照耀下，楚文化形成了自己所独有的本质特征。要把握这种本质特征并追索其缘由，祝融作为火官与火神的同一即人神同体的形象和颛顼"绝地天通"的历史事件值得特别注意，这是楚文化本质特征及思维模式之形成的关键所在。

颛顼为什么要"绝地天通"而又要让重黎各司天地分属神民？按照《国语·楚语》中观射父的解释，是因为"家为巫史，无有要质"。祭祀在当时来说乃为官府的特权，如果家家都可祭祀，便有损统治者的权威，因而从礼法上来讲是决不能容许民间滥祀现象的存在。因此，颛顼才"兴礼法"，"绝地天通"，而又命重黎分司之，这是对滥用巫术的一种纠正措施，其目的就是为了整肃"神治"，即将祭祀的权利收归官府，然后置官员以统治之。在颛顼整肃"神治"的事件中，楚之先民显然是最大的受益者，因为重黎氏断绝了百姓沟通地天的权力，而他们自己却又获得了"通地天"的特权，而且这一特权经尧、舜延至夏、商，至周宣王时"失其官守"，重黎氏一直在"世叙天地"。

在神道设教的远古时代，颛顼这一整肃"神治"的意义绝不亚于汉武帝的"罢黜百家，独尊儒术"，因而各种典籍均对此一记再记，念念不忘；对楚文化的影响则更是至为深远，具有决定性的意义。表面看来，重黎氏一个"司天以属神"，一个"司地以属民"，二人是"世叙天地"各司其职的。其实，司天者要传神之旨意到凡间，司地者要传民之意愿到天国，二者均要沟通天地，而二者结合成一个整体，也就使天地神民两个世界合成了一个世界。更为重要的是，作为由最高统治者直接任命的"国家级"巫祝，重黎氏本就是集火官和火神于一身的，其职责也是为了沟通天地以协调民神之关系，所以当他们要对某事进行祝祷时，就不能不将民的意愿与神的意愿结合起来进行思考，既要以人的身份考虑人世之需求，也要以神的身份考虑天国之补偿。久而久之，也就形成了一种思维定势：视天国与人世为同一的世界，彼岸世界的鬼神与此岸世界的生民为生死相依的整体。这一思维定势影响楚文化的突出表征就是巫风盛行信神信鬼。这并不是楚人特别迷信，而是楚人在面对整个现实世界时，他们的眼中确实比北方人多了一个鬼神世界。这个鬼神世界在合两个世界为一体的楚人看来是正常，而在不语怪力乱神严格区分两个世界的北方人看来则为怪异。思维定势的不同，决定了南方人与北方人的眼光不同；而思维定势形成的原因，乃是由颛顼"绝地天通"和祝融的人神同体所决定的。"绝地天通"之后，北方人已失去沟通天国鬼神的权力，在他们的眼中，只有凡间生民一个世界，他们的思维只能圈定在"务实际，切人事"的范围内，久而久之，也就形成了另一思维定势：视社会人生为整个世界，人伦道德的规范与遵循乃为最高最大的目标。这一思维定势影响北方乃至中国文化的突出表征就是修齐治平的人生目标几乎占去了人们全部的思维空间，使人们再也无心旁骛去思考社会人生之外的问题。

楚人可以"合一人神"亦即视现实的生民世界与非现实的鬼神世界为同一的整体，从而泯灭了人神的界限，在这种思维定势影响下，楚人也可以泯灭物我的界限，因此我们才可以看到屈原与鬼神同畅游庄周齐物而逍遥的自由美妙世界；在这个世界中，虽然仍然存在着二元的两极，如人与神、我与物，以及生与死、福与祸、对与错等，但它们的关系已不是对立而是对等，尤其是已没有不可逾越的鸿沟，二者之间可以自由地转换，所以老子可以等祸福、庄子可以齐生死，甚至连蝴蝶和庄周也可以混同于一。因此，如果从纯理性的角度来分析楚人的思维模式，其突出的特点是将现实的或正常的与非现实的或非正常的两个世界连接在一起，并泯灭二者之间的对立区别而使之成为一个混沌的统一体，因而在旁人看来是极为怪诞的现象，在楚人看来则极为正常，或者说是一种正常的怪诞。了解了楚文化的这一特点，才能更好地理解韩少功。

四 定位：韩少功所演绎的"思维和审美优势"

楚文化结合现实和非现实两个世界为一体的思维模式，可以给韩少功提供帮助，但也给他出了难题：那个非现实的世界该如何描绘？屈原可以与鬼神相交游，那是因为他确实相信有鬼神的存在；庄子可以齐物而逍遥，那是因为他确实可以泯灭蝴蝶与庄周的区别。而现代人的头脑中已经没有了鬼神世界，物我界线也分得很清楚，韩少功如果要强行地模仿屈原庄周，恐怕连他自己也会觉得滑稽可笑；而且，一味地模仿也不是创作，文学寻根也还必须寻出自己的东西来。韩少功能够在当代文坛占据重要的地位，也就在于他确实有自己独特的贡献，这贡献主要就在于他运用楚文化的思维模式，而开出了自己的思维空间和创作天地，并使之成为一种"审美优势"。

非现实的鬼神世界及庄子的"齐物"，用今天的理性眼光来看都是非正常的，因而都可以说是怪诞荒诞的，韩少功便是抓住这一特点，先是营造出一个非正常的怪诞荒诞世界，然后将它糅合在正常的世界中，并通过两个世界的融合映照，既贯注了他批判社会的一贯宗旨，又体现出他擅写"正常的怪诞"的独特风格

韩少功首先所营造的非正常世界便是一个"残疾人"的世界，《爸爸爸》《女女女》《蓝盖子》等，即属此类作品。

《爸爸爸》作为韩少功寻找并演绎楚文化精神内涵及思维特点的第一个作品，作者的用功可能是最深的，楚文化的色彩也最浓，从神秘的外在特征到思维模式的运用，简直可以说就是楚辞的现代翻版，唯其如此，我以为才正是该作品的成功之处。之所以说是成功的，首先是因为该作品以其神秘、怪诞的风格着实让读者和批评家们大吃了一惊，当代文坛还从未见过这样的作品，它的出现能引起世人的瞩目，在很大程度上也是因它满足了人们的好奇心使然。当然，该作品最为成功的还是丙崽这个人物的塑造，在这个长不大的小老头或者说是老得太快的大小孩身上，一般都是说他揭示了中国国民的劣根性，体现了作者的社会批判意识，这当然也是对的，但因人们为鲁迅开创的现代传统所囿限，对韩少功刻

意要追寻的楚文化传统却有意无意地忽略了,因而丙崽身上体现出来的楚文化特征也少有人提起,这确实是有点捡了芝麻丢了西瓜的味道,因为楚文化的意蕴才使丙崽的文化内涵更丰厚,也更多地体现了韩少功的创造性。用小说来演绎楚文化的精神内涵及思维特点,这是韩少功的独特发现,当代文坛难找第二人,而对国民劣根性的批判,有鲁迅领路于前,一大群现当代作家追随于后,韩少功不过其中之一,谈不上多少创造性。那么,丙崽究竟在多大程度上体现了楚文化的精神内涵及思维特点?首先,从思维特点来说,丙崽的身上统一着人性的两极,他是永远长不大的小孩,又是成熟得太快的老头,在地上爬的时候就学会了"爸爸爸"和"×妈妈"两句话,有了这两句话就足以表达他的全部思想感情并足以应付一切了,这是他的早熟也是他的聪明,但他永远只能说这两句话只会表达正负两种简单的思想感情,这又是他的幼稚更是他的愚昧;他要吃喝拉撒,一餐不吃也会感到饿,时光的流逝也能在他的额上刻下皱纹,所以他是人是丙崽,但他满地捡鸡屎吃竟不生病,毒药也药不死他,而且永远只有十三岁,完全可以超脱于时间之外,所以他又不是人而是丙仙。丙崽丙仙亦即人与神的两极同体,可以说是韩少功对楚文化思维模式的最好演绎。其次,从精神内涵来说,丙崽的最后不死,倒不是如一般人所理解的,以为是意味着最愚昧的生命力最强,而是因为他沾了"仙气"。按照楚文化中道家的理论,去知去欲的人可以齐物而逍遥,甚或可以成神成仙。丙崽无智少欲,不懂得耍心计,更不刻意追求什么,所以他能超脱常人而成为丙仙,仙人是能永生的。更为重要的是,丙崽是无用之用,正切合道之无为而无不为的核心内涵,正因为他的无用,所以社会群体可以无视他的存在,他超脱于群体之外,也就不会随群体的消失而消失,才能独自存活下来。一个人物形象能有自己的独特性和丰富的文化内涵就已足矣,何必非要将他与国民的劣根性联系起来!

《女女女》则是韩少功的又一力作,主人公幺姑同丙崽一样,也是一个残疾人。早年虽耳背失聪,但心脑尚明四肢健全,基本上算个健康人;中风之后,则身体残疾心脑也残疾了。就思想性格方面说,中风前后,她判若两人，这也正是韩少功所要统一的两极。中风前，她一门心思学雷锋，处处为他人着想，自己则尽量节约，别人不能吃的东西她能吃；中风后，她念念不忘要求别人学雷锋，处处与他人为难，自己则要尽量地吃好，别人觉得好吃的东西她也觉得没味道。但通过她的前后对比却又可以发现，她并非那种能去智去欲、齐物逍遥的人：中风前，她心脑健康富有理智，在学雷锋的意念引导下，极力压抑了自己的饮食和男女正常欲望，所以此时她虽然是一个正常人，但过得却是非正常人的生活；中风之后，她失去了理智，原来被压抑的欲望讨债似地释放出来，便有了饮食男女的正常要求，即使在换屎换尿时也喜欢侄子去而不乐意侄媳去，因此，从人的正常欲望说，此时她虽然已经不是正常人，但却过的是正常人的生活。正常与非正常就这样颠颠倒倒地自然转换，正是楚文化中人神同体的别一形式。也有人说，韩少功的《爸爸爸》《女女女》是表现正负两极的二元对立，是批判非此即彼的"二值判断"思维模式，这恰恰颠倒了韩少功的用意。"二值判断"是北方儒家文化的思维模式，因为他们很早就将人与神分为了截然对立的两个世界，楚文化则是人神同体的，如果说韩少功对"二值判断"的思维模式有批判，那也恰好是用两极同体的思维模式来比照的。

　　写残疾人世界的还有《蓝盖子》，作为一个短篇，其内涵自然不如以上两个作品，但陈梦桃因身高体单抬不得石头而捡了一个埋死人的轻松活，是他因祸得福；又因不得已去埋了同室伴侣而被逼疯，这又是因福得祸。所以福祸也是同体的。

　　其次，是营造一个"戏剧人"世界，其代表作是《红苹果例外》。

　　在《红苹果例外》中，"我"被朋友阿中强拉进一家饭店吃饭，发现一伙不三不四的人带着手枪。"我"怀疑他们是抢匪，于是打电话向公安局报了案，公安局的人没来反招来匪徒的追杀，逃跑的过程中发现阿中居然跟他们也是一伙的。"我"逃向一个工地去投奔军人，谁知他们只认证件不认人，既不理"我"的求救叫喊，也不理饭店女招待铁子的证明，"我"和铁子便被匪徒强行带走。就在"我"被手枪顶着太阳穴眼望天花板等着死的时候，突然一声哨响，"我"于绝处逢生，原来这一切都是做戏。其他人都知道这是在演电影，只有"我"浑然不知，导演说这是为了让"我"演一个完全真实的角色。剧中的一切都是假的，除了一筐用来犒劳演员的红苹果是例外，但"我"的一切都是真实的，因为"我"根本不知道是在做戏，所以当枪顶着太阳穴时"我"被吓得尿了裤子；正所谓假作真时真亦假，"我"无意中被拉进了戏中，即使一切都是真实的也是在做戏，现实中的"我"与戏剧中的"我"在这里已是浑然不分了。更有意味的是，戏中的铁子按导演的要求表演"美女救英雄"，她对"我"的一切感情都是假的，但戏后铁子却又成了"我"的真正的妻子，似乎是真作假时假亦真了。现实中的人与戏剧中的人，二者关系的颠来倒去，使"我"就再也难分清究竟何为现实何为演戏了，不管走到哪里，总觉得旁边藏着摄影机，特别是当他发现妻子的一个假证件上印着"裘丽莎"的名字时，就更是分不清她究竟是铁子还是裘丽莎了。读者读了该作品之后，恐怕也会被搞糊涂：究竟是戏演人生还是人生压根就在演戏？这或许是一个纠缠不清、无法说清因而也就不必说清的问题。

其三，是营造一个"梦中人"的世界，主要作品有《老梦》《会心一笑》。

在《老梦》中，主人公勤保在白天是一个正常人，威风八面，带着人四处追查食堂饭钵丢失的原因；到了晚上，他就成了梦游人，丢失的饭钵恰好是他在睡梦中偷埋掉的。这又是一种两极同体的范式，他白天所做的一切似乎都是正常的顺理成章的，但一切都是做给别人看的因而都是虚假的，晚上所做的一切都是非正常的背理违情的，但一切只是做给自己看的故没有必要作假因而都是真实的。作品的最后，勤保发问："我不知道梦中的我和醒着的我，谁更像我？"勤保似乎尚未真正参破玄机，如果参破了就不会有这样的发问，因为梦中的我与醒着的我本就是同一个我，二者可以同时为真，也可以同时为假，本来就分不清彼此真假，也就不存在"谁更像我"的问题。

勤保的"老梦"还能分清梦和非梦的界线，亦即他的白天所干和晚上所为还能判然有别，到了《会心一笑》里，"我"的"新梦"则再也分不清这种界限了。"我"在梦中看见有人摸进房来摸向床头并举起了凶器,紧急关头"我"一激灵砸出了床头灯并滚到了地上,似乎是醒了,但一切又归于平静,连房门也关得好好的,又好像仍在梦中。"我"的自我感觉似乎是梦,但破碎的床头灯和床沿的刀痕又逼得"我"不能不认真对待,于是"我"报了案,但警察听说是"梦案"便一推了之。令"我"不可思议的只是,最有作案动机最有理由杀"我"的仇人却谁也没有动手,而最亲密最可靠的朋友却无缘无故地要杀"我"。后来,当听说作案人自己也想不清究竟是为什么时,"我"便释然了,所以当警察找到了作案的菜刀立意要追查真凶时,"我"便说是"梦话"而一笑了之。这个作品原名为《梦案》,从情节内容来看自然更准确一些,对读者也更有吸引力一些。作者在选入《韩少功自选集》时改用了现在这个标题,这一改也更加突出了韩少功的一贯风格:仇人、友人恩恩怨怨,梦案真案、真真假假,本就无法也不必认真地追查追问的,不如会心一笑而了之。

其四,是营造一个"记忆人"世界,主要作品有《归去来》与《昨天再会》。

在《归去来》中,黄治先似乎是鬼使神差地来到了一个他从未到过的村子,但应该是从未有过的记忆却又在不断地印证他原本对这里就很熟悉。更让他不可思议的是,村里人都把他当作了马眼镜,他无缘无故而又不由自主地牵扯进了马眼镜多年前的恩怨纠葛中,弄得不能自拔,竟然认同了马眼镜的身份。最后,当老朋友叫他黄治先时,他反而大吃一惊:"我就是黄治先吗?"他究竟是黄治先还是马眼镜呢?他自己的记忆已不能确认自己,别人的记忆却又无法抉择:他该相信村里人还是相信老朋友?谁的记忆都不能相信,他的身份便无法确认,看来,以后的日子他只能带着两个身份而马黄同体不辨真假地生活了。

《归去来》所演绎的似乎是一个他人的记忆世界,黄治先在村里人记忆的作用下,他记住了马眼镜,又在老朋友记忆的作用下记起了自己,他人与自己相伴进入了黄治先的记忆世界。似乎是为了与此相映衬,《昨天再会》所演绎的则纯乎是一个属于"我"自己的记忆世界。在这个自己的记忆世界中,"我"忘记了他人,也忘记了自己。该作品的标题以

"昨天再会"作提示,似乎是要告诉读者:昨天的记忆已遗忘,希望能回到昨天再会一次以补记。标题即已荒诞,所以作品一开始便显示了"我"的荒诞记忆,明明记得很清楚是朋友的家,敲门之后却是一个患痔疮的老头,几经辨认还是认定就是这家,但却不敢再敲门。想找的朋友没找着,却又不经意地撞上了自称老朋友的苏志达,"我"当他是陌生人的玩笑,他却揭发说"我"同他下过棋打过架借过他钱还合谋要撬保险柜,特别是还为"我"通风报信救过"我"一条命。"我"不服气,极力搜索自己的记忆,竟毫无他的印痕,回去翻检当年的日记,也了无他的踪影。这似乎意味着,并不是时间之流洗去了"我"的记忆,而是当时就已将他忘记,不然,这么重要的朋友怎么也不在日记中带上一笔?既然从来就毫无记忆,似乎也可不了了之。但又不能了,因为有邢立这个证人在,邢立还成了他的妻子。"我"对邢立似乎是不能忘记的,因为"我"对她充满怨恨:她夺走了"我"的招工进城指标,还害得"我"被关了几天禁闭。但这只是"我"的记忆,邢立的记忆似乎恰恰相反,她对"我"一往情深,她始终记得十几年前的一个生日送"我"的一块样子像绵羊头的石头,因为她属羊,很有托付一生的意味,但"我"却对此毫无记忆,总以为那石头是女儿捡回的。"我"和邢立究竟是仇人还是情人关系?作品的最后,"我"反复申述"与邢立没有什么关系",而且邢立已死,"证人席将永远空缺",那么邢立也就将成为第二个苏志达了。"我"的朋友早已从记忆中消失,"我"的仇人或情人也将立即消失,那么谁来证明"我"的存在呢?没有了"人"的证明,"我"就也不成其为人了,所以"我"竟然像动物一样,喜欢在地上爬。我们将《归去来》与《昨天再会》两个作品结合起来,可以看出一种明显的互补性,它可以告诉我们:记住了他人,才能记住自己,遗忘他人,也将遗忘自己,人与我也是一个两极同体。

其五,是营造一个"语言人"的世界,主要作品有《火宅》与《马桥词典》。

《火宅》的发表,当时曾引起诸多争论,争论的焦点大致是围绕"荒诞"二字进行的,肯定者或认为是揭示了官僚体制的荒诞性,或认为是揭示了人生人性的荒诞性；否定者则认为荒诞得过了头，已经不是荒诞的作品而是作品的荒诞。我以为该作品绝不能归入到西方式的荒诞派作品中，它的情节虽然荒诞不经，但其内容却是对楚文化精神内涵和思维模式的演绎。整个作品的主旨无非是为了说明祸福的无常和自然流转：语言局本想为社会多做点有益的工作，拼命地制定各种条例，拼命地清除不文明的语言，结果却因一句简单的粗话引来语警与交警的大争吵，导致满街骂娘声和全城大混乱；大家都想当官，当官有特权，可当大家都是官之后，区区一个秘书反成了最有特权的人；局长因住院失去了一把手的宝座，但却在打苍蝇的小事中干出了自己的成绩；语言局楼层加高、人员增多，但大家却不再管语言的事而专干搬家具、搞卫生之类的活；一场大火使语言局的人失了业，但也使他们得了救——成为好工人、好爸爸、好妈妈……所有这一切都是正面和反面同体互换的。而语言局的从无到有又从有到无，既反映了道家的"往复归根"思想，也反映了语言对社会的作用既有且无，文明的语言可以文明社会风气，但文明的语言照样可以用来吵架。当我们看到语言局的官员们用文质彬彬的言辞来发泄个人私愤时，我们就完全有理由认为语言的无用，语言局也确实应该让它化为灰烬。其实，道家早就说过"得意忘言"，重点在"得意"，对"言"是无须太认真的。

《火宅》设计了一个由语言局所牵动的语言世界，但作者所要讨论的还不是语言本身的问题，到了《马桥词典》中才全力以赴地讨论这一问题，其核心也就是"语言说人"或"人说语言"的问题。韩少功首先所演绎的是语言说人的问题，该作品的标题冠以"词典"，也正好说明这是一个由语言所构筑的世界，其中最为突出的便是"话份"的力量，有话份的人不仅自己有地位，还可以左右马桥整个世界，或者说，马桥的生活就是诸多话份的显现和延伸，譬如像罗伯，似乎时时处处都离不开他，他那一张嘴横说、竖说正说反说全都有理，就因为他有话份；相反，如果没有话份，不仅没有地位，甚或要被马桥人所抹去，譬如像马鸣，他被开除出了马桥的整个语言系统，马桥人就觉得他根本不存在，乃至于成分复查、口粮分配、计划生育和人口统计等均不将他计算在内，他成了"马桥的一个无,一块空白,一片飘飘忽忽的影子"。然而,正因为他独立于马桥的生活之外,他反而成了马桥的一个标准、一个极限,马桥人可以鄙视他的生活态度,但却又变着法子在实践着他的原则;马桥的一切都是相对的,只有他才是绝对的,他的"无言之言"才是最有力量的。而进入20世纪80年代,马桥的年轻人又在重新定义语言了,他们将以前的褒贬全都颠倒过来,以至于像"懒"、"欺骗"、"凶恶"等贬义词在马桥人的新词典里反而获得了夺目的光辉。当语言成为人们任意定义的玩物时,这自然是"人说语言"了。因此,"语言说人"与"人说语言"也是一个两极同体,其中的界线仍然是难以分清的。而且,马桥人说话本身也是一个两极同体的结合,如从未偷过东西的仲琪因偷一块肉被人抓住而自杀,马桥人对他的评价是:"仲琪是有点贪心,又没怎么贪心;一直思想进步,就是鬼名堂多一点……说他偷东西实在冤枉,他不过是没给钱就拖走了屠房里的一块肉;黄藤是他自己吃的,说他自杀根本不符合事实。"[1] 这就是马桥人"栀子花茉莉花"式的说话方式,但从中体现出来的则是韩少功对"道"的体悟:"玄道本就是不可执于一端的圆融,永远说得清也永远说不清"(同前,第269页)。纵观韩少功自1985年以来的小说,几乎所有的作品都是对这一句话的演绎,这也可以说是韩少功对楚文化精神内涵和思维模式的最高抽象。

韩少功的作品本人并未全部通读,不知道是否还可以归纳出另外一些非正常的世界,当然,即使只有这些,也已经够丰富的了。韩少功从楚文化非现实的鬼神世界中得到启发,推衍出了如此多样、如此广阔而又存在于现实之中的非正常世界,这是韩少功文学寻根的最大收获,亦是他对当代文学创作的最大贡献。它可以启迪我们:完整的现实世界其实是极为丰富的,除了一个理性的正常世界之外,还有着更为多姿多彩的非理性的荒诞怪诞世界。作家的精神和创作能在正常与非正常的两极世界中自由驰骋并将二者统一起来,才能使我们的创作更为丰富多彩,才能更完整地反映社会生活;而这个融两极世界为一体的艺术天地,无

---

[1] 韩少功:《韩少功自选集·马桥词典》,作家出版社1996年版,第362—363页。

疑也丰富了人们的审美领域。所有这些，或许也就是韩少功所找到的"思维和审美优势"。

五　结语：艺术殿堂应葆有野性思维的一席之地

值得讨论的问题是，楚文化的这种思维模式究竟该归入哪一种思维方式？马克思曾将人类掌握世界的思维方式划分为四种：科学的、艺术的、务实的、宗教的。而我们将它归入到任何一种似乎都不太切合。鉴于它来自于远古，带着楚文化的原始野性，我们不妨借鉴一下列维—斯特劳斯的观点。他在《野性的思维》一书中曾这样总结："我们称作'野性的'而孔德描绘为'自发的'这种思维活动所具有的突出特点，主要表现在它给自己设定的目的是广泛而丰富的。这种思维活动企图同时进行分析与综合两种活动，沿着一个或另一个方向直至达到其最远的限度，而同时仍能在两极之间进行调解。"[①] 不管韩少功的思维方式在多大程度上切合了野性思维的特点，有一点似乎是很明确的，那就是他给自己设定的创作目标确实是广泛而丰富的，对两极的调解更是不遗余力。尤为重要的是，当年的屈原和庄子，正因为他们的思维未被"务实的"理性思维所驯化而带有原始的野性，才使他们的创作能够自由地与天地鬼神相交通，才能齐物而逍遥，这也就是楚文化之所以"绚丽"的缘由。这种野性的思维在西方文化中或许早已被科学理性所吞没，而在中国的楚文化中却天然地存在。韩少功发现了这一"优势"，将它激活并运用到自己的创作中，于是就有了一个丰富多彩而又显得荒诞怪诞的艺术世界。

当然，如果一定要突出韩少功作品的社会批判性，我以为他极力要批判的就是人性的两极分裂，极力要维持的就是人性的整体综合。在韩少功的视界里，正常人与非正常人作为人性的两极，本来都是真实存在的统一体，失去了非正常，也就无所谓正常；而且，正常与非正常本身也不一定是泾渭分明的，二者常常是难解难分地纠缠在一起，有时甚至是混沌一团。在这种情况下，如果要强行分出个彼此优劣，就可能对双

---

① 列维—斯特劳斯：《野性的思维》，商务印书馆1987年版，第250页。

方都不利，对双方都造成伤害，"文化大革命"的"亲不亲线上分"，完全抹杀人的整体性复杂性，而简单地将人划分为左派和右派或革命派和反革命派，而且极力张扬"不是东风压倒西风，就是西风压倒东风"的两极对立，这种简单的归类方法，对人性造成了极大的伤害；就思维方式说，也只是孩童式的简单的善恶之辨，幼稚得可笑。中国文化有一个非常明显却又是人们熟视无睹的悖论：中国文化成熟得太早，但又一直处在天真幼稚的状态。儒家的理论所要教给人们的就是简单的善恶之辨，以为只要让人们能够弃恶扬善，天下也就太平了，这正是中国文化最为幼稚的地方，文化大革命则是这种幼稚的登峰造极的发展。道家的理论似乎是成熟得太早，它不仅在人类文明的起点上就已经将这个文明的归宿和终点都看透了想透了，而它将两极结合成整体、会通圆融考察其优劣利弊的思维方式，到今天仍可补救现代理性思维之缺陷，所以西方的后现代主义者也要到老庄哲学中去寻找救治科学主义之偏颇的良方；而且，这种思维方式甚至优越于黑格尔的辩证法，因为辩证法仍是线性的推理，辩证法的对立统一是有条件的，其转换也是需要过程的，但在很多情况下，事物的优劣利弊往往是同时产生同时并存的，很难找到其条件，更难描述其过程，而老庄式的思维则可以直接于优处见劣、于利处见弊，反之亦然。所以，人们按照西方的模式来套老庄式思维方式，将它称之为朴素的辩证法，这其实是一种误解。看来，即使是到了21世纪的今天，对楚文化及老庄仍有一个正确认识、正确利用的问题。韩少功以自己的创作在这方面也给我们提供了很好的启迪。

（载《永州当代文学作品选》，中国文史出版社2006年版，部分内容曾以《合一人神：楚文化思维模式与韩少功之演绎》为题发表于《福建论坛》2002年第2期）

韩少功:从"文化寻根"到"精神寻根"

一 被"逼"的价值转向

20世纪80年代,韩少功曾热情地鼓吹文学寻根:"文学有根,文学之根应深植于民族传统文化的土壤里,根不深,则叶难茂①",并很快以《爸爸爸》、《女女女》等小说佳作饮誉于世。应该说,韩少功"文化寻根"的收获是颇为丰厚的。但进入20世纪90年代特别是其中期以后,韩少功并没有沿着已经成功的创作路子走下去,甚至连驾轻就熟的小说创作也差不多放弃,而将主要的时间和精力用在散文随笔的写作上。这很容易使人想到鲁迅:被迫在眉睫的现实问题"逼"着写了很多的杂文。韩少功与鲁迅所面临的现实问题当然是不一样的,但被"逼"的情形似乎有点相似。

进入90年代,是什么东西在"逼"着韩少功?且看韩少功自己的描述:"我们身处在一个没有上帝的时代,一个不相信灵魂的时代。周围的情感正在沙化。博士生们在小奸商面前低头哈腰争相献媚。女中学生登上歌台便如已经谈过上百次恋爱一样要死要活。白天造反的斗士晚上偷偷给官僚送礼。满嘴庄禅的商人盯着豪华别墅眼红。先锋派先锋地盘剥童工。自由派自由地争官。耻言理想,理想只是在街上民主表演或向海外华侨要钱时的面具。蔑视道德,道德的最后价值只是用来指责抛弃自己的情妇或情夫。什么都敢干,但又全都向往着不做事而多捞钱。到处可见浮躁不宁面容紧张的精神流氓"②。"世俗欲望和精神理想开始出现分

---

① 韩少功:《文学的"根"》,《作家》1985年第5期。
② 韩少功:《灵魂的声音》,吉林人民出版社1996年版,第33页。

裂，这就是九十年代最重要的问题背景。"① 面对这种分裂，面对精神的堕落，素有"人类灵魂工程师"之美誉的作家究竟该怎么办？除了抗争，除了奋起拯救，似乎别无他途。因此，韩少功给同行们打气："精神危机正在威胁着人类的生活，人类文明的命运正在面临着新的现实难题。……我倒是觉得精神危机的时代倒是为文化工作者提供了一个广阔的创造空间。戏仿庄子的话来说：'治世（国）去之，乱世（国）就之。'越是精神出了问题，才越需要你们这些思想家、文学家、艺术家，才越可能出现优秀的思想家、文学家、艺术家。"② 带着这样的自信和责任，韩少功以笔为旗，投入了精神拯救的斗争，在人类精神的高地上，他缅怀着人的灵性与尊严，期盼着文学能给人带来"精神自由，为现代人提供和保护着精神的多种可能的空间"，乃至于"使人接近神"③。很显然，韩少功在这里所说的也就是精神寻根的问题，只是其关注的重点已经从古代的传统文化转向了当代的现实生活。

二 "精神尺度"之一：现实性问题

那么，韩少功的精神寻根所关注的究竟又是现实生活中的什么问题？

首先，作为一个作家，有关文学的精神尺度问题自然是韩少功最为揪心的。他认为："文学是审美，是怎样把握判断现实的精神尺度，是如何对自己和大众的生存现实保持一种创造性的价值追问的问题。"④ 具体说来，韩少功的"精神尺度"又包含了哪些内容或者说他"追问"了哪些问题？

其一是"无我之我"的"诚实"："无我之我，说到底不是技巧，而是一种态度。它意味着不造作，不欺世，不哗众取宠。它意味着作者不论肤浅与否，灵敏与否，他们留给这个世界的是一种诚实的声音。当越来越多的面孔变成谎言的时候，诚实是上帝伸向我们的援手，是一切艺

---

① 韩少功：《在小说的后台》，山东文艺出版社 2001 年版，第 134 页。
② 同上书，第 150—151 页。
③ 韩少功：《灵魂的声音》，吉林人民出版社 1996 年版，第 35 页。
④ 韩少功：《在小说的后台》，山东文艺出版社 2001 年版，第 135 页。

术最基本的语法。"① "诚实"本来是做人的一个最基本原则,对中国人来说,它历来就是一个很好的褒词,但在当今社会,"诚实"倒成了"无用的别名",于是便导致了"假冒伪劣"的盛行。"诚实"的缺失已经给我们的社会造成了深重的灾难,因而韩少功对它的呼唤不仅仅是救艺术之弊,更是救现实之弊。

其二是对生命意义的追究:"文学兴趣与人生信念融为一体,与其说是读作品,不如说总是在对自己的生命作执着的意义追究和审美追索"。对韩少功来说,"选择文学实际上就是选择一种精神方向,选择一种生存方式和态度","作为职业的文学可以失败,但语言是我已经找到了的皈依,是我将一次次奔赴的精神地平线。"② 也正是在这种"追究"中,韩少功发现了"神圣的含义"所在:"思辨者如果以人生为母题,免不了总要充当两种角色:他们是游戏者,从不轻诺希望,视一切知识为娱人的虚幻;他们也是圣战者,决不苟同于惊慌和背叛,奔赴真理从不会趋利避害左顾右盼,永远执着于追寻终极意义的长旅。因其圣战,游戏才可能精彩;因其游戏,圣战才更有知其不可为而为的悲壮,更有明道而不计其功的超脱——这正是神圣的含义。"③ 我们对照现实生活,当一切艺术都世俗化、功利化,艺术家们也都争先恐后地以媚俗邀宠为能事时,韩少功的这一份虔诚与执着该是何等地珍贵。

其三是保留一种怀疑和批判的态度:"知识是智慧的产物,但如果失去了对知识的警觉和怀疑,如果失去了直接面对生活实践的独立思考和心智的创造力,知识就会成为词句的沙漠,反过来枯竭智慧。"④ 有了这种怀疑和批判的态度,文学才可以"去蔽",才可以发现常人所不能发现的东西:"文学最根本的职事,就是感常人之不能感。文学是一种经常无视边界和越过边界的感知力,承担着对常规感知的瓦解,帮助人们感知大的小,小的大,远的近,近的远,是的非,非的是,丑的美,美的丑,

---

① 韩少功:《在小说的后台》,山东文艺出版社 2001 年版,第 53 页。
② 同上书,第 62—63 页。
③ 同上书,第 73 页。
④ 同上书,第 81 页。

还有庄严的滑稽,自由的奴役,凶险的仁慈,奢华的贫穷,平淡的惊心动魄,耻辱的辉煌灿烂。文学家的工作激情,来自他们的惊讶和发现,发现熟悉世界里一直被遮蔽的另一些世界。"① 在当今的信息社会,霸权的传媒每天都将海量的信息抛给受众,人们成天被信息大潮所裹挟,根本就无法分辨其真伪,只能被真真假假的信息牵着鼻子走。文学若能以自己的独特"发现"而让读者感知"被遮蔽的另一些世界",则文学之功就大了,因为它不仅可以帮助人们认识知识和生活的真面目,更可以帮助人们找回已经失去的主体性。

以上的"精神尺度",也是韩少功用来进行文学批评的标准。在韩少功的眼里,最切合这一标准的当代作家便是史铁生和张承志。张承志"发誓要献身于一场精神圣战",这就使他"已经有了赖以为文为人的高贵灵魂,他的赤子血性更与全人类相通";史铁生与张承志不同,他的精神圣战没有民族史的大背景,他是"以个体生命力为路标,孤军深入,默默探测全人类永恒的纯静和辉煌"。而他们两人的共同意义就在于"反抗精神叛卖的黑暗,并被黑暗衬托得更为灿烂。他们的光辉不是因为满身披挂,而是因为非常简单的心诚则灵,立地成佛,说出一些对这个世界诚实的体会"②。韩少功对张、史二人的激赏,其实也正是他自己的追求,他几乎是带着宗教的虔诚投入到捍卫"高贵灵魂"的精神圣战中的。

三 "精神尺度"之二:弱者的生存问题

当然,韩少功关心文学的精神尺度,这只是他关心现实的一部分,他更为关注的则是"大面积人群的生命存在"问题,尤其是"弱者的生存"问题,这同样体现在三个方面。

其一,从关心现实出发,韩少功首先所强调的便是必须有"问题意识":"即善于发现社会和人生的现实问题。精神萎靡,知识混乱,创造力不够,这都是我们发现问题的障碍。"③ 由此看来,韩少功的精神寻根

---

① 韩少功:《在小说的后台》,山东文艺出版社 2001 年版,第 85 页。
② 同上书,第 34—35 页。
③ 同上书,第 174 页。

决非是要回避现实、蹈入虚空,相反,倒是极力要揪出现实中的问题。那么,在当前的现实生活中有哪些问题需要我们给予重点关注?"我们正在进入以市场经济为主要特征的现代化进程,在这一进程中,有些旧的问题还没有完全消失,比如几千年官僚政治和极权主义的问题;有些问题正在产生,比如消费主义和技术意识形态的问题;有些问题是中国式的,比如传统文化资源的现代转换和运用问题;有些则是全球性的,比如经济一体化和文化多元化的问题,等等。……我以为,一个作家也好,一个文学刊物也好,回避这些问题或者在这些问题上人云亦云,不是自己的光荣;恰恰相反,如果真要关心人,关切大面积人群的生命存在,包括要建设一种能够保护人生和健全人生的现代化文明,时刻抗拒某些潮流中的谬见和欺骗是十分必要的。如果说人文知识分子还有点什么用处的话,那就是要勇敢抗拒某些不义而且无知的文化潮流。"① 从这里可以看出,韩少功的"问题意识"决非是泛泛而论,而是有着切中时弊的具体所指。

其二,提出了解决问题所必须坚持的立场。韩少功认为要"关切大面积人群的生命存在",也就是人民的"大利益":"大利益就是'义',就是精神。把精神描绘成排斥一切合理利欲的反世俗宗教狂热,是有些人常用的一种自我保护策略。中国好几次民意测验,证明民众最关心的是三大问题:腐败、社会治安、通货膨胀。这就是人民的'大利益'。"② 所以,韩少功决非不食人间烟火的宗教狂,他的精神寻根并非要完全脱离世俗化,而是要分清:"掠夺者的'世俗化'和劳动者的'世俗化',不是一回事"③。在韩少功看来,"关切劳动者的世俗生存,恰恰是道义的应有之义,是包括审美活动在内的一切精神活动的重要价值支点。现在的问题在于,有些人的'世俗化'只有一己的'世俗',没有他人的'世俗';只有'世俗'的肉体欲望,没有'世俗'的精神需求。……这种恶质的'世俗化'恰恰具有'反天下之心'。也就是说,大多数人

---

① 韩少功:《在小说的后台》,山东文艺出版社 2001 年版,第 175—176 页。
② 同上书,第 141 页。
③ 同上书,第 153 页。

的世俗生存恰恰需要在一种社会的精神尺度制约之下才能得到有效的保护。"① 这种"精神尺度"也就是社会公正:"'社会公正'首先是弱败者的要求,但最终也是强胜者的利益所在。"② 在人们只顾及一己的小利益,只追求"短、平、快效益"的今天,韩少功的呼唤,理应成为一方醒木。

其三,从保护"弱者的要求"出发,韩少功认为必须抑制贫富悬殊的两极分化,因为"过于两极分化,至少会带来两个问题:一是萧条,所谓内需不足,多数人没有购买力,老板们也没法做生意;二是犯罪(剧增)或革命,如果不能尽快使大家都搭上车,如果没有制度化的二次分配即非市场化的分配,无活路的人就会以暴力实行之。这两条都会使市场经济受挫,富人也活不好。从这个意义上来说,阶级冲突的良性解决就是阶级的共存和互助";而且,从历史经验来看,"历史上各朝各代只有抑兼并才能防止危机,才能安邦富民,其现代版本就是'只有社会主义才能救中国'"③。那么,说到底,韩少功的精神寻根,也就是要给现代人找到一方"共存和互助"的栖息地,让人活得像个人,不至于完全被"物竞天择,弱食强肉"的生物进化规律所物化。根据马克思主义的观点,人与动物的根本区别就在于"人也按照美的规律来建造",人除了遵循客观的自然规律之外,毕竟还有一个人类自身发展的要求与目的的问题,亦即人的自由自觉的创造性该如何发挥作用的问题,而只有当"合规律性与合目的性"结合的时候,人才有可能审美地生存。现代人往往被物欲所累,其实也就是消极地顺从了客观自然的"规律性",从而忘却了自己作为主体存在的"目的性",韩少功所要寻回的,从根本上讲也就是这种目的性。因此,如果说韩少功的"文化寻根"是为了要拓展艺术创造的思维空间的话,"精神寻根"则是为了要拓展人类审美生存的现实空间。

还应特别指出的是,韩少功绝不是空谈家,他更强调"生命实践"

---

① 韩少功:《在小说的后台》,山东文艺出版社 2001 年版,第 154 页。
② 同上书,第 239 页。
③ 同上书,第 210 页。

的重要性:"我们常常并不缺少想法,要命的是我们不愿意,也不敢把这些想法付诸生命实践。"① 为救治人性中这种"要命的"缺陷,他极力推崇"行动者":"行动是摘除性格毛病的伽玛刀。行动者大概总是比旁观清议者少一些生成毛病的闲工夫,也总是容易比旁观多一些理解他人和尊重团体的本能。"② 应该说,韩少功本人也就是这种"行动者"。在2001年8月30日的《文学报》上,有一篇题为"文学要改革 眼睛须向下"的报道,该报道说韩少功告别喧嚣的城市,悄然入住湖南汨罗的农村已有一年多。当记者采访他时,他谈了自己的感受:"作家眼观四路耳听八方,但最重要的一点是要从底层看,看最多数人的基本生存状态","人可以向上看,但如果所有的人在所有的时候都向上看,这就与我们整个人类文明的精神背道而驰。不管是宗教,还是哲学、文学,从来都离不开一种悲世情怀,都需要向下看,看到弱者的生存。"这种悲世情怀当然不能只让给作家,如果"文化工作者"都能带着悲世情怀去作出自己的努力,"最多数人的基本生存状态"也就不难达到"审美的境界",就不至于让大批的弱者去"食"强者,从而也可以保证"人类文明的精神"之根养料充足,并长出参天大树。

四 从文学创作之"流"回到艺术生命之"源"

韩少功的"寻根"从"文化"转向了"精神",从"传统"转向了"现实",这种"转向"的价值和意义究竟何在?或许会有人替韩少功惋惜,因为他倡导"文化寻根"时,很快便有传世小说名作问世,而倡导"精神寻根"几年来,却并未见有小说佳作问世。他会不会像鲁迅一样,为了同现实的时弊作斗争而在下半辈子就只能写散文随笔?韩少功下半辈子究竟能写什么,在这里姑且不论。需要指出的只是,成为伟大作家的前提条件并不在乎他写的是哪一种体裁的作品。鲁迅后半辈子只有杂文,这并不影响他的伟大,相反,正因为他对杂文创作的突出贡献,奠定了他在文学史乃至思想史上的独特地位。

---

① 韩少功:《在小说的后台》,山东文艺出版社2001年版,第155页。
② 韩少功:《然后》,山东文艺出版社2001年版,第210页。

当然，也绝不能说鲁迅的伟大是因于杂文。体裁本身并无高下之分，有高下之分的是作品的思想内容，而在思想内容的诸因素中，起决定作用的又是作者对现实生活的真实体验和反映程度。对此，韩少功自己是有着清醒的认识的，他认为："凡有力量的作品，都是生活的结晶，都是作者经验的产物，孕育于人们生动活泼的历史性实践活动。如果我们知道叔本华对母亲、情人以及女房客的绝望，就不难理解他对女性的仇视以及整个理论的阴冷。如果我们知道萨特在囚禁铁窗前的惊愕，就不难理解他对自由理论的特别关注，还有对孤独者内心力量的特别渴求。理论家是如此，文学家当然更是如此。杰出的小说，通常都或多或少具有作家自传的痕迹，一字一句都是作家的放血。一部《红楼梦》，几乎不是写出来的，四大家族十二金钗，早就在曹雪芹平静的眼眸里隐藏，不过是他漫漫人生中各种心灵伤痛在纸页上的渐渐飘落与沉积。"[①] 韩少功在这里所谈的是作家人生体验的重要性，这种人生体验当然绝不只是个人的，如果我们联系到他对"底层"的关注，对"最多数人的基本生存状态"的关注，就不难理解，他所说的人生体验其实是将个人的体验与人民的体验、弱者的体验熔铸在一起的，也正是这种"熔铸"才决定一个作家的伟大与否。曹雪芹的"心灵伤痛"，当然也绝不只是他个人的，而是与大观园中那些弱女子的心灵伤痛合而为一的，这才助成了他的伟大。如果他的立场是站在贾母、贾政一方，《红楼梦》就成不了伟大的作品，曹雪芹也成不了伟大的作家。由此而论，韩少功从传统文化转向现实生活，不仅无须惋惜反而值得庆幸，因为这将为他成为伟大作家铺平道路。他从文化寻根中找到了方法技巧，从精神寻根中找到了艺术生命的源泉，再加上他有意识地深入基层，去亲身体验最多数人的基本生存状态，当他将这些融汇起来，使之"飘落与沉积"于纸上时，就一定会有伟大的作品面世。

其实，关于文学创作的"源"与"流"的问题，毛泽东在几十年前早就说过了，在一段时间还成为作家创作的座右铭，只是后来有人将

[①] 韩少功：《在小说的后台》，山东文艺出版社2001年版，第66页。

"深入生活"与"主题先行"联系在一起,所以在20世纪80年代人们反"主题先行"的时候,将"深入生活"也同时反掉了。不讲"深入生活",便只好"深入"传统文化,"文化寻根"与此种背景也不无关系。但毕竟,传统文化只是"流"而不是"源",艺术的生命只能系于"源"而不是"流"。韩少功的转向也正是从文学创作之"流"回到了艺术生命之"源"。当然,这并不意味着韩少功很快就将有伟大的作品问世,对这种急功近利的心态,韩少功同样是持批判态度的。为了抵制现代人重结果轻过程的浮躁心理,他特别地提出了"过程价值论":"真理和理想正是体现在这种心智求索的过程当中,而不是在某个目的性的结论里。……我对过程的价值呈现给予了更多的关注,甚至是绝对信仰的。"[①] 也许,我们如果真的要想尽快收到效果,就应该有更多的人投入到"求索的过程当中",不仅仅是说,而且要做。

(载《文艺理论与批评》2002年第2期)

---

① 韩少功:《在小说的后台》,山东文艺出版社2001年版,第161—162页。

阿城:对道学精神的完整体认

一 "恬淡超脱与沉迷执着"兼容的人物特色

在 20 世纪 80 年代的寻根作家中,阿城的作品不算多,但却被视为实力派人物,有关阿城的话题也持续不断。总结十几年来有关阿城的话题,主要集中在一个方面:其笔下的人物究竟属道家还是儒家?大多数的批评家都认为阿城的人物属道家,如苏丁和仲呈祥在《棋王》刚发表时就对此进行了分析。他们认为,"道家哲学讲究从反面着手达到正面价值的肯定,所谓'将欲翕之,必故张之;将欲弱之,必故强之'就是这个意思。看来,阿城的本意是要写王一生的大智,写他在同辈青年中过人的聪慧,却故意突出他的痴呆和顽愚,这不能不说是深得道家哲学强调对立面的转化和超越的妙谛";王一生下棋"讲究造势,讲究弱而化之、无为而无不为,这是王一生的棋道,也正是道家哲学的精义",棋道如此,王一生的形象就更是岸然道风:"他心如止水,万物自鉴,空心寥廓,复返宁谧"[1]。自此之后,便有不少批评家从不同的角度分析了阿城笔下的人物特别是王一生形象的道家风范,直到现在,仍有人在论证这一问题,如张法认为正是王一生的"无知无欲"助成了他成为棋王:"王一生记忆好(奇);有深情(呆);无多少知识,对古代正统文化(包括最有名的曹操的《短歌行》)不知道,对西方文化(包括最有名的杰克·伦敦、巴尔扎克)不知道(无知);无现实利害计较,处于饥饿却并不以饥饿为

---

[1] 仲呈祥:《〈棋王〉与道家美学》,《当代作家评论》1985 年第 3 期。

意，爱下棋被坏人利用而不知（无欲），完全靠个性、情致、智慧爱上了象棋。在性情个性上对当下现实'绝圣弃智'式的超越，这是他成棋王、得棋魂的基础。"①

但也有人提出了相反的观点，认为王一生对棋道太过沉迷，所以不能算是道家，如黄凤祝认为："道家要求对任何事物、作为都应抱着恬淡的态度。恬淡即是反对沉迷，但却不是抱着无所谓的心态而是对事物有所作为，只不强求得失，不过分地计较，一切都应顺应自然地对待"；但王一生却过于"沉迷"："王一生沉迷于棋道，如他人沉迷于酒色，沉迷于金钱，而对其他事物不感兴趣……唯有棋与吃他才牵肠挂肚。这亦非老子'无为'的精神。"因此，黄的结论是：阿城的王一生"还够不上一个真正道家的资格，阿城对道家文化的真谛也还未曾悟彻懂透"②。

其实，王一生既不缺"恬淡"，但同时也极为"沉迷"，所以有人将二者结合起来，认为"道"只是王一生的外表，其实质则是"儒"，如雷达认为："王一生所体现的，是'人的自觉'、'人的发现'和人的胜利的观念，是'天行健，君子以自强不息'的精神。他不是那种屈服于生活重压的人，却又表现得那样淡泊、自适、无为。他是'道'的外表，'儒'的真髓。"③

批评家们的分析，无疑都切中了阿城笔下人物的特色，但或失之偏颇或失之粗略。应该说阿城笔下的人物确实是恬淡超脱与沉迷执著兼容的，不能只顾及某一方面。同时，仅仅指出二者兼容，也未能真正解决问题，还必须进一步指出其超脱什么、执著什么；再者，阿城是提倡文化寻根最力的一个，他的"二者兼容"所联系的文化根脉又何在？这是本文所试图解决的问题。

二 "树王"的超脱与执著

阿城的作品无疑是以"三王"为代表的，从发表的顺序来看，是

---

① 张法：《寻根文学的多重方向》，《江汉论坛》2000 年第 6 期。
② 黄凤祝：《试论棋王》，《文艺理论研究》1987 年第 2 期。
③ 雷达：《对文化背景和哲学意识的渴望》，《批评家》1986 年第 1 期。

《棋王》、《树王》、《孩子王》,"不过以写作期来讲,是《树王》、《棋王》、《孩子王》这样一个顺序"①,阿城自己认为,这三部作品代表了他创作上的三个时期。那么,我们就按照阿城所说的写作顺序,先来分析一下这三部作品的主人公,看看他们究竟是超脱什么、执著什么。

阿城在《棋王·自序》中说,《树王》是他"创作经验上的一块心病",原因是写得太幼稚,"好像小孩子,属撒娇式的抒情"。但在我看来,正因为幼稚才显得真实,不幼稚才是"虚矫",因为从阿城自己所说的创作时间来看,"《树王》写在七十年代初"。当此之时,正是全民幼稚的时候,能保有自己"成熟"看法的,似乎只有顾准式的思想家才能做到;而且,任何人的创作都是从幼稚开始的,一个成熟的作家,当他面对初始阶段的幼稚时,完全可以会心一笑而了之。阿城将它当作一块心病,也恰好说明他确实"对道家文化的真谛也还未曾悟彻懂透"。当然,这并不影响他以一个作家的直觉来反映某些道家的思想。

我们还是先来看一看《树王》中的肖疙瘩,这个人物一出现在读者面前就显得与众不同:力气大得惊人。然而,却又有点儿呆笨,他干起活来挺在行,说起话来却又笨嘴笨舌,而且,什么重活脏活他都自顾自地干。当林场所有的劳力都在进行着热火朝天的砍山竞赛,大干所谓的垦殖大业时,只有他一个人在默默地种着菜。他完全超脱于生活的主流之外,似乎在过着一种世外桃源式的恬淡宁静的生活,因而这一人物从最初的印象来看,确实有着道家的风范。但是,随着情节的展开,肖疙瘩的内心世界逐步袒露,读者可以发现恬淡宁静只是他的外表,其内心则翻腾着激烈的波澜,他内心情感的丰富,甚或超过任何人。例如:当一棵大树将倒未倒之时,他孤身一人深入险境,清除险情,帮助几个知青摆脱了危险,事后还不顾自己被管制的身份,向支书提意见,认为不该让没经验的知青单独砍那样的大树,以致招来支书的一顿批不说,还汇报上去,被当作了"阶级斗争的新动向"。这在别人看来,似乎是太呆气太不知趣,然而他的认真而执著的个性又使得他不能不这样做。最不

---

① 阿城:《棋王·自序》,作家出版社1999年版,第1页。

知趣也最为执著的体现是他对"树王"的护卫。知青李立说是要破除迷信,砍倒树王,而肖疙瘩竟以性命相搏,以血肉之躯护卫着"树王"。虽然在支书的威压下,他不得不离开大树,但在砍树的四天里,他不吃不喝、日夜守护在大树旁,短短的四天,他竟白了发、失了神。我们可以想见,当大树被一刀一刀地砍倒时,他的心也在被一刀一刀地剐着,血也在一滴一滴地流着,树被砍倒,他的血也流完,生命也就枯竭,作为植物之躯的"树王"与作为人体之躯的"树王"终于同归于尽。肖疙瘩的这种执著与屈原的执著难道不是异曲同工?有评论家认为,纠缠肖疙瘩的死因是没有意义的,而我却认为,肖疙瘩形象的意义恰好就在他的死因中。他是为什么而死?仅仅是为一棵树吗?显然不是,因为当"我连连劝他不要为一棵树而想不开"时,"他慢慢地点头"表示了同意①,但他还是没有想开,终于平静地死去了。死时除了牵挂那位被他踢残的战友外,似乎对一切都不再关心,对一切都已感绝望,那"一双失了焦点的眼睛"明白地昭示出,临死前的肖疙瘩已经心如死灰,那么他的死就不应该只是为了一棵树,更深层的原因应该是死于绝望,但他的绝望却不是因为"希望"的破灭,而是因为一种"意念"的破灭。这种"意念"是什么?他认为树"是个娃儿,养它的人不能砍它"(第113页),凭着山民的直觉,他意识到了人与自然的亲和关系,只要有一棵参天大树的存在,就可以昭示大自然对人类的恩赐,亦可成为人与自然亲和关系的明证,这就是他凭直觉所感知到的而且自认为是千真万确的"意念"。然而,当一切大小树木全都被砍倒烧掉之后,随着"明证"的彻底消失,也就意味着人与自然亲和关系的彻底破灭。这对于一个完全倚赖于山林而生活的人来说,其打击自然是致命的,他到哪里再去寻找自己的精神寄托呢?一个完全失去精神寄托的人,唯一的归宿便只有死。因此,我们不能责怪肖疙瘩是那样地执迷不悟,为了一棵树竟以性命相搏,因为他护卫的实在是自己生存的根据,他的生命的游丝就寄寓在这最后的一棵大树中,以性命相搏或许还可救下这棵树,也可救下他自己,否

―――――――――

① 《棋王》,作家出版社1999年版,第122页。

则，便只有同归于尽。

需要说明的是，这里所谓的"意念"是与"观念"相对应的一个词。观念是一种公认的思想意识，是大家所必须遵循的，特别是历久形成的传统观念，对人更有一种顽强的约束力，所以观念具有确定性、凝固性的特点。意念则是存在于人们心目中的一种想法，意念的强烈可以接近于信念，也可以吸引人为之奋斗；但意念再强烈也不能等同于信念，信念必定是群体的，必定有一批人共同坚守，意念则纯为个人的，意念不仅人各不同，同一个人在不同的时间也可能会有不同的意念，所以意念具有个性化、流动化的特点。阿城笔下的人物往往是以意念作支撑而背离观念的，如肖疙瘩所执著的就是意念而非观念，他的想法完全是个性化的，是与当时人们所共同遵循的观念相对立的。与此相联系，他的执著也就并非儒家式的，因为儒家所执著的往往是"修身齐家治国平天下"的公认观念。为了遵循这一观念的约束，儒家在"修身"阶段就极力压抑自己的个性，破除带个性色彩的意念，而使自己的思想尽量地适应"治国平天下"的需要。所以，儒家往往以自觉服从为天职，绝不会执著于自己心中的某一意念。《树王》中很爱读书的李立，满嘴政治术语，似乎颇有主见，其实所说的都是别人的话，他的所作所为也都是以上级或权威为准，他的执著沉迷才是儒家式的。肖疙瘩的执著沉迷与李立相反，当然不属于儒家。那么他的文化根脉究竟该系于何处？此问题留待下文分析。

《树王》也确实有幼稚的地方，它的幼稚之处倒不在作者自己所说的"满嘴的宇宙、世界，口气还是虚矫"。这个作品关于"宇宙、世界"之类的空议论还是少有，口气也并不"虚矫"。这个作品的幼稚所在，是作者硬要给肖疙瘩加个侦察英雄的名头。本来，作为一个山民，生于山林、长于山林，整个生命维系于山林，他爱树护树乃是发乎天然的顺理成章之事，这与一个侦察英雄的行为毫无关联之处；而且，仅仅为了一个橘子，就踢断了与自己出生入死的战友的一条腿，更何况这个橘子还是作为班长的肖疙瘩所同意摘的，这于情于理都难以说通。再者，从结构上说，侦察英雄的故事游离于主体情节之外，在本来很自然的叙述中，突然插上这一笔，使情节的顺畅发展受阻，显得生硬；从人物性格上说，侦察兵时期的肖疙瘩是那样野蛮、图名图利，因自己的一等功和班上的集体功被取消，竟"气得七窍生烟"，这与林场场员时期的肖疙瘩显然有天壤之别。作为林场场员的肖疙瘩是那样地谦卑忍让、不计名利，可以默默无闻地做着一切，也可以默默无闻地忍受着一切。他只依着自己认为该做的去做，不在乎利害得失，也不在乎别人的是非论评，有这种心态和境界，怎么可能为一只小小的橘子而勃然大怒？同时，只因一等功被取消而觉得"无颜见山林父老"，于是不愿回家乡而转业来到了林场，说明他是十分注重面子的，但到了林场之后，似乎又根本不把面子当回事，即便是受"管制"，失去了做正常人的资格，他也不往心里去。这前后的反差和矛盾，简直不可理喻。加进一个侦察英雄的故事，引出了如此多的前后矛盾，作者的用意究竟何在呢？是为了说明一时的冲动所造成的恶果给了肖疙瘩以教训，故而才修炼到后来的境界？但该作品的题旨显然不在此。所以，不管从哪个方面说，侦察英雄的故事都是多余的。但作者之所以要加进这个故事，恐怕是为了给最后的护树壮举提供点"英雄本色"的基础，而就20世纪七十年代初人们的普遍认识来说，似乎只有军队才是个大熔炉，才是培养英雄的地方，所以肖疙瘩当上了侦察兵，并成了侦察英雄。这个故事在作品中虽属多余，但它恰好留下了七十年代初的印痕，从了解当时人们的普遍心态看，还是有其史料价值的。

有意味的是，《树王》是超历史的，即便是放到现在来读，不仅不会有丝毫的过时感，反而会觉得更切时弊，因为它完全可以当作一个环保故事来读。随着人们环保意识的加强，该作品的价值可能会越来越被人所重视。有此"超前"的价值在，阿城应该感到欣慰，其心病也应该祛除。

三 "棋王"的超脱与执着

从哲学的意义上讲，《树王》所反映的其实是一个人与自然的关系问题。肖疙瘩认为凡树都有用，而且他更看重的是天然林，他所说的"有用"与李立所说的"有用"决非同一层次的概念，李立所说的是经济概念，肖疙瘩所说的则是哲学概念。因为肖疙瘩是个一字不识的粗汉，作者没办法让他大谈哲学问题，但李立作为肖疙瘩的对立面，他是谈了哲学问题。我们结合肖疙瘩的"意念"和李立的"观念"，可以发现他们的所思所想其实都共同切中了中国传统哲学的"天人合一"思想，只是在"合一"于谁的问题上发生了分歧。在中国的传统哲学中，儒家的观念是天"合一"于人，所以强调的是"人定胜天"的主观努力。李立驳斥肖疙瘩说，人开出了田，"养活自己"，人炼出了铁，"造成工具，改造自然"（第114页），显然是在强调人通过主观努力，使自然适合于人的需要。道家的观念是人"合一"天，所以强调的是"返璞归真"的清净无为。肖疙瘩一定要留下一棵天然林以"证明老天爷干过的事"，并与这棵天然林共存亡，他其实是以自己的生命来证明人与自然的同体，人应该回归自然。

如果说《树王》所反映的是一个人的存在的本体论问题，《棋王》所反映的则是一个人生价值论问题。在《树王》中，肖疙瘩的哲学"意念"无法通过他的口说出，作者似乎意犹未尽，所以到了《棋王》里作者便尽力弥补这一缺憾。王一生虽然读书不多，谈不上什么理论水平，但对自己的人生体验总还可以总结一下，于是，"何以解忧？唯有象棋"的人生"意念"便通过他的嘴反反复复地说出，还通过"我"的嘴不失时机地大发议论。所以从大段的议论来看，《棋王》倒确实有点"口气虚矫"。

值得讨论的问题是，棋呆子王一生究竟是沉迷于棋还是沉迷于自己的意念？对这一问题的区分决不是可有可无的，虽然王一生的意念是"以棋解忧"，这其中绝离不开棋，但棋究竟是目的还是手段？这一问题不解决，也就难以区分王一生的沉迷究竟是精神追求还是物质追求的问题。黄凤祝认为"王一生沉迷于棋道，如他人沉迷于酒色，沉迷于金钱"，如果棋是王一生沉迷的目的，当然就与酒色、金钱无异。但王一生的目的显然不在棋而在"解忧"，正因为目的在解忧，所以下棋就仅为下棋，即不"为生"，亦不在乎参赛的名次，甚或也不在乎输赢。当冠军老者提出言和，他便毫不犹豫地就说"和了"。正因为他在下棋的问题上淡泊名利，从来没有想到要比赛拿名次，最后却又大战群雄，杀败了十位高手而成为棋王,所以众多的评论家们便都说他是道家之棋,是无为而无不为的结果。这当然不无道理,但也只能解释王一生的超脱,却不能解释王一生的沉迷。其实,仅仅是超脱名利是不能带来棋艺的精进的,必须有超乎常人的沉迷才会有超乎常人的水平。所谓无为而无不为,那只是一种理想的境界,就具体的技艺而言,必须靠耐心细致的"水磨工夫",即便是庖丁解牛,也是破损了多少把刀之后才"游刃有余"的。所以,棋王的成功,决不是由超脱无为所促成,而是由沉迷执著带来的结果,只因他所沉迷的非名非利,所以被误会为超脱。应该说,他一门心思所想的就是如何解忧,为了解忧,他才沉迷于棋艺的精进;解了忧,他才能正常地生存。他的一生实在有太多的不幸:儿童时代就因家庭的困顿而失去了常人应有的欢乐,年纪稍长就挑起家庭生活的重担,一直被生计所累,如果不能在棋里超脱一下生活的重压,其身心就将因不堪重负而垮掉,那么也就不会有"棋王"的辉煌。所以,王一生于不幸之中又是万幸的,多亏他在叠书页之时偶尔遇上了一本"讲象棋的书",从而使他迷上了棋,找到了行之有效的"解忧"之道;更为幸运的是,棋还给他带来了意想不到的辉煌。他没有像肖疙瘩那样与"树王"同生死,相反,他是与"棋王"共荣耀的。这或许也就是阿城在人生价值的追求上所表现出来的充分自信。生活的重压可以迫使人们去寻找"解忧"之道,而在"解忧"的过程中,也就自然而然地会铸造人生的辉煌。这是否就是道家所说的无为而无不为呢?但我以为阿城所要表达的意思是有所为而有所不为,执著于"解忧"之道是其"为",超脱于世事纷争名利得失则是其"不为"。《棋王》相对于《树王》,如果说在"文化小说"的意义层次上有提高,那恐怕也就体现在阿城对"有所不为"的认识上,并为王一生找到了有所不为的"解脱"之道。

王一生除专注于棋之外,还专注于吃。很多评论家都认为,吃是他的物质追求,而棋是他的精神追求。吃是生存的必需,这当然是无可置疑的。"一天不吃饭,棋路都乱"(第9页),"吃"对"棋"的决定作用,王一生肯定比谁都体会得深,所以当"我"说"人一迷上什么,吃饭倒是不重要的事"时,他便坚决反对:"我可不是这样。"(第9页)对于吃，他是绝对不敢轻视的。但他重视吃，决不能视为一种物质追求，因为物质追求的本身，就暗含了物质享受。王一生是坚决反对物质享受的。他要严格区分"吃"与"馋"的内涵，认为在吃上"想好上再好"那就是馋（第 11 页），所以他说巴尔扎克写邦斯舅舅的好吃"是一个馋的故事，不是吃的故事"（第 14 页）；而杰克·伦敦的《热爱生命》反而被认为是一个"吃的故事"，那么，他的重视吃，也仅在维持生命存在的需要。正因于此，他对生命所需热量的算计才那样精细，而且其精细程度决不亚于他对棋艺招数的算计。例如，当"我"说曾有一天没吃饭时，他非得要问清楚是否确实到"当天夜里十二点"一点东西没吃，还要问第二天吃了什么。问过之后，他十分认真地说："你才不是你刚才说的什么'一天没吃东西'，你十二点以前吃了一个馒头，没有超过二十四小时。更何况第二天你的伙食水平不低，平均下来，你两天的热量还是可以的。"（第 10 页）这种算计确实是够精细的，但也确实是"呆"，正是这种精细与呆的结合，才可见出王一生在吃的问题上的一个"意念"：能维持生命所需的热量即可，想再好便是馋。所以他认为"人要知足，顿顿饱就是福"（第 24 页）。"顿顿饱就是福"，这无疑是一个生命存在的基本要求，也就是能保证热量的维持，解除生命存在之"忧"。因此，从"意念"上说，棋为解忧，吃亦为解忧，二者的追求目标是一致的，所以王一生才同样地执著而沉迷。

阿城之所以要将棋与吃摆在同样的位置，这也反映了他对现实人生的看法。在一般人看来，棋为高雅之物，需得高雅之人带着清纯的心态才能为之，王一生的母亲认为下棋是有钱人的事，拣烂纸的老头其家训是"为棋不为生"，均代表着这种看法。但阿城却偏偏要写王一生在饥肠辘辘中迷上了棋，让棋进入普通人的世俗生活，棋以解忧与吃以解忧进入同一档次，这反映了阿城对普通人生的肯定。似乎是怕读者不能真正理解作者的心思，阿城还让"我"直接出面发议论，如当"我"看到观棋的群众竟那样踊跃，"一个个土眉土眼，头发长长短短吹得飘，再没人动一下，似乎都要把命放在棋里搏"时，便由此引发了一通议论："我心里忽然有一种很古的东西涌上来，喉咙紧紧地往上走。读过的书，有的近了,有的远了,模糊了。平时佩服的项羽、刘邦都在目瞪口呆,倒是尸横遍野的那些黑脸士兵,从地下爬起来,哑了喉咙,慢慢移动。一个樵夫,提了斧在野唱。忽然又仿佛见了呆子的母亲,用一双弱手一张一张地折书页。"(第58—59页)在阿城看来,只有像黑脸士兵、樵夫、呆子的母亲这种普通人的生活才是真实的人生,所以在作品的结尾,阿城借"我"之口将这一意思更明确地告诉读者:"不做俗人,哪儿会知道这般乐趣?家破人亡,平了头每日荷锄,却自有真人生在里面,识到了,即是幸,即是福。衣食是本,自有人类,就是每日在忙这个。可囿在其中,终于不太像人。倦意渐渐上来,就拥了幕布,沉沉睡去。"(第65页)那么,按照阿城的意思,普通人的真实人生本就是幸福的,只因人们未能"识到",所以才生在福中不知福,因此,幸福只在"意念"中,解忧也就是对"意念"的追求。"我"是已经"识到"了,不再"囿在其中",于是顿感幸福,竟睡得那样沉、那样惬意。

四 "孩子王"的超脱与执着

阿城所要肯定的本是普通人的普通生活,但无论"树王"或"棋王",却又总带着几分传奇色彩,这便有违作者的创作初衷。所以到了《孩子王》里,阿城便尽量祛除主人公的传奇色彩而使其平淡化朴实化,还其普通人的本来面目。《孩子王》是作者"自认成熟期的一个短篇"(《棋王·自序》),其成熟之处恐怕主要就体现在作者完整地实现了自己的创作初衷,而且也没有《树王》中所有的结构上的败笔和《棋王》中所有的"虚矫"口气。

同前两部作品一样,《孩子王》的主人公"我"一开始出现在读者面前也仍然是一副恬淡超脱的神态:"一九七六年,我在生产队已经干了七年。砍坝,烧荒,挖穴,挑苗,锄带,翻地,种谷,喂猪,脱坯,割草,都已做会,只是身体弱,样样不能做到人先。自己心下却还坦然,觉得毕竟是自食其力。"(第128页)有这种"坦然"的心境,所以不管遇到什么事,都可以做到不喜不悲、无怨无悔。本来已安安心心地在生产队干活,没曾想突然被安排去教书,这意外之喜本可以让他高兴得"蹦"

起来，但他没蹦，当同室的老黑问他捆行李的原因时，他只是"轻描淡写了一番"，老黑反倒高兴得"一下蹦到地上"（第129页）。队上的知青们听说后都高兴地来祝贺，说他"时来运转，苦出头了"（第130页）。他自己却并无这种感觉，只是"想不通为什么要我去教书"（133页）。在他看来，似乎原因比结果更重要。正因为"进"本无喜，所以"退"亦无悲。当老陈传达总场和分场的意思，让他自己找一个生产队"再锻炼一下"时，他竟心平如镜、毫无波澜："我一下明白事情很简单，但仍假装想一想，说：'哪个队都一样，活计都是那些活计，不用考虑。课文没有教，不用交代什么。我现在就走。'"（第189页）这样地轻松痛快，弄得原以为很要做一番说服劝解工作的吴干事和老陈反而不知所措了。而且，他不仅立即离校去队上，在路上走着走着，竟"不觉轻松起来"（第189页）。一场时来运转的"孩子王"美梦，就这样骤然而来又骤然而去，这种大起大落的命运捉弄，本可以在人的心海中激起狂澜巨涛，甚或引发出人生中多少风雨雷电的，但"我"却轻描淡写地将一切如轻丝一般随手抹去，这般恬淡超脱，真可谓已臻极境，即便是棋王王一生，也未能达到如此境界。阿城自认为《棋王》只是"半文化小说"，那么作为"成熟期"的《孩子王》就应该是"全文化小说"了，它的"全"，恐怕首先就体现在人物心态的这种高境界上。

"孩子王"的恬淡超脱甚或有过于"棋王"，其执著沉迷却也不亚于"棋王"，而且仍带着那一分呆气。教书还没有开始，"我"的执拗之劲便上来了，听说自己是因为上过高中才被选来教书的，便向教导主任老陈反复申辩，说"高中我才上过一年就来了，算不得上过"，就怕自己"教不了"（第134页）；勉强接受任务，一看是教初三，更是"说了无数理由"，要"坚决推辞"（第138页）。老陈和其他教师都说教书不难，只要把学生带到18岁能参加工作就行了，他却仍然"心里打着鼓"，生怕"误人子弟"。好不容易被劝进了教室，一看学生没有书，他的认真劲又上来了："做官没有印，读书不发书。读书的事情是闹着玩儿的?"（第141页）他气鼓鼓地去找老陈，老陈却轻松地一笑，说这种小地方常常是没有书的。真正教起书来他就更认真了，为了尽快教好书，他不顾班上学生王福说他"混饭吃"的讥笑,而虚心向王福请教。特别是看到学生对课文中的字竟有三分之二不认识、作文又老是抄社论时,他更是心急如焚,立意要将这种状况扭转过来。于是,竟冒天下之大不韪,丢开课文不教,每天只教识字和"写流水账"。"半月之后,学生们慢慢有些叫苦,焦躁起来"(第170页),总场教育科也说要来"整顿"他,但他仍然我行我素,毫不动摇。他这样地执著乃至执拗究竟是因为什么呢?还是为着他心中的一个"意念":"教就教有用的。"(第173页)课文之所以不教,是因为他:"分不清语文课和政治课的区别。学生们学了语文,将来回到队上,是要当支书吗?"(第173页)正因为他认为语文课本学了无用,所以弃之不教,当教育科吴干事问他为什么不教课文时,他的回答很简单:"没有用。"(第188页)值得注意的是,他这里所说的"有用",似乎所强调的也是一种实用价值,与《树王》中李立所说的"有用"似乎是同一层次的含义。这是否意味着,阿城的创作思维转了向,转到了原来的对立面去了?当然,仅就"有用"所表达的含义来说确实并无多少差别,但得出这一结论的思维来源却有着本质的区别。李立的结论来源上级、来源权威,并非他自己的思考;"我"的结论则是与上级与权威相对立的,是自我思考的结果。这也说明了一个共同的问题,那就是"三王"所执着的并非"树"、"棋"、"书"等具体的物件,而是他们自己心中所独有的"意念",这种"意念"是别人不可强加也不可强夺的,它所折射出来的其实就是一种独立的人格。因此,从本质上讲,"我"的执拗的性格与李立相悖而与肖疙瘩倒是一脉相传的,只是"我"比肖疙瘩有文化,因而在独立思考的问题上更有自觉性。"我"要求学生的作文一定要写自己的事说自己的话,也就是要培养学生的独立思考,所以"我"给初三班所写的"班歌"就特别强调这一点:"五四三二一,初三班争气。脑袋在肩上,文章靠自己。"(第185页)带着自己的脑袋去思考,执着于自己所确认的"意念",这是"三王"主人公所共有的特点,"孩子王"似乎更自觉更明确也更执着一些,他可以对别人所羡慕的教师职业不屑一顾,而对别人所淡然的教学目的和教学内容却极度认真,宁可失去教师的职位也不愿更改自己的"意念",这就是恬淡超脱与沉迷执著的结合；而从二者的结合中所体现出来的则是超乎常人的刚性与韧性。有人说阿城的小说是提倡"不争"的奴性，这其实是误解了阿城。阿城的人物有着鲜明的独立思考个性，本质上正是反奴性的。

五 楚文化之"兼容"与阿城的人物特色

通过以上的分析我们可以看出，阿城笔下的人物其共有的突出特点就是恬淡超脱与沉迷执著的结合。他们所超脱的是世俗的个人名利，所执着的则是具有鲜明个性色彩的意念。这是本文所要回答的第一层含义。其次，阿城创造这种人物的文化根脉何在？这种特色的人物既不能归之于道家，更不能归之于儒家，因为即使在形式上与儒家的沉迷执著相同，但在个性化的本质特征上也是不一样的。仔细分析起来，这种特色的人物可以在楚文化中找到根据，或者说阿城笔下的人物所体现的是楚文化的精神特质。

在中国的传统文化中，只有楚文化是兼容并包的，既有老庄式的恬淡超脱，也有屈原式的沉迷执著。老庄的超脱名利已是世所公认，在此无须多说。需要说明的是屈原所执着的究竟是什么。"路漫漫其修远兮，吾将上下而求索"，这是屈原一生为之奋斗的座右铭，也是屈原精神的核心所在。那么，屈原所要求索的是什么呢？一般都说是"美人""美政"；而这"美人""美政"的具体内涵又是什么？它既不是现实生活中已经存在的某一确定目标，也不是一个公认的观念，它只能是存在于屈原心目中的一个意念，而且这个意念带有明显的个性化色彩，所以才显得与客观现实格格不入。汉代的班固曾批评屈原"露才扬己"，这话如果从另外一个角度去理解，也就是说屈原太张扬个性。班固属于正统的儒家，他对屈原的批评，也正好从反面说明儒家对个性的压抑程度。在传统的分支文化中，恐怕只有楚文化是最重个性的，也正因为重个性，所以才有屈原精神和老庄哲学之不同文化品格的同时存在。阿城既要写人的超脱，又要写人的执著，但又不能执著于当时的主流文化，于是只好选择那些有个性特色的"意念"来写，这恰好切近了楚文化的精神特质。所以阿城的文化寻根，于不经意之中所寻出的乃是楚文化之根。

将两种截然相反的性格结合在同一人物身上，这是阿城超越其他寻根作家的地方，阿城作品的价值也就体现在这种结合上。但一般的批评家不管是肯定或否定，都只注意了某一方面，从而失去了阿城的完整性；与此相联系的，批评家们论定阿城的人物是属于儒家或道家，是积极或消极，同样是失去了阿城的完整性。而阿城在表现手法上能够"用儒家写道家"，即将水火不容的两种性质的文化兼容在自己的作品中，这确实也只有在楚文化兼容并包的精神特质中才能做到。所以，阿城的完整性，其实也就是楚文化精神特质的体现。

（载《零陵师专学报》2002年第1期，转载人大复印资料《中国现代、当代文学研究》2002年第4期）

为接续那一缕文化命脉

——重读叶蔚林《九嶷传说》

发轫于20世纪80年代的"寻根文学",乃是因为"文革""浩劫过后人们心目中普遍存在的要求追回被'十年文革'所割断了的传统文化的强烈愿望,才是其赖以生存的真正的广袤土壤"①。李阳春先生的这一断语,对"寻根文学"所产生的背景或原因分析,应该说是切中肯綮的。从这一意义出发来分析叶蔚林的作品,他可以算得上是最早的寻根作家之一,譬如他的《九嶷传说》,以寻找红军女英雄的传说为明线,以娥皇、女英的传说为暗线,双线配合,不仅深刻剖析了"十年文革"浩劫所带来的深重灾难和严峻问题,更重要的是接续中国人赖以生存的那一缕文化命脉。

一 "英雄传说"的破灭

关于红军女英雄的传说,作者是"旧话重提"。在中篇小说《在没航标的河流上》中曾提到过,说的是红军长征经过九嶷山,为了突围求生,不得不把一批伤病员留下来隐藏在山洞里,并留下一对双胞胎女卫生员照顾他们。敌人搜山接近山洞时,两姐妹恰好出外寻找食物和药物回来,为了救伤病员,她们开枪引开了敌人,自己则被追杀,姐姐背着受伤的妹妹逃向另一个山头,敌人放火烧山,火光中两只小鸟冲天而起……从此,九嶷山区便多了一种很特别的"姐妹鸟",它们总是成双成对飞翔,

---

① 李阳春:《由奇峰突起到平落沉寂的寻根文学》,《中国文学研究》1996年第1期。

永不分离。这个传说很美丽,化悲剧为喜剧,为的是"化悲痛为力量",很显然是革命浪漫主义精神的体现。但作者之所以要在《九嶷传说》中对这个传说进行重新改写,其原因是收到一封读者来信,信中指出:"九嶷山根本就没有什么姐妹鸟,那两位女红军并没有死在大火之中……她俩当中一个活下来了,隐姓埋名,历尽了痛苦和屈辱,最后却是死于非命。"[①] 作者把这样一封"读者来信"作为"引言"放在小说的开头,当然是为了"旧话重提"的行文方便,更重要的恐怕是为了让传说回到现实,让那一段历史真实地再现在读者面前,用血淋淋的事实来揭示那一场浩劫所带来的深重灾难,从而引发人们思考:灾难过后,我们该如何自救?

《九嶷传说》就情节线索的安排来说,实际上是将古代舜帝与娥皇、女英的传说和现代两位红军女英雄的传说交织在一起。这种安排的目的,自然是为了说明两种传统的断绝:红军优良传统的断绝和中国文化优良传统的断绝。正因为优良传统断绝了,所以才需要"接续",正因为文化根脉失去了,所以才需要"寻根"。

我们先来看一看红军的优良传统是如何断绝的,这个断绝过程其实也就是作品中的"我"寻觅红军女英雄传说的破灭过程。

在"我"寻觅红军女英雄的过程中,作者似乎是刻意营造了一个相反相成的环境:大众化的正常生活中似乎一切都是不正常的,非大众化的正常生活之外反而是正常的;或者说,体制内的都是非正常的,体制外的都是正常的。

红军革命,目的就是要砸碎旧世界、建设一个新世界,在目的尚未达到、革命尚未成功之前,两位脱离红军队伍的女战士,游离于体制内的大众生活之外,这应该是正常的。因此,她们能够交往,能够得到帮助的人,一般也是体制外的。例如:妹妹的伤口能够得到救治,是因为偶然遇到了远离人群"独自在深山里伐木烧炭,日子过得劳累而寂寞"(第327页)的看林人。看林人不仅治好了妹妹的伤,还让她们的名字流

[①] 叶蔚林:《叶蔚林作品全集·九嶷传说》(上卷),湖南人民出版社2012年版,第320页。下引仅注明页码。

传下来了:"姐姐叫娥皇,妹妹叫女英","除了她们还会有谁呢?姐妹俩来九嶷山找舜帝爷,满山乱跑找不到,找到我头上来了。"(第328页)在看林人这个封闭的世界里,除了九嶷山传说中的舜帝和娥皇、女英,就再也没有听说过其他的有名人物,他游离于大众生活之外,对大众化的朝代和历史一无所知,那么在他的世界里,这些朝代和历史也就可以不存在,因而他一句话可以跨越数千年。

帮助过娥皇的还有外乡人长工花头以及同样是外乡人的草药郎中,但体制外的力量毕竟很有限,远不是体制内力量的对手。因此,娥皇、女英最终在"历尽了痛苦和屈辱"之后,"死于非命"。

女英是如何"死于非命"的,其过程作品中没有交代,放排的矮老头曾见过她的尸体漂浮在潇水河上,他"动手将女尸搬到排上,这是一具完整的女尸,既无伤痕,也不肿胀腐败,肌肤似乎还有弹性"(第338页)。这说明她并不是淹死的,而是死了之后被抛尸河中。那么死之前遭受了怎样的"痛苦和屈辱"?联想到娥皇是以"婊子"的身份被大栅塘村"乡长老爷—胡'满贯'赢来的"(第330页)实情,她死前的"痛苦和屈辱"也就可想而知了。

娥皇比女英活得更长久一些,经历的"痛苦和屈辱"也就更多一些。她先是经历了旧体制的"痛苦和屈辱"。她被乡长老爷带到大栅塘村以后,全村人都排斥她,所有不祥之事都怪罪到她头上;她同长工花头一起想要逃离这个是非之地,却"被乡长派人绑回来了,长工花头被打断四根肋骨,两只脚板被利刀剖开,就像剖开两条鱼。乡长老爷恼羞成怒,忍无可忍,决定将娥皇沉潭处置。人剥得一丝不挂,绑到一块门板上,四角坠上旧磨盘,然后抛进大荆河",但因"四扇磨盘同时脱落其三",所以她又"奇迹般活下来了"(第331页)。旧体制被打碎之后新体制建立,她本可以苦尽甘来了。然而,也仅仅是刚解放时娥皇"兴高采烈"了几天,"土改时斗她斗得最惨,当时贫农团积极分子黑妹打她最下得手,一根碗口粗的竹杠打得开花成了刷把","土改后,娥皇就宣布改嫁花头,搬进花头的小屋去住了"(第342页),但长工出身的花头并没有成为她的保护伞,她仍然是"痛苦和屈辱"不断,一直到"扫

'牛鬼蛇神'扫掉——被吊死在大栅塘村里头那棵大杨梅树上"(第328页)。旧体制的乡长老爷要将她沉潭,是她确实要与长工花头私奔;新体制的黑妹支书要将她吊死,却仅仅是因为"母女俩商量杀鸭子"(第346页)而被黑妹支书的儿子——癫子谎报军情说要"杀人",癫子之所以要谎报军情报复母女俩,又是因为偷看女儿浅草洗澡而没有看见。一场如此血腥的杀戮——母亲被吊死、女儿被活埋,其起因是如此荒唐、如此下作,对死者而言,哪里还有半点"英勇壮烈"可言,哪里还有丁点"英雄色彩"可寻?

尤为可怕的是,娥皇的惨死对大栅塘村的村民似乎并没有产生丝毫影响。当"我"初到大栅塘村调查红军女英雄的传说时,"尽管我有意一遍遍向村里人说起关于两位女红军,关于'姐妹鸟'的传说,但无论年老的或年轻的,全都反应冷淡,神情漠然,搞不清他们到底是听说过还是没听说过。他们之所以还有耐心听,仅仅是为了等候我分发香烟"(第330页)。或许,在村民们看来,两条生命还不如一支香烟来得有价值,红军女英雄对他们来说又有什么意义?因此,英雄传说在大栅塘村这里彻底破灭了。

二 "爱情传说"的蜕变

与英雄传说的破灭相联系的,是爱情传说的蜕变。两位女红军既然被九嶷山人认定为娥皇、女英,数千年前的娥皇、女英是为爱情而来九嶷山的,那么在当代的娥皇、女英身上,也应该寄寓着爱情传说的故事。

诚然,当代的娥皇、女英来到九嶷山,确实也曾有过一段短暂的爱情。譬如女英与看林人就曾有过一夜情,虽然在女英一方也包含有感恩的成分,但在看林人一方,则是真真切切的爱情,当女英决意要离开时,"他绝望地哭出声来,顿足捶胸,拿脑壳去撞树干"(第327页),当看到娥皇再次在大栅塘村出现时,他急切地跑上去叫:"女英女英,你叫我想得好苦啊!"当得知女英死去之后,他没有移情别恋,而是孤独地度过了自己的余生。应该说,他在坚守着那一份忠贞的爱情。但对女英来说,这一份爱情实在是过于短暂,短暂得可以忽略不计。

姐姐娥皇的那一段爱情更长一点，而且还有了爱情的结晶：女儿浅草。但娥皇的爱情却是畸形的，从婚姻关系说，她是乡长老爷"一胡满贯"赢回来的妾，婚姻本就很畸形，爱情更是无从谈起；她与长工花头私奔，应该是有爱情的，但"她和长工花头相好，目的就是为了让这无牵无挂的外乡人与她同行"（第331页），这就说明他们的私奔也有非爱情因素；同时，她与外乡来的草药郎中似乎也有着一份说不清道不明的感情，以至于草药郎中的弟弟也弄不清"浅草究竟是不是我哥哥和娥皇生的女儿，如果是，浅草就该是我的亲侄女"（第343页）。在草药郎中的弟弟看来，他们三人之间，是有着共同的爱情的："她依然来看望我们，有时花头也一块来。他们三人之间好像有一种默契，不说话心里也相通似的……后来我哥哥和花头一起压死在塌方下面，挖出来的时候，两人紧紧抱成一团。"（第343页）俗话说"患难见真情"，娥皇、花头和草药郎中三个外乡人相逢于患难之时，他们之间产生了真实的友情是可以理解的，但如果是"一女侍二夫"的爱情，那就是畸形的了，甚或可以说是爱情的蜕变。

与爱情蜕变相联系的是肉欲的狂欢，最为典型的人物就是黑妹父子。"黑妹从小就是大栅塘的一条恶棍，人们说他是公狗投胎的。自从懂得一点男女之间的事之后，他心思和行动都放在妇女们身上了"；"黑妹十七岁那年，还干出一件惊世骇俗的'壮举'……把姐姐强奸了。"（第344页）但就是这样一条恶棍，居然当上了大栅塘村的支部书记，可以掌握娥皇、浅草、花头和草药郎中等人的生杀大权。当"娥皇出现在大栅塘，以她的风采惹得黑妹垂涎是很自然的事，然而黑妹万万没想到，娥皇对她的反抗竟如此坚决，一把鬼头刀差点没把他胯下的杂碎剜下来"（第344页），黑妹"对渴望而不可得的东西怀恨在心，蓄意破坏它、毁灭它"（第345页），于是，先是制造事故，使得"花头和草药郎中一起被塌方压死"（第345页），后来又趁机吊死娥皇，活埋浅草。

至于黑妹的儿子——癫子，则是另一形式——也是更加畸形的肉欲狂欢，"他从小就无师自通使用一个世界性的猥亵手势——将大拇指夹在食指和中指之间。他与乃父不同，他的淫邪属于臆想型，最勇敢的行动限于偷看妇女小便和洗澡。当浅草还是很小的小女孩时,他就痴恋于她。他每每像蛤蟆一样趴在地上观看浅草小便,并用一根长长的草茎去拨弄她小便的部位;于是便无限满足,乐得手舞足蹈"(第345页);后来浅草大了,不允许他看了,他便有了"强烈的失落感,困惑的眼神里混杂着恼恨"(第345页)。当某一年的端午节前,他偷看浅草洗澡而不得,又听见浅草娘俩商量要杀黑鸭子过节,为了"报复一下浅草",于是谎报他爹:"浅草和她妈要杀你……杀黑妹,黑妹肥些……嘻嘻。"(第345页)于是,一场残酷而荒唐的杀戮,就在这"嘻嘻"的玩笑之后开始了。这似乎是一个偶然,然而却又是肉欲狂欢所带来的必然。在这种肉欲狂欢的大背景下,任何爱情故事都将黯然失色。

三 "文化命脉"的接续

在大栅塘村这样的地方,为什么会由着黑妹这样的恶棍胡作非为?作者的批判矛头,从浅层次看是指向政治的——是"文革"的政治失序,给黑妹"以革命名义"的胡作非为提供了现实基础;但从更深层次看,作者所要批判的则是文化的断绝与畸变,并进而引发大栅塘人的生物学退化和蜕变。

本来,"大栅塘正坐落在舜源峰脚下,夹在娥皇、女英二峰的怀抱里,正处于九嶷山神话世界的中心点"(第330页)。生活在这种环境中的人,受舜帝精神和娥皇、女英爱情故事的感染,应该是热情大方、富有活力和想象力并富有同情心才对,然而,"实际上大栅塘却是一个缺乏热情,丧失了好奇心和想象力的村庄"(第330页)。造成这种现状的原因是什么?关键就在于大栅塘人把自己封闭起来了。

"大栅塘是个超大的村庄,二百四十几户人家,上千口人。当年建村的时候必定被四周的某种危险和阴谋所压迫,为了互相依托确保安全,于是所有的房屋高度集中,好像五指收拢握成拳头。狭窄的村巷只容一人通过……以过分的密集、紧缩创造安全感的同时,不可避免也派生封闭、固守和敏锐的排他性。"(第329页)也正因为这种"敏锐的排他性",所以他们对外来的一切都进行抵制。当"几十年间流落到大栅塘的唯一外乡女人""娥皇来到大栅塘的第一刻起,全村便对她产生了莫名的关注、恐惧和憎恨。人们断定这妖冶的女人必定会给村子招来无穷的灾祸。仅仅由于碍着乡长老爷的面子,才隐忍不发"(第330—331页)。因此,娥皇之死决不仅仅是黑妹一人肉欲狂欢的结果,更是大栅塘人集体无意识中排他心态的必然显现;这种显现,因为"隐忍不发"的时间越长,一旦爆发出来就会越激烈。"文革"的政治失序为这种爆发提供了机会,所以娥皇的死才那样残酷而惨烈。这种排他心态的揭示,无疑是文化层面的原因。

大栅塘的封闭、固守,还带来了生物性蜕变:"大栅塘历来提倡本村男女嫁娶,迫不得已嫁娶外村男女,也力求沾亲带故,……近亲繁殖的结果,使大栅塘人种明显退化。几乎没有一个男女算得上周正魁梧,鸡胸、兔唇、多指者屡见不鲜";"可悲的是大栅塘人不懂得自惭形秽,反而侧目外乡男女的高大健壮、风姿绰约。我在村里多住几天和村里人相熟之后,他们就不无揶揄地对我说:'叶同志,你是哪么长起的,蠢大的一坯!'"(第329—330页)作品中的"我"自然有叶蔚林自己的影子。作者将自己化身其中,并直接出面发议论,这一是为了强化作品的真实性,给读者以身临其境之感;二是为了深化作品的主题,引发读者深入地思考:似这种环境封闭、文化断绝、人性泯灭、人种退化的地方,一切外来事物均被扼杀,一切美好的事物均无法生存,他们是否还能自救?作者的这种描述,确实给人以绝望之感。

当然,让人绝望决不是作者的本意,作者的目的还是要让人从绝望处警醒,从无望中产生希望。这种希望,首先是大栅塘村周边的清新空气,例如"南边二十里外有个牛轭岭,很大的一个瑶家山寨……那里的景致极好,那里妇女的歌唱迷人"(第332页)。尤为重要的是,妇女中歌唱得最好的七姑,还是娥皇教给她的技巧,"她说声音要从胸口深深涌出来,不要从嘴皮上浅浅吐出来,我到底悟到一些,所以后来就比姐妹们唱得好些";娥皇不仅教了她唱歌的技巧,还教了她一首红军歌曲:"一送那个红军,哎呀哎下了山,秋风那个细雨,哎呀哎缠绵绵……"(第336页)。这说明,红军的精神已经在这里生根,而且与瑶族传统文化、生命文化的接续形式"坐歌堂"很好地结合了起来:"山中泉水山外流,土里竹笋连竹兜;出门不忘娘教女,点点滴滴记心头。"(第335页)在这里,泉水让山里与山外相连,竹根让竹笋与竹兜相连,"教"让娘与女相连,而那记在心头的,无疑是"点点滴滴"的文化。因此,作者之所以要从"住得闷气"的大栅塘村"荡开一笔",用一个专章来写牛轭岭的坐歌堂,其目的无非是要建一个参照平台,揭示开放心态、人性善良、文化传统等因素相互连接、相互依赖的重要性。

那么,作者的这种对比,是不是为了说明大栅塘已经无可救药?当然也不是。虽说作者的批判重点不是"文革",但"文革"无疑起了推波助澜的作用,所以政治秩序一旦恢复正常,畸变的人性也在慢慢回归:"有一天夜里我不觉踱步到村中那棵杨梅树下……我看见杨梅树下有一团橘黄色的火光,原来是一位老妇人在为亡灵焚烧纸钱";"我的心在感到悲凉的同时也伴生一掬安慰。"(第346页)这"一掬安慰",或许就是作者的希望所在,那"一团橘黄色的火光",或许会成为照亮大栅塘夜空的火炬,因为它表现了对亡灵的尊重——其实质是对生命的尊重;有了这种对生命的尊重,才能从根子上救赎大栅塘。

"我凝望舜庙前那棵千年古杉——'天灯树',果然看见树顶有绿色的幽光隐约游动。我知道这是磷光,由动物的骨质所形成的。于是我领悟到美丽的神话全是生命的消殒后升华的结晶。"(第346页)这棵"天灯树"之所以数千年传承不灭,是因为有舜帝、娥皇、女英等先辈用生命幻化出来的"磷光"养护,这也是中国文化那一缕连绵不绝的命脉所系,也是作家叶蔚林所力图要接续的。

下 编

本土作家评论

心底的困惑与生命的本原

——读杨金砖《寂寥的籁响》

  往事如晨露悄然融于大川
  而情结又逆水澎湃而来
  夕阳下
  疲惫的鸟回归巢里
  摇篮中的婴儿独睁惊奇的大眼
  驻足的老者不解生命的本原

  这是杨金砖先生的诗集《寂寥的籁响》开卷之作《心底的困惑》的最后一章。诗人之所以要将此诗排在卷首，恐怕是由于诗人在诗集中的情感所系，可以于此诗中窥其要略。综观整部诗集，诗人反反复复所诉说的，就是心底那一层无法释解的困惑。诗人既困惑于历史，也困惑于现实；而于种种的困惑之中，诗人所思考所寻觅的，则是生命的本原所在。

  首先，因对历史的关注引发了诗人对许多重大问题的思考，而诗人又不愿人云亦云地信以为真，于是就有了种种的困惑。这一类的作品在诗集中占了相当的比例，如《遥望长城》《荆楚残城》《紫禁城的叹惜》《山海关的悲叹》《细读秦陵》《夜梦陶公》等。这些作品有一个共同的特点，那就是诗人善于用自己的思考来观察、分析历史现象，并力图找出这些现象背后的真原面貌。诗人在《细读秦陵》中指出：

> 史官的笔，时假时真
> 犹如禾田的稗草
> 几分嫩绿，几分秀青
> 谁也无法辨其真伪

正因为本来是客观真实的历史现象经"史官的笔"一点染便变得真假难辨，诗人才抱着审视的态度去辨假索真。那么，历史的真实究竟是什么呢？且看诗人面对"荆楚残城"的感叹：

> 君侯们为了实现那虚无的九五之尊
> 将相们为了身后那荒诞的流芳之名
> 从此，人类便不再安宁（《荆楚残城》）

一部史书所记载下来的几乎都是帝王将相、英雄豪杰的救世壮举和光辉业绩，而就在这些壮举和业绩的背后，不知给人类带来了多少深重的灾难反被忽略不计，这是诗人所深感"困惑"的，于是就有了："遥望长城，心生无言的嗟叹：'兴也百姓寒，亡也百姓凉。'"（《遥望长城》）如果说诗人在这里所嗟叹的还是承续前人的思路，那么在《彻悟》里则纯然是自己的思考：

> 日子本无所谓短长
> 功名原是梦中的贪欢
> 杜甫的茅屋
> 作广厦万间的遐想
> 阮籍的穷哭
> 为仕途险恶而迷惘

人类自从有了自我意识之后，强烈的悲剧意识也随之产生。生命本十分短暂而人们又要拼命地追求不朽，于是所谓的功名业绩便成为人们梦寐以求的追求对象，总想使自己在青史留下美名，以求达到永恒。而其实谁又能勘破："想秦王之壮举，与南柯又有何异。"（《彻悟》）与宇宙生命相比，作为人类整体的生命也不过是短暂的一瞬，作为个体的生命就更可忽略不计，谁都不可能达到永恒。南柯一梦与秦王壮举，不过是五十步与百步之差，因而从生命的本原意义上说，它们确实并无差异。这也就是诗人对历史的彻悟，当然是经过长期困惑之后才产生的彻悟。

其次，面对现实，诗人有着同样多的《心底的迷惘》："为了糊口，为了免于饥寒／我丢失了陶公的清高／也不再有谪仙的豪狂……我冥思苦想／我为何是这般模样。"诗人的迷惘，当然决不只是个人被物质生活所累的问题，而是更深层次的对人的生存本能的思考：

生存是一种本能
而本能的发展
为何又是这般残忍
我不忍去目视那滴血的哀吟
拂袖而去
却又无法走进墨子兼爱的境地 （《残忍》）

生存本就是一种竞争，弱肉强食的生物规律，自然也要影响到人类，这也是生命本原的一部分。正因为如此，诗人才陷入了两难的境地，要想超脱本能而不能，要想走进兼爱而不得。然而，人类作为智慧的生物毕竟要高出其他动物，超脱本能才能不被物欲所累，人才能求得人之所以为人的自由，至少，在精神上人类应该保有这种自由。为表现这一意念，诗人将目光投向了大自然，于是，在诗人眼里，即使是"茫茫戈壁"，也"并非想象的那般寂荒／炽热严寒／这里有大自然的馨香"（《戈壁的馨香》）。而当诗人面对大海的时候，则更感温馨和畅意："微风荡开了我尘封的情怀／海水湿润了我干涸的心田／夜色从天的边缘横扫而来／我匆匆拾起从前弃落的那方思念／聆听那拍岸的涛声／如似在聆听那远古的天籁。"（《宁静的海边》）大自然的魅力是如此迷人，以致诗人要把自己幻化成一只精灵的小燕:"在花枝间细语呢喃/在山溪旁嬉戏欢唱/洗濯精神的疲惫/唤来三月的春光。"(《燕》)当然,最让诗人心醉神迷的还是那《五彩的云》:

无忧无虑,无牵无挂
从不记前途何在
任那八方袭来的风
吹至南北西东
吹成青丝缕缕
仍还是自由地在空中飘浮吹成

深宇寥廓
又谁能把功名看破
留下堆堆荒冢
千年不灭者几何
惟有天边的云朵
依然故我
寻觅自己的欢乐

人的生命本来就肇源于大自然,而人类的演进似乎要把人与自然分隔得越来越远,历史的重负和现实的挤压,已使人喘不过气来,谁要是能泯灭历史超脱现实,悠然地回归自然,谁就能保有"依然故我"的自由。这也就是杨金砖先生经过一番困惑与思考之后,所寻找到的生命的本原所在。

(载《邵阳师专学报》2000年第4期)

为葆有那一缕温馨的诗意

——杨金砖《寂寥的籁响》解读

当杨金砖先生的诗集《寂寥的籁响》（作家出版社 2000 年版）[1] 摆上我的桌面时，真令我新奇不已。如今，出诗集的本已太少，更何况杨先生是以"电脑专家"名震我辈的，他突然又递上一本诗集，怎不叫人新奇？于是，急急地将诗集读完，既感温馨，又是汗颜。

所感温馨者，是因为作者用他那牧童式的短笛，为我们吹奏了一曲曲古老而又清新的田园牧歌。作者生长在湘南农村，对故乡的山山水水、一草一木似乎有着特别的眷恋，无论居家或旅游，也不论是现实所感或梦中所思，总难脱那一份故土情结，那翻飞的蝴蝶辛勤的蜜蜂，绵绵的春雨冷冷的秋月，渔夫的悠然老父的忧伤，更有那童年时代"渐漂渐远的纸船"，这一切，均如斩不断理还乱的情思，似乎是时时处处都在牵动着作者的心怀。然后，他发乎自然地从心底流出自己的声音，使我们听到了难得的天籁之响。且看他一首《游子的思念》：

  在这梧桐落叶的季节
  在这月光如水的寒夜
  身在异乡的游子
  才发觉心底里对故土的眷恋
  是这般缠绵而苦涩

---

[1] 杨金砖：《寂寥的籁响》，作家出版社 2000 年版。

尽管童年遐想的那方云田

早已不复存在

可记忆的深处仍烙有

当年的碎片

匆匆旅途

游荡多年

生活之舟愈漂愈远

频频回首的仍是梦里的那片苍天

按说，在交通工具发达的今天，"常回家看看"似乎也不算太难，作者何以有如许的思念？在这里，作者所思念的，决不仅仅是地理距离上的家乡，而更重要的是在心理上对故乡的清幽景色和淳朴民风的认同。当城市的喧嚣搅乱人的宁静时，作者自然会想起"记忆里故土的那片竹林/依旧是那般清晰而情韵/夜幕下稀疏的几点灯火/在竹林间隐隐约约/犹如那稀寥的晨星几颗"（《竹影朦胧》）。这一幅幽远的景象，不仅给人以温馨宁静，更给人以无限遐想，生活在现代城市的人们，何处可觅这一方净土？而当作者面对当今社会的人们那种心性浮躁、急功近利的状况时，当然会想起故乡"有多少耕作的人/如蚕如烛般地在沉默中奉献自己"（《落日》）。现代社会的人们还能不能葆有那一份清幽和淳朴？作者在对故乡的怀念中，似乎于不经意中提出了一个必须经心在意的问题：农村城市化乃是社会现代化的必然之势，那么，作为农村特征的清幽和淳朴是否也应该被城市化所"化"掉？这一问题不能解决，不管物理空间的距离是如何地越来越近，心理空间的距离反会越来越远，因而故土之恋恐怕也就是一个斩不断的永远怀念。

我之所感汗颜者，则不仅仅是因为作者的那一份诗情，更因为作者对诗的认识和执着。在我辈的心目中，诗歌不过是茶余饭后的玩物，如今有了电视节目的消遣，人们便再也不会青睐于它，那么，作为历史的陈迹，不管它以前曾经有过多么辉煌的一页，现在却只能走向博物馆，因此，虽然偶尔也读读诗，甚或写写研究文章之类，但那也不过是为了评职称混饭碗而已，从来就没有视诗歌为"灵性"之物，这正如作者所感慨的：

> 住在固如兽笼般的高楼中的我们，一心寻觅的只是自身物质上的潇逸，而很少有人再去为别人的"茅屋为秋风所破"而惊恐，不再有"直挂云帆济沧海"的救世情怀。从而，诗便成了当今社会最为蹩脚的一种文学样式，它不再如昔日的绚丽夺目，不再流光溢彩。从而，也不再有诗的灵性的萌动和大诗人的崛起。（《诗之杂想》）

而作者所认识到的，还不仅仅是诗歌灵性与诗人灵性的关系，更在于它与人类灵性的关系：

> 我们在品尝咖啡中那份苦涩的现代孤寂之余，偶尔也步入到诗的境界。我们从曹操的"烈士暮年，壮心不已"，到王勃的"穷且益坚不坠青云之志，老当益壮宁知白首之心"，到毛泽东的"一万年太久，只争朝夕"，才蓦然发现"惯看秋月春风"的痛苦。在无语的夜晚，细想那"一壶浊酒"的滋味，"对影成三人"的惘然便不时涌现心头。于是，深感一种诗的力量的存在，一种人的灵性的沟通。（《诗之杂想》）

或许，杨先生的这一感悟，正是在不经意之中点到了人之所以为人的根本。人若是没有一点灵性，也就堕落到了与动物同等的水平，而现代社会的人们所缺少的，恰好就是那一点灵性。我们看到，市场经济的大潮已使中国人迷失了生活航向，人们往往片面地运用市场经济的原理去驾驭生活之舟，使得个人的内在生活与外在生活严重地失去协调，重物质，轻精神，追求感性的享乐而忽视灵性的沟通，从而导致了灵与肉的严重分裂，精神与物质的极度对抗，于是，再没有人为了那一点毫无实用价值的"诗的灵性"去费心劳神，人们只执著地挤在物欲的泥浆中摸爬滚打,在畅意于皮肉之乐的同时,也饱尝皮肉之苦。这一幅触目惊心的景象,已为多少有识之士所深感焦虑,并提出了种种救治良方,而杨先生则是以自己的身体力行,在诗歌中不仅为自己营造了一叶方舟,也为旁人开启了一线希望。当人们借助于诗的灵性来与人的灵性相沟通时,人就可以在精神自由的境界中找到自我、升华自我。

不仅如此,杨先生的感悟还切中了中国文化的根本。中国是诗的国度,"诗构筑起了中华文化的脊梁"(《诗之杂想》)。在两千多年的传统社会,中国并没有全民性的宗教作为精神支柱,中国人的灵魂所寄寓的精神家园,可以说就在"诗教"中[①],特别是对中国的传统文人来说,诗既是摆脱俗务寻找寄托的精神家园,也是抒发精神寄托的有效手段,所以,对他们来说,只有水平高低的差异,而决无不懂诗、不写诗的人,也正因为如此,才使中国的诗歌具有了压倒其他一切文学体裁的优势。到今天,我们可以透过诗歌的灵性去感受诗人的灵性所在:得意时可以有"直挂云帆济沧海"的豪情壮志,失意时也可以有"叹息肠内热"的忧世情怀,即使是退隐者,仍可保有那一份"采菊东篱下"的闲情逸致。他们可以被现实生活所扭曲乃至被碾碎,但即使是零落成泥,也要保持清香如故。他们在诗歌中追求自己的精神自由,在这种精神自由中去修复完善自我,以保证人的完整性和尊严性。这正如欧阳修在他退居颍州时所写的《采桑子》小序中所说的:"虽美景良辰固多于高会,而清风明月幸属于闲人。并游或结于良朋,乘兴有时而独往。鸣蛙暂听,安问属官而属私;曲水临流,自可一觞而一咏。"他的《采桑子》十首之所写的,就纯属于他"痴儿了却公家事"之后,在私人自由支配时间内的休闲生活和闲情逸致。正是在这种闲情逸致中,诗人才从"公家事"的俗务中摆脱出来,找到真正属于自己的东西。这也可以说是中国传统文人虽经几千年的专制高压而仍能葆有丰富的内心世界和相对独立性的根本原因。

杨先生虽然能清醒地认识到诗的灵性与人的灵性亦即人之所以为人的根本属性相互关涉的重要性,但社会的现状却又使他万般无奈:

[①] 陈仲庚:《由"声教"而"诗教"——兼论中国全民性宗教缺失之缘由》,《零陵师专学报》1998年第2期。

现代社会的芸芸众生，趋之若鹜的则是立竿见影的"功利"，有几人能静下心来，为这"蜀道之难"去衣带渐宽人憔悴？

这确实是当今社会的大势所趋，但人类如果就此堕落下去，那么离消亡恐怕也就不远了。人类是不会这么快就消亡的，那么我们是否也可以相信，作为与人的根本属性相关涉的诗歌，也必然会有复兴的一天！若如此，杨先生的努力则可视为诗歌再度复兴的星星火种。

最后，还应该佩服杨先生的是，诗集中居然收有五十多首旧体格律诗词，这在他这个年龄层次（三十多岁）的人当中，虽不能说是绝无仅有，但也是凤毛麟角。而且，这些旧体诗词写得像模像样，很有点"古风"味道。先看他的一首七律《秋夜游愚溪》：

愚溪桥下荡鳞波，三五月光斜映河。
绿柳垂垂拂浅水，微风阵阵乱残荷。
西山岭野蛮鸣静，潇水河旁渔咏歌。
举步欲从寻路去，忽惊寒露侵衫罗。

虽然不能说此诗的意境是如何地高远，但作为眼前之景的描摹，却也写得错落有致、颇有韵味，平仄韵律也算谨严，如果能在意境上再提升一下，就很有点唐风意味了。

比较而言，杨先生的词似乎写得更灵动一些。且看他的《清平乐·永州春色》：

愚溪春涨，
细雨鱼儿上。
新柳含烟花怒放，
燕侣翩翩戏浪。

潇湘山水清幽，

> 偷闲暂得遨游。
> 一曲高歌浩渺,
> 白云相逐轻舟。

这也是让我辈所深感诧异的,作者所写均是常见之景,我辈视之为平凡,经作者的妙笔一点,就有了非凡的灵气。看来,人的灵性要与自然的灵性相沟通,也不能不借助于诗的灵性。

(载《江汉大学学报》2000年第5期)

人生好人多磨难

——杨克祥小说创作解读

古人云：仁者乐山，智者乐水。杨克祥似乎是二者兼而有之：既乐山也乐水。在杨克祥的小说创作中，不是写山就是写水，写山野村夫，写水上船夫……可以说，离开了山山水水，就没有了杨克祥的创作，也就没有了作家杨克祥。值得注意的只是，杨克祥之乐山乐水似乎并非为了求仁求智，因为他在作品中从不提仁义礼智之类，其笔下的人物既难见刘备之类的仁，也难见诸葛之类的智，更多见的却是山的坚韧和水的柔情。通观杨克祥的小说创作，他写得最多也写得最活的是那些山里汉子和水上船夫。这些山里汉子和水上船夫有一个共同的特点，那就是都要几经磨难，而且越是好人磨难越多，这种磨难还往往是肉体和精神双重的。

杨克祥早年的代表作《玉河十八滩》，其主人公何大龙就很能体现这一特点。命运之于何大龙，似乎特别地不公平，刚生下来才半岁，就经历了生死一劫：他一个人在船上满船乱爬竟爬到河里去了，他父亲回来满河找不着，只当他喂了鱼了，正绝望之时突然发现了一条"大鱼"，捞上来一看竟是他，而且"还是活蹦蹦的"。这一遭际也预示了何大龙的命运，他是"水中的真龙"，在水上一定会大有作为；但也要历经磨难，要置之死地而后生。果然，他八岁便成了"船老板"，父亲得听他的，十三岁便成了"渔民贫协小组"的组长，"成了玉水河上第一个当官的人"[①]。

[①] 《杨克祥中短篇小说选》，湖南文艺出版社2002年版，第203页。下引仅注明页码。

◆ 下编　本土作家评论 >>>

可就在他踌躇满志准备为玉河的父老乡亲干一番大事时，却又在无意中开罪了乡政府主席马达大，于是命运陡转，他父亲被定为汉奸惨死狱中，他一个十几岁的孩子却被定为"漏划渔霸"。从此，他只能"舍死力拼大劲，用身家性命作保，背起链条和做人的尊严前行"（第206页）。他本来是要为人民群众谋福利，结果反而被人民政府的官员打为渔霸定为罪人，作为一个十几岁的孩子怎么能经得起这样的打击？不言而喻，这打击对他有多沉，他心中的怨愤就有多深。

马达大对何大龙的打击或许还不是最沉重的，因为马达大显然是在挟私报复，他虽然在行动上无法与马达大抗争，但心里并不服气，因而也绝不就此消沉，而是仍在"挣扎前行"。对他的打击最严厉的是最亲密的朋友和最亲的亲人。这首先便是鲁志魁的自杀，这不仅让他遭受了几年牢狱之灾，更让他的灵魂背上了沉重的枷锁；其次是他弟弟二龙的自杀性英勇捐躯，更让他感到自己的罪孽深重："二龙啊，哥哥逼你认了错，可哥在你面前的错，在鲁志魁面前的错，可怎么向你和他去认呀？要真是有五殿阎王该多好！"（第215页）此时的何大龙，对人世间的一切磨难已不足挂怀，只想到地狱去接受煎熬，以求得灵魂的些许慰藉。当然，此时的何大龙还没有完全绝望，因为世上还有他深爱着的妻子玉仙，而且他自认为玉仙也同样爱着他，这是他最后的一丝安慰。可就是这一丝安慰，玉仙也不愿留给他，临死前，玉仙告诉大龙：她爱的是二龙，是大龙在无意之中抢了弟弟的情人；儿子何小鱼也是二龙的。对何大龙来说，这才是最致命的一击，"玉仙！——何大龙撕心裂肺地惨叫一声，两眼猛地瞪大，竟流出了两道殷殷的血泪！接着，他直梗梗地倒下了玉河，凶狠的水流只一下，就把他卷进了死道"（第271页）。何大龙确实再没有活下去的理由，他一门心思要为他人谋幸福，结果，反成了害人害己的罪魁祸首，这样的人生延续下去还有什么意义呢？真不知道杨克祥何以对这条"玉河真龙"如此苛刻？

俗话说，"自古英雄多磨难，从来纨绔少伟男"，这大概是杨克祥写何大龙一生遭际的依据吧。只是在杨克祥的笔下，何大龙式的英雄并不多见，更多的是普通人的磨难，说得更准确一点，是普通人中的好人的磨难。

　　普通人中的好人遭磨难，《他们是兄弟》中的大哥李春林是最典型的一个，"文革"时批"唯生产力论"，谁要是带领群众搞生产，便被抓到台上挨批斗，弄得谁也不愿当生产队长了，他"却不声不响地捉起虱子往自己头上放：一不要任命，二不要选举，他便敲钟排起工来啦"（第273—274页）。为此，他自然挨了不少斗，而每次挨斗："社员们不忍心上台批他"，他还"急得在台上直蹬脚"，"他求社员们上台骂他，照着报纸上的话骂尽了，会就该散了吧？散了会，他总该可以带领社员去田里做事了吧？"他如此地作践自己，其目的只有一个："争得社员们不饿肚子最要紧。"（第274页）就这样一个"毫不利己，专门利人"的大好人，带领队上的老弱病残没日没夜地抢收长了芽的稻子，人累得生了病，口急得生了疮；肉体的磨难已经够沉重了，还要招来精神的摧残，县革委会副主任杨向东说他破坏学习小靳庄，连他的弟弟李秋林也要向杨向东告刁状，说他想要搞垮宣传队，于是又招来了一场批斗，还让李秋林主持批斗会。这位自认为"斗我不垮"的铁打的汉子，对批斗他的话可以"这只耳朵进那只耳朵出"的大肚量汉子，终于被击垮了，这位从不灰心丧气的汉子终于绝望了："人心比炭还黑，人情比纸还薄，活着还有什么意思呢？"（第300页）同何大龙一样，李春林也是在多重的压力下，一步步地被逼向了绝境；所不同的是，何大龙为顾及自己的面子还伤害过他人，李春林则纯粹是为了他人而作践自己抛弃面子。因此，如果说何大龙是真英雄，李春林则是真好人。

　　在杨克祥的笔下，何大龙式的真英雄不多见，李春林式的真好人倒有一长串。《黄色柳芽芽》中的生产队长陈春牛，任凭"书记奶奶"贵嫂的百般侮辱和漫骂，也要帮着她将责任田犁完，目的就是为了不让她丢责任制的丑；《赌命》中的英俊小船夫，他拼命地赚钱攒钱，为的是"修好玉河滩，要让玉河滩上不死人"，他忍受黑哥的百般欺侮和"暗蹄子"，也是因为同情黑哥从小失去父母；《十二生肖变奏曲》中的赶山狗，在责任制后别人都不愿当村干部时，他主动去当村长，为的就是将全村的责任担起来，以便"为生肖坳做点好事"，但生肖坳人却并不理解，坐山虎之流更是百般刁难（见《杨克祥长篇小说选》，花城出版社 1999 年版）；《野山为证》（同前书）中的刘石林，他忍辱负重，穿着顶头上司故意刁难的"小鞋"，顶着朋友的诸多嘲讽，而仍要努力完成林场交给的砍伐任务，目的也就是为了尽量减少国家财产的损失……这些人物，都是因为出于好心才遭受磨难的，好人人生多磨难——这几乎成了杨克祥笔下的一条生活定律。

  杨克祥的生活定律似乎还很带点宿命色彩。何大龙半岁时就掉到河里经历了一劫，也因此成了天生的真龙，他后来的大灾大难便由此而注定了。最具宿命色彩的是《家丑》，"我"天生就是一个大好人，小时候被哥哥背着去放牛，觉得哥哥太辛苦，就在哥哥背上拼命为哥哥用力，尽管这种用力并不真正起作用，但作为小孩子的"我"天生就知道为他人着想了。正因为在孩提时代就知道替他人着想了，所以"我"遭受的磨难也就在孩提时代来到了。十三岁时，"我"就担起全家的生活重任：大哥离家出走当了土匪，父亲被土匪追着掉下悬崖摔死，母亲瘫痪，姐姐眼瞎，妹妹是躺在床上只吃饭不干活的懒虫，一年后姐姐难产死了，"我"还要照顾刚出生的小外甥。如此的生活重担，一个十三四岁的孩子的纤纤细腰怎么能承担得起？而且还要忍受种种"家丑"的折磨：大哥是六指头，还出家当了土匪，并有杀父的嫌疑；大姐是瞎子，靠偷汉生了个儿子，而且偷的是一个又丑又黑的麻脸七雷公；小妹是个懒虫，先是要与自己的亲哥哥成亲，后又将自己卖给了一个收破烂的老头……这种种的家丑对"我"来说无疑是一种精神的折磨。这么多的灾难集中到一家特别是"我"一人身上，而且既不是天灾又不是人祸，一切都是无缘无故地便发生了，"我一家的悲剧和丑闻都是我一家自己造成的"（第385 页）。作者借"我"之口，其实是将自己所揭示的生活定律更加明确化了：好人天生就是要遭受磨难的，这与天灾人祸无关，更与社会制度无关，所以他笔下的人物无论是解放前或是解放后，甚或是改革开放之后，只要想做好人，就不免引来种种的磨难。这似乎意味着，杨克祥写人生的磨难，并非要借此批判某种社会制度，而是要写出人性中某种本真的东西。这些好人遭受磨难，从主观原因分析，都是他们自找的，而他们之所以要自找麻烦，就因为他们有太多的爱心，这种爱心逼着他们去自觉地承担人生的责任，担着责任的人生，肯定就不是轻松的人生，遭受种种磨难，似乎也是必然的。

杨克祥写山写水，写山之宽厚，写水之柔情，似乎于不经意之中，揭示了人生的某一定律，不管人们是否愿意接受它，它在人生中的作用总是存在的。

（载《湖南科技学院学报》2005年第1期）

"潜入土地"的探索

——一位瑶乡诗人的心灵足迹

一 隆隆"根"之力

臂膀隆隆地穿越泥土/幽泉间歇/岩石坼裂

所有的不满意我都忍受过了/对生活充满绝望已是多余的事情/设法寻找心灵的安慰/便是潜入土地

树叶对阳光的霸占/已不能使我艳羡/生命纵使百倍短暂/我也不急于品尝什么空气中的维生素/品尝传统的清风与反叛的雷雨

默默地在未知的领域穿行/细细体验着生命的新奇和顽强/让呼吸和梦呓/在远离凡尘的世界/自由地舒展

黑暗中正宜探索

这是瑶乡诗人黄爱平的诗作《根》[①]。从诗中可以看出,诗人对"根"有着特别的情感和崇高的礼赞。"根"的力量是强大的,它可以穿越泥土、间歇幽泉,更可以使坚硬的岩石坼裂;"根"的精神是伟大的,它把阳光雨露和热闹都留给了"叶",自己则甘于寂寞,默默地在黑暗中探索——这就是"根"的特性,当然也正是诗人自己的心灵写照。这

---

① 见《黄爱平诗选》,作家出版社 2006 年版,第 138 页,下引仅注明页码。

首诗很难说是黄爱平的最佳作品,更不能说是代表之作,但它却能很好地揭示诗人的创作意图,或者说,要探寻诗人的心灵足迹,这是一个很好的切入口。从这里我们可以看出,诗人有着不同"凡尘"的追求,他既不愿像"树叶"一样去争夺阳光与空气,也不愿做"传统"的附庸或标榜为"反叛"传统的斗士——而这些,恰好都是近年来的"尘世"所喧闹一时的。诗人要避开"树叶"们的喧闹,像"根"一样"潜入土地",到"黑暗"中去"默默地""探索"。那么,诗人所要探索的究竟是什么呢?

二 悠悠故土情

诗人为什么对"根"情有独钟?为什么非要"潜入土地"到"黑暗"中去"探索"?这第一个原由便是因为他是"大地之子":"这空旷的世界只有你一人/就像一棵树一只鸟/父母那里去了?村庄那里去了?一团团雾从天边涌来/你睁着一双不眠的眼睛/在深夜熠熠发光。"(《大地之子》,第6页)探索者总是孤独的,因为他比别人走得更远更偏僻,人群熙来攘往的地方自然留不下探索者的足迹,就像当年的屈原,一生的求索换来了一生的孤独,在找不到知音找不到出路的情况下,只好怀沙自沉。屈原在求索中提前结束了自己的生命,也在求索中使自己的生命获得了永生。

当然,黄爱平决不能与屈原相提并论,他远比屈原幸运,因为他的身后,有着"大瑶山"这个坚强的后盾:"瑶山命运参差。在思想和深度中/我站着,无限世界一颗小小的石子/……一再珍惜的东西也一再浪费/石头和树根,总是在扶起/一个瑶乡诗人倒下的内心。"(《大瑶山》,第17页)在这里,诗人自觉地把自己化作了瑶山世界的"一颗小小石子",与瑶山同呼吸、共命运;正因为有了这种自觉,诗人的思想才有了依据,诗人的灵魂才有了归宿。诗人的"内心"虽然一次次被孤独和寂寞所拖垮,但又一次次被"石头和树根"扶起——"石头和树根"作为大瑶山的坚强和深邃,不仅让诗人找到了继续探索的勇气,更找到了继续探索的意义。大瑶山这一方小小的天地,自然不如屈原所要"上下求索"的天地宽广，但它真切、实在，给了诗人一种沉重的压力："青山一动不动，只有故乡/与故乡在叠加，树与树在叠加/草与草在叠加，在微睡中成熟/连同表盘上的指针/耐心地计算着黄昏和黑暗的荒芜。"(《大瑶山》，第17页) 故乡在诗人心里本就是一份沉重，"叠加的故乡"自然是一份加倍的沉重。在这种加倍沉重的压力下，诗人深感到时间的紧迫性，深感到"荒芜"了太多的"黄昏和黑暗"，于是要奋起直追："猎人般冲出木屋，竹排般冲入峡谷/你会听出其中的会意、自由的狂欢/甚至只是为了获得猛坠虚空的平衡/为了减轻命运的神秘。"(《大瑶山》，第17页)"成熟"之后的诗人自然能够明白：他的奋起直追、他的执著探索，未必会给大瑶山带来真正的实惠，也未必能够找到自己想要找到的东西，但他仍然要坚持探索不止，哪怕是蹈入虚空、落入深谷被摔得粉身碎骨，也能求得瞬间的平衡和"自由的狂欢"。这倒不是诗人喜欢冒险，更不是"过把瘾就死"的浅薄和堕落，而是他与大瑶山紧密相连的命运之神，将他推上了"潜入土地"到"黑暗"中去"探索"的不归路，这一股"神秘"的力量，就是他那"斩不断，理还乱"的悠悠故土情，这就是诗人在《春天的虫子》一诗中所说的："我的这一点点土地/隐藏的根子/充满一个孤独者永恒的深情。"(第4页)

有了这种"永恒的深情"，作为诗人、诗作也就有了存在的价值，因为诗的本质就在于情，它是为情而生、因情而存、携情而传的；但诗人的探索，决不仅仅是这种永恒深情的抒发，他还有着更深的追寻："我寻找碎片时，试图粘合历史/使酒壶重新在月光下放光/……瑶乡的酒壶装着瑶乡的酒/装着瑶乡血脉的姿态/像一个朴拙敦厚的盘王/令人感念。我点燃桐油灯/坐好，再把酒，慢慢地/倒出来……"(《瑶乡酒壶》，第15页) 一把破碎的酒壶，"我"不仅将它"粘合"了起来，还用它装上了瑶山的酒。这酒壶当然不是普通的酒壶，而是瑶乡的历史；酒也不是普通的酒，而是瑶乡的血脉。很显然，诗人要连通瑶乡的历史和现实，因而那"慢慢地倒出来"的不是酒，而是那古老的盘王曾有的"朴拙敦厚"的"血脉"。这"血脉"，或许就是诗人在市场经济背景下为当今的人们所找到的一剂救治坑蒙拐骗、假冒伪劣的良药——诚如是，诗人的探索也就有了真正的收获。

三 绵绵生命源

"根",不仅仅连通着瑶乡的历史和现实,更是一切生命之源。"根"之所以要"潜入土地",就是因为泥土中蕴藏着生命的元素:"泥土分散,泥土聚拢/人总是拖着泥土微妙的元素/与群山呼吸,在民族的乡愁中自生自灭。"(《大瑶山》,第17页)泥土中的微妙元素就是诗人的生命所需元素。在这里,诗人所表达的不仅仅是一种悠悠故土之情,他更看重的是那绵绵不绝的生命之源;悠悠故土之情相对于大瑶山来说是外在的,绵绵生命之源则是内在的,它表明诗人与大瑶山已经结成了一体,"与群山呼吸,在民族的乡愁中自生自灭"。正因为诗人的生命与瑶山的生命同体,所以诗人的呼吸也就是山的呼吸,民族的乡愁也就是诗人的乡愁,这一切都是源于天然、出乎自然,绝非外在的所谓"游子之情"所能比拟,因为游子很显然是将自己"游离"了故土之外,是带着一种外在的情感来"怀念"故土的,与"自生自灭"的民族乡愁也就隔了一层。

需要特别指出的是,诗人的民族乡愁虽说是源于天然、出乎自然,但这绝不是说他的情感是一种非理性的潜意识,倒是恰恰相反,他的情感是一种高度理性化的自觉,只是这种自觉不是来源于某种理论的指导,而是生活的积累。

诗人的生活积累,似乎首先是来源于"父亲":"一张至今结实的旧木椅/遥远年代的纹理/是父亲一生难解的命运/……你的骸骨悄悄深入到泥土内脏/你的向日葵保持其单纯的品质如初/你的孩子已成家立业,能明辨事物。"(《父亲》,第8页)不管诗中的"父亲"是作为虚拟的文学人物存在,还是作为真实的家族成员存在,诗人受父辈的影响所流露出来的感情和意识总是真实的,特别是那"深入到泥土内脏"的"骸骨",也正是"一个瑶乡诗人倒下的内心"的支撑;有了这种支撑,诗人才能"保持其单纯的品质如初",才有了"明辨事物"的标准,才有了潜入土地在黑暗中探索的勇气和力量。要而言之,是父辈的"骸骨"化为"骨气"凝结成"根"的特性,才使诗人有了对"根"的神往和对"根"的特性的践行。

诗人的生活积累,更主要的当然是来源于自己的生活经历:"风从破旧的木板屋吹过／那所在屋角微微颤抖的／是白发苍苍的母亲吗？／抑或是／我衣薄身单的小妹？／寒冷无助的感觉／在心灵上,烙下了／永远的伤痛。"(《风吹过年关的夜晚》,第38页)古人云:文章憎命达。优裕的生活,只能产生那种"为赋新诗强说愁"的无病呻吟之作,这样的作品是不会有生命力的。相反,坎坷的经历、刻骨铭心的痛苦,化作"长歌当哭",倒是能凝练出传世佳作。黄爱平的诗作究竟能传世多久,现在还不敢妄言,但至少有了传世的基础,因为在他的"心灵上,烙下了永远的伤痛"。

"伤痛"可以化作诗人的宝贵财富,但也可以成为拖累;如果一个人老是沉溺于自己的伤痛而不能自拔,则不仅写不出好诗,更可能将自己的人生之路引向迷惘的深渊。黄爱平当然不会如此迷惘,他有着十分理智的头脑,无论对"伤痛"或"人生",均有着清醒的认识。他的"伤痛"是"永远的",当然不会忘记:"那逝去的岁月／发生的一些事情／时时还像河水一样／在眼前响动。"(《就像那树》,第40页)历史是不能忘记的,忘记就意味着背叛,但牢记历史决不仅仅是为了怀念过去,而是为了更好地应对现在和开拓未来:"我们只顾向前赶路／应付快乐或痛苦的局面／就像那树／无论怎样努力／根仍然被埋在／深深的泥土里。"(《就像那树》,第40页)确切地说,真正让诗人时时铭刻于心的是那"树"那"根"。对于那"树",诗人看到了它的孤独,更看到了它的期望:"我不知道茫茫的原野上／孤身的树／是怎样伫守／岁月的来临／但我知道／在辽阔的风景中／有一位老人／静静的／与树站在一起／让漫天飞舞的雪花／尽情地飘洒／他暮色的年龄／和一生无尽的／期望。"(《雪中》,第41页)孤独与期望同在,但希望的实现必然在"静静的""伫守"之后;而且这种希望也不在于"树"之本身的枝繁叶茂,而是为"辽阔的风景"增添亮色。有了这种襟怀,"永远的伤痛"就可以化作永远的力量。对于那"根",诗人最看重的是它的探索及其收获:"像雪的羽毛不断探向灵魂深处／生命中的吵闹、烦扰和伤感太多／难得一次机会如此宁静致远／最终是,唯一是，高贵的土地/为我们荣誉所系/又痛苦又感激/孤独太深了，总想大哭一场/人生和艺术，两者真实的源头亦在于此。"（《伫望》，第82页）人生有得必有失，有因必有果，不断的探索换来了太深的孤独，而正是在这太深的孤独中"大哭一场"之后，人生和艺术的真实源头也就展现在眼前。或许，人生和艺术之源已不需要进行探索，因为教科书上已经说了很多，但"纸上得来终觉浅，绝知此事要躬行"（陆游诗）。黄爱平从自己的生命体验中所探索到的这种"真实的源头"，绝非教科书上几句理论说教所能解决问题的。

四　漫漫求索路

在漫漫的求索中/我们不知不觉地走上/命定的道路/生活的熔炉/锻炼我们的躯体和灵魂/镀亮我们的目标/一切都不那么重要/一切都那么随意/我们处世的方式/是那么陌生而淡然。

这是黄爱平的诗作《问候朋友》（第42页）中的一段，诗人借对朋友的问候，表明了自己与众不同的人生追求。从诗中我们可以看出，诗人的人生天然地存在着一对难以释解的矛盾：一切是"命定的"，但又是"随意的"。因为是"命定的"，所以他无法放弃自己的求索、无法改变自己的人生道路，他必须到"生活的熔炉"中去锤炼自己的"躯体和灵魂"，使它们变得坚强而纯粹，以为实现自己所要追求的目标打下坚实的体能和智能的基础；因为是"随意的"，所以对名与利等身外之物皆可等闲视之、一笑了之。一方面是执著地追求，一方面又是随意地放弃，这二者的结合，本就构成了一种与众不同的"处世方式"；这种"处世方式"在旁人看来是"陌生"，是惊异，甚或还有冷眼，但黄爱萍却不管这些，态度"淡然"、处之泰然，因为在他的人生目标中，"求索"是压倒一切的。

"求索"是黄爱平人生的目标，更是生命的意义所在。他不仅要将"求索"之路贯穿于生命的全过程，还要找到其未来的意义："从灵魂的深处溢出/郁结于岁月之土/是凝固的往事，是沉泪/……为未竟的旅途痛哭失声/而这感情的分泌物，注定不能/裸露于荒野/只能深奥地埋入岩层/成为种籽或蕨类植物/让未来的孩子来采掘/我的生命之盐，无论忍受/多么漫长的时间/我都将保持原有的晶莹/和全部的意义。"（《沉泪》，第137页）如"盐"的生命单调而普通，它不像如"花"的生命那样多彩，但它晶莹洁白，并能长久地保持自己的本色始终如一，这是任何"花"的颜色所不能比拟的；它也不像如"蜜"的生命那样甘甜，但"盐出五味"，正是普通百姓的平常生活所不可或缺的。因此，如"盐"的生命才是平凡中的伟大、单调中的丰富，才是多彩多味的生命中最富有生命力的。

　　作为一个诗人，黄爱平还很年轻，他的人生之路还很漫长因而求索之路也很漫长，但愿他能够在求索中实现自己的人生梦想，将这如"盐"的生命能够保持到永远。

（载《湖南科技学院学报》2007年第10期）

谁来为当今的爱情"开光"

——读胡功田《瞎子·亮子》所想到的

一 简单而陈旧的故事

乍一看，胡功田先生的长篇小说《瞎子·亮子》不过是写了一个十分陈旧而又简单的爱情故事：主人公四瞎子从长江按摩学院毕业后来到清江市瞎子按摩院当了一名按摩师，因为按摩技术和服务态度好而颇得顾客的青睐，其中一位年青的女老板洪秀秀更是为他倾心而且献身于他，并出资送他到省城的医院治好了眼睛，使他由瞎子变成了亮子；变成亮子后，洪秀秀又出资为他开了一家怡园按摩院，谁知变成亮子后的他所看到的一切都不如意，他与洪秀秀的爱情也变了味，他感到"阳光下的罪恶"太多，"阳光下的世界太肮脏"，认为"只有回到瞎子世界去心里才是干净的！心灵才是纯洁的！人才是自由的！世界才是完美的"[①]。于是，他用石灰弄瞎了自己的双眼，又重新回到了瞎子按摩院。故事从主人公来到按摩院开始，到重回按摩院结束，似乎在冥冥之中暗示着人生的一个因果轮回。

现在，我们再来看一看陈旧和简单的背后究竟还有些什么。

之所以说故事陈旧，是因为这个故事的基本构架仍然摆脱不了中国古典小说一个固有的传统模式，这个模式就是：举凡爱情小说，均以"才子佳人"为原型。这个故事也可以说是这一原型的翻版。洪秀秀年轻

[①] 胡功田：《瞎子·亮子》，作家出版社2007年版，第185页。下引仅注明页码。

漂亮，有"沉鱼落雁"之貌，作为"佳人"的形象，应该再合适不过了；而且，作为一个地位高的女老板，爱上比她地位低的四瞎子，这犹如官宦小姐崔莺莺爱上了穷书生张生，我们可以在古典戏剧和古典小说的爱情故事中找到很多这样的例证。需要说明的只是，四瞎子算不算"才子"？回答应该是："算。"因为他虽然是一个瞎子，可也是按摩学院毕业的大学生，而且按摩技术高超，用现在流行的行话来讲，也算得上是一个专业技术人才，或者说，算得上是一个现代才子。张生时代的"才"，要用在考进士、求功名上；现在是市场经济的时代，四瞎子的"才"当然要用在当老板上。因此，就像崔莺莺要逼着张生求功名一样，洪秀秀也想把四瞎子培养为一位老板，只是四瞎子所选择的路比当年的张生要宽广得多，所以他可以不按洪秀秀的安排去做老板而选择了自己所喜欢的"专业技术"之路，这也可以说是作者根据人物性格特点所作的"翻新"。当然，这里所说的"陈旧"并不是一个贬义词，"陈旧"的背后隐含着一种文化底蕴、文化传统和民族文学特点，而这些，恰好是一个想要有所建树的作家所应该追求的。

之所以说故事简单，是因为这个故事本可以渲染出许许多多的感情波澜和矛盾纠葛来的，但作者却对此进行了简单的处理。四瞎子与洪秀秀并不是一个纯洁简单的爱情故事，从洪秀秀的角度说是第三者插足，从四瞎子的角度说是婚外恋，无论从感情或婚姻的角度说，他们之间还横亘着一个障碍性人物——杨小玉；洪秀秀要横刀夺爱，对四瞎子的妻子杨小玉来说无疑是一种伤害，她若还有一点良知，就不能不有一种内疚和负罪感，在她的内心深处也不会没有些许的感情波澜，但奇怪的是，她是出奇地平静且平淡，丝毫感觉不到有对不起杨小玉的地方，甚至，她一方面在谈论着与四瞎子结婚的事，一方面又在真心实意地关心着杨小玉的命运，希望四瞎子能找回杨小玉。一个本来很尖锐的矛盾纠葛在她的平静且平淡的心境面前顷刻化为乌有，她究竟是从未进入尘世的痴呆之人还是早已超越尘世的高人？真叫人有点难辨高低。同样，四瞎子移情别恋，也应该有感情转移的基础，杨小玉的突然离家出走为他与洪秀秀的结合提供了时间和空间基础——即时间和空间上的"人身自由"，但并没有感情和法律上的自由,也就是说并没有感情上的基础,因为他对妻子的感情并未受到丝毫影响;相反,在杨小玉失踪之后,他才更感到妻子的好处和家庭的温暖,因而一门心思要找回杨小玉,甚至,他躺在洪秀秀的床上时也仍然在谈论着怎样找回杨小玉,这确实不能不令人称奇。爱情、婚姻与性,这在世俗看来本应是三位一体的,但到了他们这里,似乎变成了各不相干的东西了。作者把他们的爱情,几乎处理成了一张白纸,丝毫看不出世俗的浸染,他们超越了世俗观念世俗婚姻,他们的结合仅凭一个奇怪的梦,而这个梦又是那样地简单而明了,那就是一个字——"性",或许,这也就是冥冥之中的所谓"心有灵犀一点通"吧。他们怎么能够把人类文明社会几千年以来十分重视的"终身大事"看得如此淡薄呢?这是要返祖回归原始社会还是要实现现代超越?或许,这是作者故意要把复杂的事情简单化,并进而留下更多的空白让读者去想象。

但不管是原始回归还是现代超越,他们的爱情最终归于失败;不仅如此,四瞎子与杨小玉的婚姻爱情最终也归于失败。如果说四瞎子与洪秀秀的爱情更多地表现为一种现代爱情的话,他与杨小玉的爱情则更多地代表着传统的婚姻爱情;与洪秀秀的爱情他一开始是被动地接受而最后又主动地放弃了,与杨小玉的爱情他一开始是主动地追求而最终又以被动的形式失去了。那么,问题也就复杂了:当今社会究竟有没有爱情?如果有,又应该是什么样的爱情?又应该怎样去追求才会得到属于自己的爱情?这是读者在读完该作品后不能不提出的一连串问题,而这又恰好说明另外一个问题:小说的故事情节是简单的,主题却是复杂的。

二 "明""暗"交织的爱情主题

或许,我们应该更进一步地分析一下四瞎子的爱情是怎样得而复失的,看看有没有解救他的爱情的良药。

四瞎子与洪秀秀的爱情只能是被动的,这或许是因为洪秀秀的社会地位明显地比他高,他只能被动地接受洪秀秀的施舍。洪秀秀利用市场经济的手段为他们的爱情"开了光",准确地说,是利用金钱使四瞎子变成了"亮子",这其实也是使他们的爱情从"半黑暗"走向了"全光明",这是现代经济推动着现代技术为现代爱情带来了现代实惠,对于洪秀秀这个现代女子来说,应该是最满意的一招。但让洪秀秀始料未及的是,这一招不仅没有把四瞎子套牢,反而把四瞎子从自己的身边推开了;而对四瞎子而言,他用"亮子"的目光所看到的现代社会,一切都不过是"阳光下的罪恶",他无法反抗这些"罪恶",于是便只好采取回避、逃避的手段拒绝接受这些"罪恶"——包括现代爱情及其相伴而来的"阳光"。这说明,洪秀秀的现代"开光"手段完全失败了,它不仅没有给现代爱情带来"亮色",而且连"光亮"本身也失去了。

四瞎子与杨小玉的爱情婚姻应该是主动的,因为他与杨小玉结婚后曾暗下决心,他要加班加点多挣点钱,然后让杨小玉陪她去治好眼睛,以便能"好好地看看老婆杨小玉漂亮的面容"(第3页),他心底的这种想法与后来洪秀秀陪他治眼睛时的抵制心态形成了巨大的反差,这种反差也说明了四瞎子在对待爱情婚姻的问题上是有自己的想法和主动追求的。四瞎子的想法和追求很简单,他"就是要个温暖的家,有个同甘共苦、白头到老的女人与他生活一辈子"(第4页),而在他看来,洪秀秀是很难做到这一点的,于是他宁可选择杨小玉,哪怕杨小玉不辞而别突然离家出走,他也宁可相信杨小玉有难言的苦衷而仍要苦苦地追寻,他要追回自己心目中那一点爱情的理想,或者说,他要维系一种传统的爱情婚姻关系。然而,无情的事实是,杨小玉并非恪守妇道的传统女子,而是一个拐卖妇女儿童的骗子,她之所以与四瞎子结婚,不过是把他的家暂时作为逃避法律惩罚的躲藏窝点;而就是这个骗子也在一场车祸中命丧黄泉了,把他想要挽救杨小玉的愿望也打得粉碎。看来,他想要追求的传统爱情婚姻比现代爱情更要绝望。

洪秀秀施舍给他的现代爱情被他自己亲手扼杀了,他自己所要追求的传统爱情被杨小玉的骗子之手撕得粉碎——无论是传统的还是现代的爱情,无论是他人的施舍还是自己的追求,四瞎子的爱情最终都走向了失败走向了黑暗,那么这就提出了一个问题:怎样才能确保当今爱情的存在?谁来为当今的爱情"开光"?

三　现代启迪：葆有爱情婚姻中的那一扇"亮窗"

"开光"一词《辞海》上有两种解释："①佛教的宗教仪式之一。佛像塑成后，择吉日致礼供奉，名'开光'，亦称'开眼'。《佛说一切如来安像三昧仪轨经》：'复为佛像开眼之光明，如点睛相似，即诵开眼光真言二道。'②装饰方法之一。为了使器物上的装饰变化多样，或突出某一形象，往往在器物的某一部位留出某一形状（如扇形、圆形、蕉叶形、心形等）的空间，然后在该空间里饰以花纹，称为'开光'。常见于景泰蓝、雕漆、陶瓷器皿上的图案装饰。"之所以不厌其烦地将"开光"的两种含义均抄录于此，是因为本文所要讨论的话题与这两种含义均有点关系。

佛像本来是一个无生命的东西，它通过僧人的致礼诵经"开光"之后，于是就获得了灵气，就成了一尊神圣庄严、供人顶礼膜拜的神灵，也就是说，佛像的灵气和神圣庄严首先是由僧人所授予的。但是，如果仅有僧人的授予而没有一大批善男信女的顶礼膜拜，它的灵气和神圣庄严也不会传播开来；而且，善男信女还必须遵循一条原则——"信"，因为"信则灵"，不信则不灵。这一含义借鉴到四瞎子他们的爱情之上，是带有很强的针砭意义的，因为爱情同佛像一样，也需要有人赋予它神圣的含义，更需要全体的芸芸众生虔诚地"信"它，庄严地维护它的灵气；如果人人都像四瞎子、洪秀秀乃至杨小玉那样将爱情看得是那样的平淡轻淡乃至扯淡，做得是那样的随意随便乃至随心所欲为所欲为，那么所谓爱情也就只剩下了一个词语的空壳和一纸苍白无力的法律文书，谁都可以随时地将它撕碎；既然爱情本身已不存在，所以不管你如何追求，不管你想要什么样的爱情，到头来只能是竹篮打水一场空，四瞎子的失败皆缘于此，这也可以说是一个带普遍性的规律。

"开光"作为一种"装饰方法"，同样适用于当今的爱情婚姻关系——对爱情婚姻关系的维护和维系。现代的爱情婚姻将女性从"夫唱妻随"、"嫁鸡随鸡，嫁狗随狗"的封建枷锁中解脱出来之后，获得了与男性一样的平等权利，这确实是社会发展的一大进步。但是，正所谓有一利则有一弊,从客观现实生活来看,也正是这个"平等权利"之争,成了祸害家庭关系的杀手。作为家庭关系中的平等权利,本来很难划定它的边界线,当女性起来争夺她的"平等权利"时,男性也往往针锋相对地起来捍卫他的"平等权利",家庭的矛盾于是就不可避免。如果能把这种"平等权利"之争转化为一种"开光"的"装饰方法",那么对爱情婚姻上的家庭矛盾,就能够不"化"自"解"了。这首先要改变一个观念:平等权利的要义不在相互争夺而在相互尊重;尊重的要义是在留给对方以一定空间的自由度。至于这个"空间"是扇形、心形抑或其他什么形状,就要看各人的喜欢了,这也是各人在家庭中体现自己个性特点的要害所在;对于男女双方的任何一方来说,对这个有限的自由"空间"当然更应该珍惜,绝不能给它抹黑,只能给它添光加彩,因为留下它的目的就是为了"开光"。只要有了这种"开光",任何爱情婚姻都应该是美妙的,不管它是传统的还是现代的,因为它是经过自己的彩笔描绘的,是自己所喜欢的。因此,爱情婚姻大事是芸芸众生自己的事,需要芸芸众生共同努力;但这种努力,既不是简单的爱情追求或施舍,更不是"平等权利"的你抢我夺,而是在相互尊重基础上的"开光"。

如此看来,该作品不仅是用简单的故事情节表达了复杂的主题,而且还表达了人类社会的一个重大主题;不管作者的创作意图如何,一部作品只要能让读者想到这些,它的启迪意义也就足可证明该作品的存在价值了。

(载《湖南科技学院学报》2008年第9期)

官场赌徒的"这一个"

——魏剑美《步步为局》人物形象特色

一 巧妙的情节设计

魏剑美可以说是一个全才作家。从中学时代就开始写诗写散文，到读大学时在诗歌和散文创作方面已经是小有名气了。读研究生时，却又改行写起了杂文，而且一鸣惊人，很快就在全国产生了影响，以至于《杂文报》自创刊 20 年来特意为他开辟了首个专栏。研究生毕业后留在大学任教并搞起了学术研究，其学术著作《炒作致胜》等更是惊世骇俗，读来让人惊心动魄。今天，其长篇小说《步步为局》同样给了我一个惊喜，本想随便翻翻作品的内容，谁知刚刚读了个开头，便不由自主地被作者所设计的"步步机巧"套入了"局"中，似乎是不一口气读完不能罢休。

巧妙的情节设计，无疑给作品增添了可读性。但如果仅有巧妙的情节设计，那还不能说是一部优秀的作品。作为一部长篇小说，真正起决定作用的是人物形象的塑造，不仅要写出人物的鲜明独特个性，还要写出人物性格的变化。要说《步步为局》的真正魅力所在，则还是在人物塑造上。

我们来看看主人公汪大明，这无疑是一个十分复杂的人物，让人觉得既可怜又可恼、既可爱又可恨、既可鄙又可敬、既可恶又可亲……总之是不能用好人或坏人的简单标准加以评价的。作品一开始，汪大明就因为发现了"一个足以彻底改变他人生命运的重大天机"①而欣喜若狂，乃至于"必须一刻不停地折腾，才不至于被内心那个捂得发烫的秘密给烧灼"（第1页），可以想见，他想改变自己命运的愿望是何等地强烈；也可以想见，他此刻所处的境遇和命运是何等地可怜。他感觉到了自己的可怜，所以想改变这种现状的愿望才如此强烈。作为一个年轻人，不安于现状，想要改变自己的命运，这应该说是一种积极的人生态度。但是，他把改变命运的希望寄托在赌博上，这不仅可笑，而且可悲。

二 人物性格的转换：从"终生不赌"到"必赢的科学投资"

应该说，青少年时代的汪大明，是一个十分可爱而且可敬的人物。他出生于"赌博之乡"，却能出污泥而不染，虽说叔叔的自杀和母亲的上吊给了他强烈的刺激，是他洁身自持的直接原因，但毕竟起决定作用的是他自身的"内因"，因为别人也会经历这样的刺激，但很快就忘了，只有他能把这种刺激转换成人生的动力，于是才"让他成了全村第一个大学生"（第4页），一直到参加工作，一直到当上副处长，不管别人是如何地挖苦嘲笑，他都能做到"既不恼羞成怒，也不亡羊补牢"（第4页），始终坚守着自己13岁时发过的誓言："终生不再沾一个'赌'字。"（第4页）有如此的涵养和坚毅，足可证明他的可爱和可敬，也足可体现他性格的鲜明和独特。

应该说，作者对汪大明青少年时代的插叙描写所花笔墨虽不多，但对人物塑造来说却是十分厚重的一笔。如果没有这一段描写，则很难表现人物性格的变化，也难以揭示汪大明好赌、擅赌的原因。

正因为出生于"赌博之乡"，从小耳濡目染受到赌博之风的熏陶，使汪大明对赌博技巧有着天然的敏感和慧根。还在读大学时，尽管他远离赌博，但对俄国一代文豪陀思妥耶夫斯基终身沉迷赌博的原因却十分感兴趣，他特别留心陀氏的"著作、书信和传记，终于在陀氏从欧洲赌城写给哥哥的信中窥出了一丝端倪"（第10页）。这一丝端倪就是：陀氏

---

① 魏剑美：《步步为局》，国际文化出版公司2009年版，第1页，下引仅注明页码。

"发现了赌博必赢的秘密"（第10页）。虽然这个"必赢"的赌法陀氏并未说明，但凭着汪大明的天然慧根和多年来锲而不舍的思考，终于让他发现了那个"天大的秘密"。不管赌博本身是否真的改变了他的命运，但这个"天大的秘密"却真正改变了他的性格，用经济学术语来说，这是他性格的一个拐点：从一个坚决拒斥赌博的人转变为一个疯狂的赌徒。

汪大明的转变是不是太突然，性格转变的反差是不是太大？转变前后究竟是一个人还是两个人？这是读者要追问的问题，也是作者不能不考虑的问题。因为人物性格不管如何地变化，都应该符合人物本身的性格逻辑。如果一个作家将笔下的人物当作一个面团任意地拿捏，那么这个人物的塑造肯定是失败的。正因为考虑到这一点，所以在汪大明去澳门的头一天晚上，作者交代了他性格转变的原因和复杂的心理活动：

>　　他实在无法抵制钱财的巨大诱惑，更何况丁副处长、钱一军博士、高金金甚至还有妻子和岳母的嘴脸变化，无不在深深刺激着他。很多时候，人其实就是为了活给别人看的。汪大明在心里发狠，等自己从澳门背了大把的钱回来，什么正科副处，统统去他妈的，老子就做一个散漫自在目无领导的暴发户又怎么样？他甚至想好了首先买一台比厅长还牛的豪华轿车，天天神气活现地开着去上班。……
>　　这么一想，汪大明心里又止不住生出悲哀。曾经有过的理想、目标、志向原来都这么不堪一击，最后不得不依靠俗不可耐的金钱来维系可怜的自尊，而且还是从赌场上赢来的金钱。好在他又迅速找到了自我安慰的理由：我这不是赌博！生死未卜的才叫赌博，而我这是十拿九稳的科学投资！科学投资！他这样在心里默念了三遍，便多了些理直气壮。（第13页）

从这里，我们可以清楚地了解汪大明对"赌博"的认识："生死未卜才叫赌博"；只要能"稳赢"，就成了"科学投资"。其实，不管汪大明选用什么样的新名词给自己寻找借口，他所参与的总还是赌博，事实是无法改变的。那么，他当年戒赌的真实缘由就值得再做进一步的分析：他要戒除的是"赌博"还是为了避免"输钱"及由此引发的危害？显然，是当年他父亲特别是他叔叔的"输钱"被害得家破人亡才吓怕了他，他发誓戒赌，也就是为了防止自己去"输钱"，为了免遭赌博之"害"。由此，我们也就不难找到汪大明性格变化的依据：赢与输亦即利与害的选择在起决定作用。当他看到赌博的"输钱"及其危害时，便坚决戒除了赌；当看到赌博能"稳赢"并由此获利时，便毫不犹豫地选择了赌。

趋利避害，本是人类乃至整个生物界的共同特性，一个人从利害关系的角度来选择赌或不赌，这原本也无可厚非。只因赌博本身并不生"利"，少数人的"赢"是以多数人的"输"为代价的，也就是说，赌徒从本质上讲就是损人利己的。所以赌博一直被视为人类的异己之物而受到限制。汪大明成为赌徒之后自然也不脱赌徒的本色，只是他在赌徒的路上走得更远，不惜拿最要好的朋友作赌注。

当然，汪大明真正的赌博，不是在赌场而是在官场。为了确保自己的升迁，他找到了一个"必赢不输"的法宝：到澳门赌场偷拍偷录常务副省长陈伟阳参与赌博的照片和录音。有了这一法宝作要挟，迫使陈伟阳不能不一而再、再而三地满足汪大明的升官要求。为了确保这一法宝长期有效，他主动地把自己拴到了陈伟阳的战车上。当他最要好的朋友耿达告诉他，说是发现了陈伟阳弟弟陈伟豪的"龙马公司虚报工程量，路基施工也存在严重质量问题"（第129页），并请他帮忙提交举报材料时，他不仅没有帮朋友的忙，反而直接向陈伟阳告了密。虽然"他心里生出对耿达的愧疚来，这终究是一个铜板可以扳两半分着用的患难兄弟"，但他还是"狠下心来：赌场无父子，看来不得不下这一注"（第128页）。结果，耿达被无端栽上"嫖娼"的恶名，并遭受了半年牢狱之灾，还被单位除名，从此断送了所喜欢的记者生涯。而汪大明自己却在升迁的路上又多了一个筹码，由处长升到了副厅长。对汪大明来说，"赢"是第一的，"升官"是第一的，只要确保能"赢"能"升官"，拿朋友作赌注也是在所不惜的——凡赌徒总是要损人利己的。

三 "必赢不输"的官场法宝：与省长"共同参赌"

从一个富有涵养而又坚毅的好青年转变为官场一个十足的赌徒，汪大明的性格变化确实是够大的。也正因为变化大，才更显出这一人物的复杂性和作为官场赌徒的真实性。

首先，从真实性来看，如果没有汪大明"参赌"前后性格上的巨大反差，也就不会有官场升降的巨大反差。"参赌"前的汪大明，只能庸庸碌碌地混日子，凭着岳父的关系当了个副处长，岳父一下台，他便跟着成了"下岗副处长"。如果不是因为抓着陈伟阳的把柄，他不会那么快"官复原职"又升任处长；如果不是出卖好朋友耿达，他更不会那么快就升为副厅长。如果没有了这一切，汪大明作为官场赌徒的这一形象便也不复存在。因此，作者除非不把汪大明作为官场赌徒来写，要写，汪大明便只能如此行事，只能形成这么大的反差，这是汪大明的性格逻辑使然，也是他所生存的官场生活使然。当然，我们不能说官场生活全都如此，但当我们举目所见官场腐败的严峻现实时，就不能不说作者的描写确实反映了某一方面的生活真实。

其次，从复杂性来看，作者对汪大明的描写不是单一的、平面的，即使是成为赌徒之后的汪大明，也仍然有他的多面性：在赌场、官场上，他是损人利己的赌徒本色；但在赌场、官场之外，他则仍然不失常人本色；而在情场上，则更是幼稚、单纯得可爱。

作为常人本色的最好体现就是对儿子的感情。当得知儿子被绑架之后，汪大明立即就恢复了常人常态："平时对儿子也没怎么关心的汪大明，此时才深切地明白，儿子是他唯一的珍爱，一旦有所闪失，再大的官位和再多的钱财都无法弥补内心的伤痛和缺失，也无法再有下注的兴趣。"（第182—183页）另外，为了升官，他虽然出卖了耿达，但心中那一份愧疚始终存在。听说耿达被判"劳教半年"，他便赶紧打电话向陈伟阳求情："做事不能这样绝啊，他好歹是我的兄弟。关几天放了他不就行了吗？"（第135页）求情不成，他一直在心里忏悔着自己："小时候看小说和电影，汪大明最鄙视的就是那种卖友求荣的卑劣小人。现在才知道，一旦在官场上投下筹码，往往就会身不由己地迅速滑向卑劣小人的边缘，那种神秘的力量甚至不容许良知和内心道德感做些许挣扎。如果一切可以重来，汪大明倒真愿意自己还是当初那个天真单纯的少年，那个被丁胜贤骂为'不懂味'的普通科员。"（第 163—164 页）当然，历史是不能重复的，汪大明再也不能回到过去，但他的忏悔至少说明了他的良知并没有完全泯灭。汪大明的这种复杂性，体现了人物形象的立体感，使读者看到了他的多面性：既有赌徒的无情无义，也有朋友的一份真情，更有常人的父子情深，还有时隐时现的天真单纯……正是这种多面性、复杂性才给人以真实感，纸上的人物才能在读者的头脑中鲜活起来。

　　汪大明形象的复杂性还体现在情场上。如果说在官场上，汪大明因持有"必赢"的法宝常拿别人做赌注，在情场上则是自己被别人当作了赌注。他对情人小奕可以说是一往情深，感情真挚而纯洁。在汪大明的心里，小奕是一个温馨的避风港湾："在远离滨湖官场厮杀的这里，总算还有属于他的一片静谧空间。为这，他就心里感激着小奕。"（第 137 页）但事实上，小奕并不真正"属于他"，而只是在利用他。当陈伟阳被"双规"，汪大明很可能受到牵连，处此危急关头，小奕不仅没有陪他去夏威夷避难，反而偷走了他赢来的两百多万远走高飞了。小奕的釜底抽薪，使得汪大明的境况更是雪上加霜："昨天还是坐拥两三百万的富豪，转瞬间今天就成了鸡飞蛋打的落魄之人。汪大明第一次深切地感觉到自己的微不足道和可怜兮兮，费尽心机地到处下注，谁知道到头来居然四大皆空。"（第 250 页）这就是赌博的本质所在，或者说是赌徒的必然结局，因为"赌博说到底不是同庄家赌，而是同自己赌。赢了的见钱来得如此容易，哪里肯罢休；输了的……便不惜一切地想扳本。尽管刚开始时也许发过誓说见好就收，但真正扳回来又有几个会不乘胜追击呢？人性的弱点注定了庄家才是永远的赢家"（第 33—34 页）。汪大明在开始参与赌博时所说的这一段话，成了他自己的箴言谶语，人性的弱点注定了赌徒必然会走向这样的结局，他自己自然也不能例外。"贪婪和侥幸才是人类疯狂的原始动力"（第 44 页），作品所要揭示的与其说赌场官场的"秘密"，不如说是人生人性的"秘密"，这才是《步步为局》的深刻之处。

　　自古以来写官场的作品不胜枚举，"官场如赌场"的说法也是尽人皆知，但真正从赌博的角度切入官场，把官员当赌徒来写的作品却又极为少见；而将官场赌徒写得如此真实、如此丰满且能揭示如此深刻主题的作品则更是难得一见。诚如是，汪大明堪称官场赌徒中独一无二的"这一个"。

（载《湖南科技学院学报》2010年第1期）

舜帝精神感召下的匹夫之责

——评唐曾孝长篇报告文学《北游记》

一 舜帝精神感召下的九疑山人

"九嶷山上白云飞，帝子乘风下翠微。斑竹一枝千滴泪，红霞万朵百重衣。……"这是一代伟人毛泽东《七律·答友人》中的诗句，诗中的九嶷山，其自然风光是那样地神奇美妙，其人文景观则更是凄美动人。毛泽东之所以有这样的诗句，是因为收到了三位"友人"所送的纪念品："乐天宇送了一支家乡的墨竹，还送一条幅，上有蔡邕《九疑山铭》的复制品，条幅的上额写有他自己作的《九嶷山颂》，署名九嶷山人。李达送了一支斑竹毛笔，写了一首咏九嶷山的诗作。周世钊送了一副内有东汉文学家蔡邕文章的墨刻。"[①] 正是三位友人所送的纪念品，才使毛泽东感物生情，于是写下了这首友谊之歌，怀乡之曲。

毛泽东的诗为什么要从九嶷山起笔？其原因有三：一是三位友人所送的纪念品或直接来自九嶷山，或与九嶷山相关，这是最直接的动因；二是三位友人中有二位来自九嶷山，这就是李达和乐天宇，特别是乐天宇，老家就在九嶷山中，在延安时，毛泽东就称他为"九嶷山人"；三是舜帝与娥皇、女英的爱情故事触发了毛泽东的联想，让他想到了与杨开慧的爱情，毛泽东晚年自己说："《七律·答友人》'斑竹一枝千滴泪，红

---

① 庆振轩、阎军：《毛泽东诗词全集辑注》，甘肃文化出版社2004年版，第171页。

霞万朵百重衣'，就是怀念杨开慧的，杨开慧就是霞姑嘛！可是现在有的解释却不是这样，不符合我的思想。"[1] 如此看来，这首诗是友谊之诗、怀乡之诗，更是爱情之诗，舜帝与娥皇、女英的故事则是催生此诗的最强有力动因。

无疑，九嶷山是一片神奇的土地，她的神奇，更重要的不在自然风光的美妙，而在人文底蕴的深厚，因为这里是中华文明始祖舜帝的归葬地，又有着娥皇、女英为追寻舜帝而来、泪洒斑竹、最后投江殉情的千古绝唱。因此，这一片土地，不仅是历代帝王将相的朝圣之地，也是文人骚客的朝圣之地。同时，在舜帝精神的感召之下，生活在这片土地上的人们，更是用自己的勤劳和智慧，书写了一页页辉煌历史，创造了一个个人间奇迹，譬如毛泽东的友人李达，作为中国共产党的创始人之一，为马克思主义理论在中国的传播，起到了砥柱中坚的作用，其理论贡献光耀千秋；再如毛泽东的友人乐天宇，他为新中国的农业科学所作的贡献且不去说它了，晚年离休回到家乡，拿出自己一生的积蓄，创办了改革开放之后中国大地上第一所民办高校——九嶷山学院，为培养农村基层亟需的人才呕心沥血，积劳成疾，最后以身殉职，他的贡献和人格魅力光照后人。

当然，李达和乐天宇都不是寻常之人，他们生活在不寻常的时代，凭着自己的努力创造了不寻常的业绩，这是令后人倾慕不已的。似我辈平常之人，常常埋怨自己生不逢时，想创造业绩而无机遇，想创造奇迹而无机会。然而，今读唐曾孝先生的长篇报告文学《北游记》，犹如当头棒喝，作品中的主人公刘湘辉和他 98 岁的老奶奶肖新翠，无疑是一个平常之人，但他们仅凭着一辆三轮脚踏车，却创造了一个震惊世界的奇迹，令我辈读来汗颜。

二 九疑山下的凡人创造了人间奇迹

按照《现代汉语词典》的解释，"奇迹"就是"想象不到的不平凡的

---

[1] 杨建业采访录：《在毛主席身边读书——访北京大学中文系讲师芦荻》，《光明日报》1978 年 12 月 29 日。

事情",《北游记》向读者所报告的正是一件让人想象不到的不平凡的事情,准确点说,这是一个匪夷所思、有悖常理的故事。

第一个让人想象不到的就是刘湘辉竟然选择踩三轮脚踏车去北京。在交通高度发达的现代社会,天上飞的有飞机,时速可达上千公里,而且已经成为寻常百姓的交通工具;地上跑的有火车,时速也已达到三百多公里;再慢一点,买一辆小车载着奶奶上北京,时速也可达上百公里,方便而快捷,而且从刘湘辉的家境来看,买一辆小车也不难。而他却要舍弃这些现代化的交通工具,偏偏选择最原始的、时速不到十公里的三轮脚踏车,这是一悖常理。

第二个让人想象不到的是刘湘辉竟然敢带着98岁高龄的老奶奶去北京。民间俗话说:七十不留宿,八十不留餐。七老八十的人已是风烛残年油干灯尽,其生命之火随时可能熄灭,如果死在留宿、留餐者家里,这无疑是很不吉利的;而老奶奶已经98岁高龄,其生命体征更是极度脆弱高度危险,生命时间只能以分秒计。所以,当刘湘辉的三轮车到达北方的一个镇上请求住宿时,屋主便坚决拒绝,只允许他"停一分钟就拉走",而屋主的儿子更是凶神恶煞地说:"快拉走,一分钟也不能停。"[①]这一习俗其实不仅在北方有,南方也有,九疑山地区也有同样说法,但不像北方忌讳到那种程度。而且,北方的忌讳还不仅仅是农村,北京天桥医院给老奶奶一检查身体便下达病危通知单,"说她重病垂危很难度过当天晚上"(第53页),究其原因,也是因为"她的年龄太高"(第54页)。别人都如此忌讳,刘湘辉自己居然不忌讳,带着老奶奶从3月初出去到8月中回来,在外飘荡长达半年,这是二悖常理。

第三个让人想象不到的是老奶奶自己,有着98岁高龄而且还下肢瘫痪,竟然敢去北京看奥运。这一个"想象不到"更是包含有三层意思:其一,中国人看重叶落归根,人到晚年想方设法也要回归故土,为的就是死后能够归葬祖坟,其灵魂可以进祖宗祠堂,如果死在他乡就会成为孤魂野鬼,这是人生的一大忌讳。因此,七老八十的人不仅别人不能留,

---

[①] 唐曾孝:《北游记》,《报告文学》2009年第7期。下引仅注明页码。

自己也不能轻易外出，怕的就是死在外面。老奶奶似乎从不考虑这些，轻轻松松、快快乐乐地出游，对她这个年龄段的人来说，确实有点非同寻常。其二，中国人固守着家中的稳定生活而忌讳出游，"在家千日好，出门一时难"，总认为"金窝银窝不如自己家里的狗窝"，诚如是，中国文人才有那样多的离愁别绪故乡之思，豪放飘逸如李白者，尽管畅意于仗剑出游，但也免不了"举头望明月，低头思故乡"。毕竟，出门在外来到一个陌生的地方，不仅带来情感上的疏离，也会带来生活上的不便，更何况老奶奶还拖着瘫痪的双腿，诸多的困难就更不用说了，但她却毫不在意地毅然出游，这也是非同寻常的。其三，对老一辈中国妇女特别是没文化的妇女来说，一般是不会关心国家大事的，像奥运会这种事情，离日常生活的柴米油盐距离很远，更不会关心，但她不仅关心而且热心，非要拖着残疾之躯到北京去亲眼看一看奥运会，这种眼界与执著更是常人难以企及的。这是三悖常理。

在这三悖常理的故事中，哪怕只有其中之一，譬如，两个年轻人脚踩三轮车去北京看奥运，就已经是一个很有特色的文学题材了，满可以写出一部很有特色的文学作品了，更何况是一个三悖常理的故事。故事本身不做任何加工就已经非常感人了，如果再加工为文学作品，肯定会感人至深。可奇怪的是，刘湘辉的三轮"孝车"一路前行，历时近半年，行程两千多公里，沿途采访的记者成百上千，但都是把这一故事当作新闻报道，无人想到要用此题材创作一部文学作品。待到事情过去了几个月，唐曾孝先生听说此事后，立即进行深入细致的素材收集，住到刘湘辉家零距离地观察体验主人公的生活，然后快速高效地写出这部《北游记》，拿到《报告文学》杂志发表时，则只能作为北京奥运"周年纪念"之作了。

我们确实应该感谢作者，凭着当记者的敏锐他看到了这一故事的现实价值，凭着当作家的深邃他看到了这一故事的永久价值，然后用新闻与文学相结合的形式将这一故事创作出来，让我们有了永久性的读本。不然，尽管对这一事件的新闻报道很多，但"新闻新闻，过眼烟云"，谁也不会把新闻报道拿来反复阅读，那么，这一个本该流传久远的故事就很可能如昙花一现便销声匿迹。

三　孝心感召的精神力量

奇迹的创造绝不是偶然的事情，其背后肯定有着精神力量的支撑。那么，支撑刘湘辉和老奶奶的精神力量是什么？我们先来看看作者的描写：

> 这辆三轮车上面安装了一个"蒙古包"式的雨布棚，棚顶插着一面迎风飘扬的国旗，棚子前面的挡风门上写着一个显赫的大红"孝"字，左右两面用红漆刷着"九嶷山下一孝孙，骑着单车万里行，带着百岁老奶奶，同上北京看奥运"的标语。……这位年轻人凭着一双钢铁般的脚板，凭着一颗炽热的心，凭着一份至孝的情，踩着脚踏三轮"孝车"36天，行程两千多公里，拉着老奶奶来北京看奥运。（第28页）

在这里，支撑刘湘辉的精神力量，作者唐曾孝交代得很明白：是"凭着一份至孝的情"；主人公刘湘辉自己也交代得很明白：是那一个"显赫的大红'孝'字"。可以说，传达一种至孝的精神是这部报告文学的主旨，践行一种至孝的精神是主人公的意愿，这是文学源于生活的典型例证，是作者的思想与主人公思想高度统一的体现。作为报告文学作品，作者严格遵循反映生活真实的创作原则，真实地再现了"孝车"北游的全过程以及主人公的精神风貌。当然，作者也不是机械地记录事件的过程，而是有自己的选择和提炼，这种提炼主要是突出了主人公的精神风貌。

从精神风貌说，主人公不仅仅是一个至孝精神的践行者，也是一个宣传者。他在车上书写一个显赫的大红"孝"字，这本身就是宣传，而且是一种言传身教式的宣传，"孝"字的含义与"孝车"行动的结合，比任何教科书或红头文件都更有效，主人公的这一设计可以说是一个天才的创造，显示出主人公在"用心行孝"上的卓尔不凡。

而且，主人公刘湘辉还是一个深谋远虑的思想者。他随身携带的笔记本上,有四百多个国内外记者和官员的签名留言,这是对他此次行动的褒奖,但他没有把它当作自己的骄傲资本,而是当作可资教育后代的精神财富:"这笔记本上的外国文字,我虽然一个都不认识,但是我会带回去好好地珍藏起来,作为传家宝一代代传下去,让子子孙孙都要做一个以孝为天的好后代。"(第 53 页)"以孝为天",这是多么好的理论概括,没有长时间的思考,是说不出这样的话来的。可见,他的"行孝",既不是一时的想法,更不是即兴的作秀,而是一种有思想、有预见、要为后代树立榜样的行动。

榜样的力量是无穷的。刘湘辉的"榜样行动"当然也不仅仅是为自己的小家,他还有着更大的"野心"。当永州市孝文化促进会会长蒋经仟专程去他家拜访时,"刘湘辉把外国记者和官员馈赠的'宝贝'端了出来向蒋会长展示,好像自己用激情拥抱了世界,眼帘顿时闪放出光芒来。他扬起这些'宝贝',指着那三轮'孝车'说:'我打算装修一个房间办一个美好的精神家园——孝文化展览室,把这些东西摆进去,免费开放,让广大青少年和群众接受孝道教育'"(第 57 页)。很显然,刘湘辉希望三轮"孝车"和那些馈赠的"宝贝"能够成为免费教育的教材,因为这里面不仅包含了自己个人的"榜样力量",也蕴涵了国内外对孝文化的希冀和呼唤,是一种集体力量、社会力量的凝聚,它理应对社会发挥作用。但愿这个美好的精神家园能够建立起来并产生影响,能够为这个物欲横流的社会泛起一片绿洲。

刘湘辉无疑是一个极普通极平凡之人,平凡得在茫茫人海中无法分辨,但他为什么会有这样的毅力和识见,能够创造出如此卓尔不群、独树一帜的奇迹来?这与他生活在九嶷山这片神奇的土地恐怕不无关系。

刘湘辉在"孝车"上特意标出"九嶷山下一孝孙"的字样,这足可见出九嶷山在他心中的分量,也可见出舜帝精神对他的影响。舜帝南巡,崩于苍梧,葬于九疑。从此,九疑山舜帝陵就成为历朝历代祭祀朝拜的圣地,作为中华文明的先祖特别是作为中华道德文明的创始人,舜帝精神对中国文化的影响本就具有决定性意义,加上历朝历代对舜帝陵的祭拜,进一步强化了这种影响,使得舜帝精神在九疑山地区尤为深入人心。

在中华道德文明的内涵中,"百善孝为先",舜帝的"至孝"精神对民间的影响力更为显著。刘湘辉在这种文化氛围中耳濡目染、潜移默化,于是就有了震动世界的"孝车行动",这正是舜帝精神感召下的一个最为突出的典型事例。

不仅是刘湘辉的行动受了舜帝精神的感召,老奶奶的思想行为也是受了舜帝精神的影响。舜帝南巡也已到了耄耋之年,他因"勤于政事而野死"他乡,不仅将他的尸骨留在了九疑山,也将这种精神留在了九疑山,所以九疑山地区的人并不像北方人那样害怕客死他乡,也不像北方人那样害怕别人客死在自己家中。所以,老奶奶98岁拖着残腿还可以心无挂念地外出数月,别人也可以高高兴兴地把她当作有福的寿星来接待,"在南边不管是旅店老板还是农民兄弟,大都欢迎三轮'孝车'的到来,见是百岁老人来住宿,像贵人驾到一般接待,有的收半价,有的全免"(第37页),特别是桂阳的一位汉子,硬是把自己的床让给老奶奶,还说是自己的"福气",这与北方那个镇子上父子俩对待老奶奶的态度形成了鲜明的对比。产生这种差别的原因是什么?在没有找到更有说服力的证据之前,我宁可认为是因为舜帝南巡所带来的精神影响力。

四 伟人与凡人共有的匹夫之责

从本质上说,舜帝"南巡"与刘湘辉以及老奶奶的"北游"是有相通之处的。舜帝南巡是为了社会的稳定和民族的团结,他在尽一个帝王应尽的职责;刘湘辉和老奶奶的北游是为了观看奥运会并为中国加油,他们是在尽一个平常百姓应尽的职责。职责不同,尽职的形式不一样,但本质相同,精神一致。由是而论,刘湘辉的"孝车"行动,不仅是舜帝精神的感召,也是舜帝精神的延续和发扬。需要进一步追问的是:今天我们提倡继承和发扬舜帝的"至孝"精神,应不应该有新的内涵?怎样来规范今天的孝道文化?这是《北游记》提供给我们的更深层次的思考和启迪。

首先需要思考的是各尽其责的问题。"国家兴亡,匹夫有责",这句话在国家民族的危亡之时每每被人提起,而在和平年代则很少有人想到。

其实，国家危亡之时需要匹夫尽责来挽救，而国家兴旺之时更需要匹夫尽责来推进。刘湘辉他们去北京看奥运，表面看起来只是个人的随机行为，实际上他们是在助奥运的一臂之力，没有他们等众多匹夫的积极参与，奥运会不可能取得完满的成功。因此，带着老奶奶到北京看奥运，是刘湘辉在尽职尽责——不管是从参与奥运还是从"行孝"的角度讲，都是在尽匹夫之责。

刘湘辉是在尽匹夫之责，同样，老奶奶也是在尽匹夫之责。根据《现代汉语词典》的解释，"匹夫"是"泛指平常的人"，并无男女之别，所以老奶奶也在匹夫之列，看奥运也是参与奥运的一种形式，也可算是尽责。当然，她的尽责更重要的不是看奥运，而是尽"本职"之责，也就是对两个孙子的抚养和培养："刘湘辉兄弟两个，都是奶奶一泡屎一泡尿拉扯大的。……肖奶奶带着孙子相依为命，过着不是人过的凄惨日子。住的两间旧屋因年久失修，下起雨来到处滴答滴答地漏水，奶奶拿来所有的盛具接漏，还有漏雨声在响，她便把两个孙子紧紧地搂在怀里，任雨水滴打在自己身上。"（第 31 页）正因为早年尽了责吃了苦，有了辛勤的付出，到了晚年才有幸福快乐的收获，刘湘辉兄弟才会那样细致入微地照顾她，历尽辛劳也要满足她的愿望。因此，刘湘辉的"孝车行动"，最直接的动因是感恩，是对奶奶养育之恩的回报。从文学创作的角度说，作者这样写，是为了揭示人物性格的内在逻辑；但从社会学和法学的角度说，则是权利与义务的关系问题。

其次，与各尽其责相联系的是权利与义务的关系问题。毫无疑问，在父母对子女的抚养和子女对父母的赡养中，是存在着权利与义务的关系的，但这种关系又不完全是一种对等的交换关系，父母不能说将来不需要赡养而拒绝承担抚养子女的义务，子女也不能说父母未尽抚养之责而拒绝承担赡养的义务。这种"不对等性"有它存在的合理性，是不能抹杀的；但也不能过分强调某一方的权利而让另一方只承担义务。舜帝的父母多次要谋杀他而他对父母仍然是孝顺有加，这是舜帝"至孝"精神的体现。在传统社会，大肆渲染舜帝的这种"至孝"行为是有其合理性的，因为从当时社会的实际情况看，父母遗弃子女的少而子女不孝顺父母的多，所以为了"矫枉"不得不"过正"，不"过正"不能"矫枉"。但在物欲横流、个人享乐主义盛行的今天，情形就大不一样了，遗弃孩子、不要孩子的大有人在，甚至为逃避家庭责任而不愿结婚，只找性伙伴同居。这种不愿承担父母之责的现象虽然不能说已经超过子女不孝的现象，但也可以作等量齐观。因此，我们今天在提倡晚辈之"孝"的同时，也应强调长辈之"慈"，在这一对权利与义务的关系中，不能说完全对等，但也应该保持基本的平衡，过于倾斜某一方，就会造成不和谐。老奶奶当年的付出与刘湘辉今天的付出，正因为体现了这种平衡，所以老奶奶可以心安理得地享受，刘湘辉也可以心甘情愿地服侍，他们的北游才那样和谐而美妙。诚如是，《北游记》的故事才更值得回味和咀嚼。

（载《理论与创作》2010年第2期）

"脚手架"的坚强与脆弱

——评刘翼平长篇报告文学《脚手架》

一 "山里人"固有的情结

古人云：仁者乐山，智者乐水。仁者宽厚，故爱山之沉稳；智者灵巧，故爱水之流动。这二者似乎是背道而驰、不能兼容的。但对刘翼平，我却不知道究竟该将他归入哪一类，仁者抑或是智者？因为他既"乐山"也"乐水"。足以证明这一点的，就是他对零陵的山水是那样地熟悉，描写是那样地美丽。且看他对柴君山的描写：

> 南国五岭的都庞岭余脉，高耸着海拔1400多米的柴君山，山上常年云雾缭绕，巍巍山势向南而依，向北而望，仿佛一位长者安然而坐。山麓之下，西部有一黄花岭，横亘而出，将脚下的田野划隔为湘桂两省区。东部有一串发源于蒋家田富有神话色彩的七十二峰，峰峰有坳，坳坳有井，向北连绵而去。站在柴君山巅，俯瞰这向北铺展的南国田园，农田、水库、丘陵、村庄遍布其间，河流、道路纵横交织，俨然一幅美丽素雅的织锦图、田园画。[①]

如此的一幅图画，既不是织在锦上，也不是画在纸上，而是铺展在

[①] 刘翼平：《脚手架》，中国言实出版社2008年版，第9页。下引仅注明页码。

零陵数百平方公里的大地上。如果不是烂熟于心,怎能描绘得如此简洁而清晰;如果不是万分喜爱,怎能描绘得如此亲切而美丽?

然而,要说刘翼平先生只是一般地"乐山"、"乐水",那是很不准确的。准确的说法应该是有"乐"更有"忧":"乐"山水之美丽,"忧"山里人之命运。从大山中走出来的刘翼平,有着无法割舍的"山里人"情结,这正如他自己所说的:"出生农村的我,在大山中长大,是地地道道农民的儿子。那种质朴、善良、勤劳、憨厚的情结,任凭时空变换,总也挥之不去,长留心间。正所谓江山易改,秉性难移。"① 刘翼平所说的"秉性难移",应该包含两层意思:一是山里农民所赋予他的质朴、善良、勤劳、憨厚等品性不可移易,二是对山里农民生存命运的关注不会遗忘。对第二层意思,刘翼平同样有过清楚的表白:"作为一个农民的儿子,由于生活环境的相近,我感到一种亲近感,让我觉得应该融入他们。作为一名最接近他们的基层领导,由于发展的责任在肩,使我产生一种负疚感,更想去贴近他们。想起他们,你的内心不得不在流泪,他们是最需要关怀的人。"② 也正是从这种关怀出发,刘翼平对零陵的山水才那样地关注,他所要寻找的当然不仅是"挥毫当得江山助"的诗情画意,更为重要的是关注山里人赖以生存的山山水水。因此,他笔下的零陵山水,绝不是单纯的自然景色,更重要的是零陵人的生存环境。

从关注零陵人的生存环境出发,刘翼平所看到的就不仅仅是柴君山的美丽,更有柴君山人的生活艰难:"柴君山上打柴难"(第9页),"石脚盆边水声希。"(第15页)这已经是一幅穷山恶水的景象了。同一个柴君山,"远望"与"近看"为什么会有这么大的反差,刘翼平的这种对比描写其目的何在?我想,他无非是要提醒人们注意:不要仅仅迷醉于外在的美景,更要多多地关注现实、关注人生。诚然,零陵的美景也是值得关注的。欧阳修的"画图曾识零陵郡,今日方知画不如"(《咏零陵》),陆游的"挥毫当得江山助,不到潇湘岂有诗"(《偶读旧稿有感》),这些

---

① 刘翼平:《石棚夜话·自序》,珠海出版社2005年版,第1页。
② 刘翼平:《石棚夜话》,珠海出版社2005年版,第40、98页。

诗句对零陵的美景推崇备至。这样的描绘虽然也是真实的,但毕竟是匆匆过客的走马观花,只看到了表层的山水之美,没有看到山水背后的民生之艰。只有长期居住于此的柳宗元与众不同,既写出了零陵山水的清莹秀澈,也写出了零陵人如捕蛇者的生存艰难。刘翼平当然比柳宗元更进了一步,不仅关注着零陵人生存的艰难,更关心零陵人生活状况的改变以及在外地的发展。带着对零陵人的关怀,沿着零陵人"挣扎"、"创业"、"裂变"的足迹,从20世纪80年代走到现在,从大山深处走向现代都市,刘翼平一路追寻一边记录,于是便有了这一部长篇报告文学《脚手架》。这不是一部手写的作品,而是作者四十几年心血的凝聚,是山里人秉性难移的情结的一种外在显现。

二 作者提供的启迪

正因为是作者心血凝聚的一部书,所以《脚手架》的写作速度十分惊人。2008年的4月间,作者还在跟我们谈论着书名及构思,年末,这部洋洋洒洒24万言的大作就摆到了面前。作为一个县区政府办的主任,其政务的繁忙可想而知,但作者还是尽量地挤出时间急急忙忙地将这部书赶写了出来。那么,作者这样着急地赶写,其目的究竟何在呢?在《致广西南宁零陵老乡的一封信》中,作者有这样的表白:"你们在南宁奋斗的艰苦而美好的历程,已经成为中国农民在改革开放的大好时光下靠勤劳和智慧奔向小康的一个典范。……作为一名作家,我被你们的事迹深深地感动。你们坎坷传奇而又精彩辉煌的人生使我常常涌动着一种无法抑制的创作激情与冲动。"(第1页)很显然,这就是作者创作此书的原动力,也暗含了此书的写作目的:将这些零陵人"坎坷传奇而又精彩辉煌的人生"展现给读者特别是农民读者,为中国农民奔小康树立可资学习的典范。应该说,这不是作者的一时想法,而是他多年关注农村、关怀农民的必然结果。几年前,作者还在乡镇基层工作的时候,就曾提出过这样的设想:"尊重农民的创造精神,注重以农民影响农民,多发掘农民身边的闪光点和兴奋点,多发掘农民当中可敬、可信、可爱、可学的典型和事迹,在现实生活中引领、矫正、规范农民的思想行为。"① 可见，刘翼平寻找这样的典型和事迹已经多年，一旦有了这样的发现，他便迫不及待地要公之于众，目的就是要"以农民影响农民"。

那么，《脚手架》究竟给农民提供了怎样的典型，作者究竟要给农民怎样的启迪？

启迪一：穷则思变，变则通。《脚手架》的结构非常简洁，行文线索也非常清晰。作者以上、中、下三篇结构全书，以"出去"、"立足"、"腾飞"分别作为篇题，简明而清晰地展现了零陵人从20世纪80年代开始到21世纪初期20多年的艰苦创业史。这种创业与当年柳青笔下的创业所不同的是，它不是立足于故土和农村，而是立足于他乡和城市，这正是顺应于中国现代化需要的一种创业，不仅符合中国的历史潮流，也符合世界的历史潮流。

作者在书中介绍了几十位农民工或农民企业家的创业史。这些人的创业过程各不相同，但其起点几乎完全一样：被贫穷所逼，不安于现状，于是背井离乡出去寻活路、闯天下。"从20世纪80年代开始，零陵古郡河西片的水口山、大庆坪、石岩头及相邻镇的农户，因为人多田少，便纷纷扮演着盲流和打工仔的角色外出务工。"（第3页）"贫穷"是他们的生活现状，"人多田少"是其原因，"外出务工"是他们能够改变现状的一条活路。他们从这条路上走出，"20多年的'与日俱进'，这些'泥腿子'、'破烂王'，凭着天生的吃苦拼搏精神，在市场经济的最底层摸着石头，拄着拐棍，小心翼翼、诚惶诚恐地在人生的河流里一步一步艰难地行走。……最终百川入海，聚沙成塔，铸就了一个令人难以置信的大市场——'建筑外架市场'。"（第3页）原本狭窄拥挤的"务工"之路，最终变成了畅达"大市场"的通途。而这条通途，是零陵人实打实地用"脚"和"手""架"通起来的，也是零陵人因穷而思变、由变而通的典范。

启迪二：人生百业"脚手架"。《脚手架》作为本书的书名，是有着很丰富的内涵的。我以为，它至少包含三层意思：其一是本义，即建筑

---

① 魏剑美：《脚手架·跋》，中国言实出版社2008年版，第145—146页。

行业所使用的外架；其二是象征义，即"这一群带着泥土气息、操着地方方言的'民工'、'农民企业家'，其实正是现代都市的脚手架，也是我们这个时代的脚手架"①；其三是引申义，即人生的"脚手架"，人生百业的"脚手架"。"脚手架"的本义在此已无需多说，其象征义已有人说得很清楚，我要说的则是引申义。

这部报告文学的重点"报告"对象虽然是几位投身建筑外架市场的农民企业家，但又不仅仅限于他们几位，作者所选择的"典型和事迹"其实是比较宽泛的。例如：靠养蛇致富的，"柴君山下的李公平、陆仕龙、李林荣便是众多养蛇户中的典型"（第34页）；而"酿酒人胡顺开"，不仅将"永州异蛇酒"推向了全国，还推向了国际市场。西头村人笃信着"知识可以改变命运，读书可以创造未来"的人生哲理，一代接一代地苦读、考学，从恢复高考后的第一批大学生唐学军开始，先后竟有50多人拿到了大学文凭，一条500米长的老街，500来口人，大学生的比例占总人口的10%，远远高出当地、全省乃至全国的水平（第28—29页）。而且，作者也不把迁移外出作为唯一的出路，赵家"戏班人员的'两极分化'，见证着两种不同的人生状态。'留守派'生活稳定，稳打稳靠赚点身边钱，父母心稳，孩子身稳，自己在家睡觉稳。一到农闲，他们在家修坝修渠修机耕道，把村子前500亩命根田整理得方方正正。'外出派'八仙过海，各显神通，凭着自己的力气和智慧，计时计量，时刻有钱进腰包"（第42页）。这两种人生状态各有优劣，作者也没有厚此薄彼，特意要告诉人们的就是要"凭着自己的力气和智慧"去挣钱。因此，"脚手架"所代表的其实是一种精神，一种扎根大地、屹立大地，稳扎稳打、实干实拼的精神，这不仅是零陵人的精神、湖南人的精神，也是中华民族的精神。各行各业、多彩人生均需要这种精神。

启迪三：富亦思变，变则久。市场经济的大潮，有涨也有落；不同行业的兴替，有盛必有衰。这是历史的必然规律，不可抗拒。因此，靠占领脚手架市场富裕起来的农民企业家们，决不能死守这一行业，在事

---

① 魏剑美：《脚手架·跋》，中国言实出版社2008年版，第145—146页。

业鼎盛之际,就应该谋划好转行,因为任何事物在它走向鼎盛之时,也往往是衰败的开始。作者特别介绍了几位急流勇退的企业家,如转向餐饮业的周汉波,转向休闲业的杨宏,转向房地产的李星怡,还有走出国门开辟娱乐业的蒋国荣、蒋松兆……他们把准了时代脉搏,掌握了市场规律,他们的事业就能常变常新、常变常盛、常变长久。这也是各行各业、多彩人生需要借鉴的。

三 作品引发的思考

无疑,刘翼平所描述的"脚手架"是坚强的,"脚手架"的精神是坚强的,搭建脚手架的人是坚强的,开辟脚手架市场的人更是坚强的。然而,深究起来,我们在这坚强的背后,却也不难发现它的脆弱性——"脚手架"的事业或者说市场是脆弱的。这里所讲的"脆弱"包含两层意思:一是创业之路的脆弱性;二是它所依凭的对象是脆弱的。

从创业之路说,这些农民工们从发现脚手架市场到投资这一市场,完全是一种偶然的、自发的行为,创业者没有任何理论的指导,市场也没有相应规则的引导。用市场经济的理论来分析,这不是一个成熟的市场,它的理性成分太少,而机缘巧合的成分太多。如果广西相关部门不是近些年才规定脚手架必须用钢管,就不会形成这一市场;如果早已有了这样的规定,市场早被别人占领;即便是这一市场仍然存在,如果他们不是在收破烂的过程中发现了"废物再用",也不会想到投资、投身这一市场。从依凭的对象说,因为城市建设总是起起落落,难以保持恒常性,所以脚手架市场也难以保持稳定的发展。而这些农民企业家们,恰好遇上了历史上少有的城市发展膨胀期。高楼大厦如雨后春笋般遍地开花,脚手架市场无需培育便自然而然地扩大再扩大。因此,对这些农民企业家来说,与其说是他们打拼来的市场,不如说是市场砸到了他们手上;他们的能耐仅在于:不仅接住了而且抓紧了这一天赐良机。

由"脚手架"的脆弱,不能不引发我们更深层的思考:农村的富余劳力如何有序地转移出来?

这些农民工或农民企业家们,当年被逼出走的共同原因就是"人多田少"，而"人多"与"田少"的矛盾，不仅过去有、现在有，将来还会越来越突出。土地总是有限的，而人口总在增加。随着农业机械化、自动化程度的提高，农业所需劳动力会越来越少，需要转移出来的人口会越来越多，而且这将是一个十分庞大的数字。这个数字究竟有多大？以西方发达国家的现代化发展之路作参照，其农业人口在总人口中的比例不到10％，而我国现在的农业人口则在70％以上，那么，我们至少还有60％——也就是有5亿的农村人口要转移出去。这么多的人口需要转移，虽说不是一年两年、甚至也不是十年二十年能够完成的任务，但转移人口的众多、压力的巨大，总是一个迫在眉睫的现实问题。这个问题如何解决？仍然像20世纪80年代的农民工那样去"摸着石头过河"？如果说80年代的农民工自发地走出去，还会有一些"天赐良机"在等着他，到了今天，这种良机则越来越少了。对今天的农民工来说，有两种"良机"风光不再：一是城市发展的膨胀期已过，大量吸收农民工的建筑行业会相对萎缩；二是劳动密集型产品（如服装、玩具等）的市场已趋向饱和，再难有新的拓展，因而对农民工的吸收量也再难增加。农村转移出来的人口绝对增加，而城市能自动消化吸收的能力却又相对减弱。对这一问题，我们的政府如果不及早地采取措施，那么西方社会在现代化的进程中所出现的"羊吃人"现象就会在我国重演，大量农民露宿街头的现象就有可能发生。因此，80年代的农民"摸着石头"闯出去，迎来了一片新天地；今天的农民如果也是"摸着石头"闯出去，就可能碰得头破血流。

"脚手架"的坚强，给我们提供了很好的启迪；"脚手架"的脆弱，引发了我们的深层思考。有了这种启迪和思考，《脚手架》的价值便也不言而喻了。

（载《云梦学刊》2010年第2期）

草色近看是稼穑

——伍锡学诗词创作综论

一 "日长耕作"的丰硕成果

"天街小雨润如酥，草色遥看近却无。最是一年春好处，绝胜烟柳满皇都。"这是唐代诗人韩愈的《早春》，诗中"草色遥看近却无"一句，不仅是全篇的绝唱，也是"早春"的绝唱。大地春回，万象更新，经过春雨的滋润，春草的嫩芽渐渐萌生，透过薄薄的雨幕，远远望去，那草色已有绿意，但当你走近细看时，却反而不那么明显了。然而，也正是那一丝似有却无、似无还有的草色绿意，报道了春天的来临、春播的来临，因而也就暗含了收获的希望所在。

"草色"暗含了收获的希望，但对"草根"诗人伍锡学来说，"草色"则证明了收获的硕果。农民出身的伍锡学，从1948年出生到1985年转干任县文化馆文学专干，在乡间田园摸爬滚打了近40年。他把自己当作"田畴草"，扎根田园又跻身艺苑，忙于农耕又勤于笔耕。经过几十年的勤奋努力，农耕的收获姑且不论，仅就笔耕的收获而言，就有了《田畴草》《南园草》《甘泉草》三本诗集和一部短篇小说集《画眉鸟》，在国内外报刊发表诗词、散文、小说、剧本、曲艺、故事、评论、新闻等作品三千多件，各类作品获省级以上奖励一百多次，是一个全面开花而又高产的作家。

1961年，13岁的伍锡学写下了一首《水牛晚归》："日长耕作累，闲步晚凉天。细嚼田畴草，心头滋味鲜。"① 这首诗虽然是少年时代的一首诗，但对伍锡学来说却具有决定性的意义，它既是诗人的人生写照，也是诗人创作风格的写照。在此后几十年的人生经历中，诗人将"耕作累"转化为"闲步"的惬意，将日常的劳作转化为审美的愉悦，如同鲁迅所说的"吃进去的是草，挤出来的是奶"，伍锡学却是在"细嚼田畴草"之"鲜美滋味"的过程中，着实地收获了一批属于自己的丰硕成果。因此，"日长耕作累"，这既是一个预言——预示着诗人将一辈子耕作不缀，也具有双重的寓意——意味着诗人农耕与笔耕相结合的人生、相结合的成果，并由是而成就了他这一位真正意义上的"当代田园诗人"。

1963年，正在读初中的伍锡学因家境贫寒中断学业回乡务农，这对于一个15岁的孩子来说应该是一个不小的打击，如果要记下此时的心境，则应该是"愁苦"之类。但伍锡学似乎与众不同，当时所写的一首《回乡》，所记下的完全是另一番景象和情感："一囊书卷喜归来，新绿芭蕉去日栽。倒影小桥溪水涨，飘香石径野花开。大哥岭上放蜂去，小妹塘边唤鸭回。我向田翁学稼穑，肩背牛轭踏青苔。"（第1页）好一幅秀美的田园风光，好一方温馨的农家乐园。我们见过陶渊明"种豆南山"的劳作之美，也见过"采菊东篱"的怡然之乐，但那是有了"不为五斗米折腰"的阅历之后所特有的情感，而且只是陶渊明个人的"美"与"乐"，不免给人一种孤寂之感。伍锡学笔下的农家景色，则显得更加朴实而温馨，这里只有童心和童趣，没有陶渊明式的沧桑感，唯其如此，才显得真实而自然。这也恰好体现了伍锡学其后几十年始终如一的创作风格：写真实的情感、真实的人生、真实的农村生活。

二 "故园风光"的别样景色

农村的自然风光与欢快的劳动场景相结合，可以说是伍锡学早期诗歌创作的共同特征。如《夏晨》："叶著珍珠夜露繁，清晨人语鸟声喧。南风十里葵花路，旭日千家稻谷村。手指巧将田垄绣，犁铧劲把沃泥翻。

---

① 伍锡学：《田畴草》，中州古籍出版社1994年版，第1页。下引仅注明页码。

炼成铁骨钢筋汉,根固家乡建乐园。"(第2页)此诗作于1971年,最后两句的"表决心",不仅是诗人当时真实情感的写照,更是当时时代背景的真实写照。在"东风吹,战鼓擂,现在世界上究竟谁怕谁"的狂热歌声感染下,当时的诗歌创作除了"表决心"式的情感喧嚣外,很难见到田园风光的景色描绘,此诗的前四句,放在当时的创作背景下,绝对是特立独行的别样风景。

《夏晨》是情景结合的佳作,但描写劳动场景,则《割稻夕归》更显生动:"割禾山坳里,日落晚霞藏。挑谷翻荒岭,歇肩下野塘。编歌嘲小子,掬水洒姑娘。饭后树阴下,还来话短长。"(第2页)如果说《夏晨》的真实性主要体现在大的时代背景上,此诗的真实性则主要体现在劳动场景的细节描绘上,二者的结合,才真正绘出了一幅田园风光图。

在20世纪的六七十年代,中国的南方农村还有过一个"空前绝后"的独特景象,这就是水稻栽培史上由"高秆品种"转向"矮秆品种"的种植。与此相联系的就是《密植》:"今年密植不寻常,四寸距离行对行。连夜鸡鸣就爬起,背上蓑衣去扯秧";《插秧》:"水田一亩万蔸栽,腿软腰疼汗满腮。摸黑带泥爬上坎,夜间还趁月光来。"(第21页)当时的插秧,要把水全部放干,把泥整平,再用"划行器"划出方格,行距4寸,株距3寸,把稻秧插在方格的四角,这样插下来,据说每亩可达一万株。因为插得太密,所以进度很慢,起早贪黑地干,以便赶在立秋前插完晚稻。自从"杂交品种"出来之后,这种"密植"的景象便不再有。这是水稻栽培史上出现的一种短暂现象,今后的人们要想得到这一现象的感性材料,只能到文学描写中去寻找了。从这一意义说,伍锡学的描写带有"考古学"记录的性质。

20世纪还有一道特别的风景线,且看《收工》:"日落晚风凉,收工人更忙。竹鞭赶水鸭,草索绑园桩。投草鱼儿跃,泼污瓜菜香。浑身汗馊气,摸黑进柴房。"(第20页)在当时集体化背景下,劳动果实不能直接与个人的劳动效率挂钩,出力不出力一个样,因而出集体工总是"出门一窝蜂,做事磨洋工",收工之后干自己的私活则劲头十足,这是导致集体化道路的终结而转向联产承包责任制的直接缘由,也是最根本的缘由。《收工》则是解释这一缘由的最好注脚。

到了 21 世纪,"故园"又有了新景色:"散步村头春兴长,故园一派好风光。因听鸟语勤栽树,为贮花香早启窗。背篓放,手机扬,赶圩阿妹约情郎。谁家雪白和平鸽,飞向东方红太阳。"(伍锡学:《鹧鸪天·晨步》,《诗刊》2006 年 11 月上半月刊)尽管此时的伍锡学早已不是农民,但农村的血脉仍然与他紧密相连,他关注的重点仍然是"故园风光",田园诗人的"底色"丝毫不减,"面色"则是常写常新。

三 "我行我素"的别样情致

"耕读传家"本是一个悠久的传统,大凡有一点家底、能解决温饱问题的农户,就总要将"耕"与"读"结合起来;有了一定的文化功底,还要将"耕"与"写"结合起来。元末明初的陶宗仪是一个典型的例证,他视官禄为粪土,终身不仕而躬耕陇亩,虽然过着清贫的生活,但不以劳作为苦,反以农耕为乐。劳作时还随身带着笔墨,辍耕休息时随手记下所见所闻所感,有时"遇事肯綮,摘叶书之",书写的纸片、树叶积满 10 瓮。后在学生的帮助下,抄录编纂,整理成书,共 30 卷,名《南村辍耕录》。这是中国文化史上流传下来的一个美谈,时至今日,当地人民仍然十分怀念这位杰出的史学家、文学家,并以这片土地曾养育过这样杰出的人物而感到骄傲。

应该说,伍锡学继承了"耕读"传统并有点陶氏风范的,但却没有陶宗仪那样幸运。他生当"文化大革命"的时代,读书不仅无用而且成为罪名,读书不是美谈而是笑柄。且看他的《遣怀》(二首):"漫道农村苦,情随岁月移。荷锄迎日出,挑桶戴星归。静觉秧苗长,闲看菜叶肥。我行适我素,任令别人非。盘桓晚餐后,风淡柳依依。池静蛙蹦水,月明萤扑衣。读书邻妇笑,写信故人稀。漫步园庭里,榴花着满枝。"(第 8 页)再看《挑蛋进城,书致颜静君》:"爱写诗词自觉非,奈何成癖性难移。百斤担子两箩蛋,十里行程一首诗。句出每随春梦得,篇终常伴曙光微。个中苦辣酸甜味,除却君知更有谁?"(第 9 页)用今天的眼光来看,他这种"我行我素""癖性难移"的个性,正是获得创作成功的基础；但在当时，却很有可能招来灭顶之灾，因为当时正是"文字狱"盛行之时，任何文字都有可能被解释成罪证，连郭沫若这样的大文豪都公开宣布自己所写的一切文字作废，一般人因某篇文章乃至某句话而被批挨斗更是家常便饭。在这样的背景下，他还能孜孜不倦地笔耕不辍，并能写出如此淡定的诗句，足见其个性的与众不同、其情致的特立不群、其风范的泱泱大气。

无欲则刚，无私所以无畏，真实自然方能大气。从《小园》中，我们可以找到伍锡学这样的心路踪迹："小园曲径任优游，换尽心肠减尽愁。臭水池边清水注，枯枝节下嫩枝抽。泥巢依旧檐栖燕，蹄印分明娃失牛。远避名缰兼利锁，只将汗水滴田畴。"（第8页）伍锡学作为"回乡知青"，在当时的招工、招干和推荐上大学的"名利场"中应该是有优先权的，但其前提是紧跟政治形势，成为"革命闯将"。伍锡学显然不愿这样做，他把自己当作了"臭水池边"的一注清水，只想踏踏实实地"汗滴田畴"，有这样的心境和情致，还有什么可惧怕的呢？当时对知识分子的处分，最常见的不就是"劳动改造"吗？他正在踏踏实实地"劳动"，所以不怕"改造"。

正因为不怕"劳动改造"，所以对"文革"期间的一些虔诚而可笑的事情可以给予辛辣的讽刺。例如作于1969年的《垒忠字》："清晨乡村哨声起，社员都来早请示。"

把劳动当作一种惩罚，这是"文革"时期对劳动的歪曲和污蔑，这也恰好证明那些以"劳动人民代表"自居的人，其实根本就不懂得什么是劳动。劳动是人与动物的根本区别，是一种伟大的创造，也是一种审美。伍锡学正是从劳动中发现美、创造美，从而成就了自己的审美人生。且看《鹧鸪天·送货进城，归途中作》："挑担箩筐好自由，草鞋箬帽挂前头。风中稻谷黄将熟，雨后秧苗翠欲流。公路上，信天游，谁家妹子好歌喉。新诗又得两三句，一阵欢欣忘却愁。"（第15页）在这里，我们看到了劳动过程的自由与舒畅，也感觉到了稻谷、秧苗等劳动成果的赏心悦目、润人心田，再加上歌与诗的艺术创造，好一幅劳动创造美、享受美的审美人生画卷。

四 "隐括古今"的独特贡献

毋庸讳言,诗词创作已经步入了有史以来的最低谷,从事诗歌创作的人本已很少,而从事旧体诗词创作的人就更是凤毛麟角。伍锡学属于"生在旧社会,长在红旗下"的一代人,旧体诗词的创作功底本就先天不足。他通过自学,不仅创作了大量的旧体诗词,而且取得了骄人的成绩,这本身就是对中国诗歌的独特贡献。

在旧体诗词的创作中,伍锡学也是全面开花,各种体裁均进行了自己的尝试,而且均能收到很好的成效。除大量的律诗、绝句之外,还有大量的词作,几乎填遍了所有常见的词牌,即便是很少见的回文体、回环体之类的体裁,也有上好佳作。譬如回文诗《舟行》:"思乡起见朗星明,激浪催舟一叶轻。菲草江边两岸阔,淡岚天极四山横。飞飞燕雨梅笼李,嫩嫩秧田麦映橙。吹笛玉娘新槛倚,桅船上水下篙撑。"(第2页)此诗不管是顺着读还是倒着读,都是一首意境高远、耐人寻味的思乡曲。再看回环体《牧童》:"牧童吹笛过桥东,吹笛过桥东岭红。过桥东岭红霞罩,东岭红霞罩牧童。"这首七绝中除去重复的仅有11字,词语的回环反复与景色的自然转换融为一体,给读者展现了一幅色彩艳丽、美妙欢快、童趣盎然的乡村牧歌长卷。我们只要略加想象就不难见到这样的动态景象:牧童骑着水牛、吹着短笛从我们面前缓缓走过,东山的旭日冉冉升起,牧童迎着霞光渐行渐远,最后消失在霞光中。与中国诗歌史上最经典的回环诗"赏花归去马如飞"相比较,《牧童》一诗更具空间感,画面更宽广,境界更高远。

当然,伍锡学在体裁尝试上的最大贡献还是"隐括词"。隐括词是旧体诗词创作上一种独特的、也是极为少见的形式,它是将别人的诗文在保持基本内容不变的情况下浓缩为一首词。闻一多说中国的格律诗词是戴着脚镣跳舞,而隐括词则是在脚镣之上又加上了手铐。格律诗词在形式上束缚思想内容,要创作优秀作品已经很难;隐括词不仅形式被束缚,内容也被限制,同时还得写出自己的新意来(否则,就不是创作),这就难上加难。正因为太难,所以从宋代林正大、黄庭坚等人进行了一定的尝试后，这一体裁的创作就鲜有继承者。到了现代社会，生活的快节奏已经使人们失去了精雕细刻创作格律诗词的耐心，写隐括词就更不会有人问津了。然而，伍锡学就是与众不同，他不仅写，而且数量多、质量高。

首先，从数量上看，宋人林正大一生致力于隐括词的创作，《全宋词》收他的词作41首，其中隐括词39首。自林正大之后，数百年来再无人能从数量上超越他。而伍锡学近年来将主要精力集中于隐括词的创作，已有近百首作品面世，数量上已经超迈前贤。

其次，从质量上看，伍锡学成规模、有计划地进行创作，将古今中外的散文名篇和诗歌名篇全都纳入"选括"范围，将散文、诗歌转化为内容相同、体裁相异的新词作，给人别开生面之感，使原作与新词相互影响，共同增进了艺术魅力。且看他的《锦堂春·朱自清〈荷塘月色〉》："满月升高，淡云来去，今宵独享风光。荷叶田田，袅娜舞女裙裳。莲白微风过处，送来缕缕清香。有一丝颤动，凝作波浪，传遍荷塘。月光泻如流水，伴漂浮轻雾，恬静迷茫。笼上云纱轻梦，冉冉飞翔。一片蝉鸣蛙叫，任他们热闹非常。轻吟采莲歌赋，忆起江南、美好家乡。"（《中华诗词》2007年第11期）一篇千多字的现代散文，浓缩为一首120余字的古词，字数减少了90%以上，原作的主要内容反而更为突出，风貌特征也更为鲜明，还增添了几分古韵。如果将原文与新词合在一起读，同样的意境却又具有不同的风味，如同两名高明的厨师，用同一原料做出了两道不同口味的佳肴，让读者在比照和品味的过程中，自然而然地增添了审美趣味。因此，伍锡学的隐括词不仅给原文增添了一种新的读法，更增添了一层艺术魅力，这是艺术创造上的"双赢"。

（载《武陵学刊》2011年第6期）

伟人是这样炼成的

——评王青伟励志小说《风华正茂》

两千多年前，孟子曾说过一段颇能励志的话："故天将降大任于斯人也，必先苦其心志，劳其筋骨，饿其体肤，空乏其身，行拂乱其所为，所以动心忍性，曾益其所不能。人恒过，然后能改。困于心，衡于虑，而后作。"（《孟子·告子下》）孟子的这一段话，被后人所反复征用，的确激励了一代又一代文人武士。但用今天的眼光来看，这段话却又颇含宿命色彩，因为孟子把因果关系颠倒了。准确的说法应该是先有了"苦其心志，劳其筋骨"乃至于"困于心，衡于虑"的艰苦磨炼之后，才能够担当"大任"。今有王青伟先生的"红色青春励志小说《风华正茂》"，描写一代伟人毛泽东从一个青涩的无政府主义狂热青年成长为一个成熟的共产主义战士，就经历了这样一个艰苦磨炼的过程。

小说从1918年5月毛泽东从湖南一师毕业时写起，到1921年毛泽东去上海参加党的"一大"结束，前后时间只有三年。但这三年，无论是对中国现代历史还是对毛泽东个人的成长史来说，都是值得特别记取并反复回味的三年。

从中国现代历史来说，这些年正是五四运动风云激荡的关键时期，它成就了一批人，也淘汰了一批人，毛泽东则成为成就这一批人当中的顶尖人物；而毛泽东最终能成为中国现代历史的"主宰沉浮"者，也有赖于这几年思想和精神蜕变。

作品一开始，毛泽东正在经历着人生的磨难。作为湖南一师出了名的高材生，却四处找不到工作，城里的学校不要他，连农村一所破败不堪的小学也不要他，而且还要遭受冷嘲热讽；父亲做生意凑上全部家当贩了两船米到长沙，却又被一群兵匪抢了个精光——生活上他确实落到了"饿其体肤，空乏其身"的境况；情绪上则很不稳定，因为找工作受了挫折，便拿打铁撒气，抡着大铁锤拼命狂砸，谁也劝不住；思想上则认为"一切罪恶的根源，就是包括政府在内的一切统治和权威……一种由自由的个体们自愿结合，互助、自治的无政府社会才是最好的社会，这才是中国未来的出路"[①]，因而狂热追求无政府主义。

然而，军阀张敬尧肆意枪杀无辜请愿者的枪声，很快就粉碎了毛泽东无政府主义的迷梦，使他感觉到"我们真的很没用"，眼见着无辜者被肆意枪杀，除了"感觉到痛"、"痛彻骨髓"（第48页）之外，却不能有丝毫的作为。

正因为有了彻骨之痛，加上新民学会的同仁在岳麓山下的"工读互助"失败，使得青年毛泽东不得不放弃无政府主义，进而重新思考中国的出路问题。后来他到北京，很快接受了马克思主义，坚定了走俄国十月革命的道路，也正是他历经磨难、深思熟虑的结果。

尤为重要的是，作品给我们展示了毛泽东成为一个坚定的共产主义者以后，所经历的思想和精神磨难。这就是毛泽东自己所说的："这一年多来，我从质疑杨先生的伦理学，再到质疑子升和斯咏他们的无政府主义和教育救国，进而有反思了彭璜的激进主义，每一次质疑过后，我都很痛苦，好像身上脱了几层皮，但是思来想去，改造中国和世界必须走俄式十月革命之路。"（第308页）

正是经历了物质和精神的双重磨难，一代伟人毛泽东才脱颖而出。这就是作品给我们所提供的最大启示。

（载《永州日报》2012年4月10日第3版）

[①]《风华正茂》，湖南人民出版社2011年版，第23页。下引仅注明页码。

《村庄秘史》：迷失与复归

一　章一回：从叙述者的迷失到亲历者的迷失

王青伟先生的长篇小说《村庄秘史》，是一部值得慢慢品味而且必须要慢慢品味才能读出个中真味的作品，譬如贯穿全篇的故事叙述者章一回，如果不是慢慢品味，就很难见出作者构思这一人物的匠心。

章一回首先所带给读者的第一印象是他的神秘性：一个充满阴杀之气的神秘电话告诉章一回，他的生命只剩下六天时间。在这最后的六天时间里，章一回该干些什么？"他知道，该是说出那些秘密的时候了，也该是拯救那几个女人的时候了。"① 接下来的六天，他便每天去寻找一个与她发生关系的女人，每天倾诉一个故事，小说的结构就由章一回所倾诉的五个故事构成。作品结构的奇特之处在于：章一回所讲的故事是顺时性的，从封建时代的"矮人得宠"，到市场经济的"鞭炮竞争"，历史演变的脉络清晰明白；但故事的叙述者则是逆时性的，章一回每讲完一个故事，他的年纪就变小一次，讲到最后，他不仅变成了"子宫里一个透明的血球"，而且还被一棵老樟树"吸进黑暗无边的子宫"，"同这棵樟树紧紧地连在一起"（第241页）。这也就意味着，作为故事的叙述者，章一回迷失了。

作品开头的神秘电话本可引发读者"探秘"的兴趣，但接下来作者却没有按照"揭秘式"的惯常思路往下写；章一回这一人物由老变小的

---

① 王青伟：《村庄秘史》，湖南人民出版社2010年版，第1页。下引仅注明页码。

◆ 下编 本土作家评论 >>>

经历更是奇特而怪诞，但作者对此也没有多做描述，只是在每个故事开头的"引子"里略带一笔。显然，作者不想用神秘性或怪诞性来满足读者的猎奇之心。那么，章一回所要说的"秘密"是否会给读者带来新奇之感呢？

第一个故事"祖先的秘密"一节确实给人以新奇之感。老湾村的祖先矮人章巴掌、章可贴因矮而得宠于宫廷，特别是章可贴，竟可飞腾于皇上的手掌上表演，可说是天外奇谈。汉代的赵飞燕能够"舞于盘中"已是千古奇谈，能够"飞腾于手掌"的章可贴自然更胜一筹，本可以生发出更多的新奇故事。但作者还是没有循着这样的思路写下去，而是戛然而止：章可贴"被人杀死丢在野外"，"身子被狼狗啃得只剩一副小骨架"，"从此以后，老湾再也没有出过有灵性的人，一个个木讷而憨厚。老湾人的矮小使他们增添了许多的自卑，他们开始为远远近近的村子输送长工和短工，到了章铁才那辈人生活在老湾时，他们差不多到了只配给红湾人做奴隶的份上了"（第6页）。全书的故事其实就是从章铁才"办新学"开始的，以老湾与红湾两个村的争斗为背景，演绎的是中国的一段现当代史，只要是上了点年纪的中国人，都有过类似的经历，根本无秘密可言，但作者为什么要通过章一回煞有介事地说"该是说出那些秘密的时候了"呢？

笔者在读完前面两个故事后，对作者这种煞有介事的结构安排很不以为然，认为章一回作为叙述者的身份出现纯属多余，作者完全可以直接叙述故事的。但读完后面三个故事之后，才理解作者的深意所在。在第三个故事中，章一回终于以故事亲历者的身份在老湾村直接出现了。因为他是"上面派来的人"（第198页），所以一来就主宰着老湾和红湾人的命运：掌管着所有人的档案，核定每个人的身份，乃至掌管着生杀大权。可就是这样一位核定别人身份的人，自己的身份却又无法确定：他从何处来？是不是老湾人？别人说不清楚，他自己也说不清楚；他虽然曾在老湾主宰过生杀大权，但后来老湾人都不认识他了，连他自认为是"永远的情人"的叶子也不认识他了；他认为自己的"罪孽深重"，要投案自首，但警察把他的话当作"一种妄想症"，根本连立案的兴趣都没有（第190页）。因此，他是一个无根的飘渺之人——这也正是作者塑造这一人物的深意所在：从叙述者的迷失到亲历者的迷失，章一回所叙述、所经历的其实是一段迷失的历史，其具体的体现就是从人的身份的迷失再到故土的迷失最后导致人性的迷失。

二 老湾与红湾：那一段迷失的历史

所谓历史的迷失，当然不是说这一段历史不存在，而是说它逸出了正常轨道，迷失在非正常的状态之中。就老湾的历史来说，其迷失的起点就是章巴掌、章可贴的得宠。他们虽然给老湾人带来过一时的荣耀，但这种荣耀不过是一个矮人的荣耀、戏子的荣耀，与传统社会所重视的文治武功、建功立业之荣耀不可同日而语。因此，"荣耀"本身就是非正常的，再加上获得"荣耀"的途径更是非正常的，因而当短暂的荣耀过去之后，留给老湾人的则是几百年的矮小和自卑，这也就意味着，老湾人再也不能正常发展，老湾的历史已经逸出了正常轨道。非正常的身材造就了一种非正常的心态，带着这种非正常的心态，如果生活在已经适应了的秩序社会，或许还可以相安无事，一旦打破原有的秩序，他们就会有种种非正常的行为，从而带来种种迷失。

老湾人的迷失，首先是从章铁才大儿子章大开始的。儿时的章大是个神童，不仅外表俊美，记忆力更是惊人，学过的东西"不但能顺着背，还能倒着背"（第12页），一手好文章更是"美得令人心醉"（第21页）。老湾从未出过这样的人才，因而成了全村的希望所在，村民们"都希望这个神童能够替老湾争气，把书读出来然后去做大官"（第18页）。但他却很不争气，胆小如鼠，"一双又青又亮的眼睛，眼神常常飘忽不定，看着人多的地方就打哆嗦"（第13页），父亲被杀之后，母亲带回的一件血衣，竟吓得他患上了梦游症，从此躲在地窖里不肯出来。村里人好不容易把他抬出地窖，送到县城去读书。后来他同弟弟章小一起报考了黄埔军校，一起加入了中国共产党，并一道从事地下工作。然而，他终究逃不出因胆小所带来的厄运，在一次地下接头时被捕了，因为害怕酷刑而叛变了。从此，他便生活在人不人、鬼不鬼的境况之中。为了摆脱这种窘况，他总想给自己找到另外的身份定位。先是跟着章玉官演戏，因为把自己完全当作了舞台人物，竟无师自通地演什么像什么，于是成为百戏之王。但舞台上的虚拟人物、虚拟身份终究不能解决现实中的问题，章大想起了自己曾参加过举世闻名的淞沪会战，并当过敢死队的督战官。于是，"他要去寻找历史，寻找自己曾有过的辉煌"，"他把所有的共产党和国民党中认识过的人写在一本发了黄的纸上，密密麻麻地排了好长一队，他拉开一张大网，去捕捞自己过去曾经几次辉煌闪光的历史"，然而，"所有的人几乎都寻找不到了，都变成了隐身人"，找不到证明人，也就找不回曾有的辉煌、曾有的历史，于是，"他的历史散落得无影无踪"，"整个世界似乎把他遗忘了"（第70页）。

当然，章大所迷失的还仅仅是他个人那一段所谓"辉煌闪光的历史"，至少，老湾人还没有遗忘他，他还能找到那一方故土。相对而言，章义的遭际要比章大惨得多，他不仅失去了自己那一段"辉煌闪光的历史"，甚至也失去了那一方故土——连老湾人也不愿意接纳他，其原因就在于他当过战俘。在朝鲜战场，章义不仅做了美国人的俘虏，还被美国人的枪托砸断了脊骨，从此，他的腰就弯成了九十度，"那模样跟狗没有什么区别"（第137页）。而他之所以挨上那一枪托，是因为当俘虏时不肯弯下那挺直的腰板，不肯低下那高昂的头颅。可以说，章义的非正常心态体现在逞一时之意气。因为当俘虏的人不只他一个，别人的生活就跟他不一样，"章义想不通，土匪头子杨彪也是做了俘虏的，他为什么能够那样好地活着，而自己却变成了一条狗"（第137页）？我们或许可以这样理解：老湾人长期积淀的自卑意识，直接造成了章大的胆小；而章义的意气用事，则是因自卑所形成的自傲造成的，美国人的那一枪托，不仅砸弯了他的腰板，更关键的是砸掉了他的傲气，使他又重新回到了自卑的状态，这才是他"变成了一条狗"的真正原因。

章大迷失了身份，章义迷失了故土，章顺则是人性的迷失。解放前，章顺给红湾大地主陈秉德家做木工时，被陈家大太太引诱。此事一开始，章顺就是一种报复心理："章顺做梦也没有想到自己把陈秉德的老婆给干了。他从小就知道老湾的人卑微，老湾人没一个能搞上红湾的女人。尽管躺在他身上的是个又老又丑的老妇,但是章顺还是感到了从未有过的快意……他就像一头沉睡了几百年的野兽复活起来,又俨然是老湾不可匹敌的巨人,把整个红湾摧毁了。"(第 87 页)直至十几二十几年之后,章顺仍然只能与大太太"那个已经老迈得像一团丝瓜布的肉体"(第 119页)做爱,对自己年轻的妻子麻姑,则没有一点激情,宁可用一把连他自己也打不开的锁把妻子的下身锁起来;甚至,为了娶回这"一团丝瓜布",他竟然贿赂章一回让他下令杀死麻姑。特别是当他听说老太太死了之后,"他觉得心中的一座什么东西轰然倒塌……再也看不到目标和生命中的意义"(第 126 页)。他心中倒塌的东西究竟是什么,是对大太太的爱?当然不是,他与大太太的性行为从来就不是因为爱,而是因为复仇的快意,他的人生目标和生命意义全都集中在这种复仇快意上,而一旦失去复仇对象,支撑他生命活力的那点东西便全都坍塌了。很快,"章顺的头发变成了一层灰白"(第 126 页),他的生命活力也随之失去。应该说,章顺从来就没有过上正常人的生活,强烈的复仇心态导致了他人性的迷失。

　　章顺的复仇,完全是因为一次偶然的机会,运用的是一种特殊方式,发泄的是一个特别对象,因此,他的复仇只能说是个人行为、个别现象。但其背后,则隐藏着某种集体行为的因素,一旦这种因素被某种冠冕堂皇的理由煽动起来,个人行为就会演化成集体行为并成为一种普遍现象。老湾的造反派头头带着五六个人跑到尼姑庵要强奸一个"清秀尼姑",还振振有词地宣称:"你过去是地主崽子,老子日你无罪,我今天是革命司令,操你有理!"(第 182 页)而另一方面,对那些"地主崽子"们则又进行全面的人身压迫,使他们不能正常结婚,不能过正常的性生活。过去是红湾压迫老湾,现在则反过来,红湾的男人娶不上妻子,"全都靠与猪狗和鸡鸭性交来满足生理欲望"(第 194 页)。红湾大地主陈抱华的孙子陈生一定要保持自己做人的尊严,绝不与猪狗鸡鸭苟且,但生命的原始动力是不可抗拒的,他终于与自己的妹妹陈命发生了乱伦,"天终于塌了,地终于裂了","他们为了那一丝愉悦一次又一次走近悬崖,掉进万劫不复的深渊";当他们的事情败露后,"羞愤至极的陈生从屋里提了把砍刀就出了门,谁也没有发现陈生眼中露出的绝望的光芒,那光芒中射出义无反顾的杀气……等他看见第一个人的时候,陈生就毫不犹豫地举着那把砍刀杀了过去"(第196—197页)。于是,红湾和老湾同时陷入了一片混乱的杀戮之中,这是人性迷失后的一种无理性、无秩序的滥杀,似乎任何人都可以"老湾最高人民法庭"的名义判处别人死刑,多少无辜者惨死在这种冠冕堂皇的口号之下,人性的丑恶、人类的兽性在这种口号下得以肆意横行——这的确是中国历史上乃至人类历史上的一场空前浩劫。

三 章一回:回归子宫与民族复兴

《村庄秘史》重点所描写的是"文革"十年那一段动乱、血腥的历史。对这一段历史,有人从政治学的角度将它描述为一场政治动乱,也有人从人道主义的角度揭示它的非人道性,还有人从传统仁学的角度揭示它的非仁义性……而从人性迷失的角度来揭示其惨烈的程度,并从祖先历史的角度来揭示其深远原因,应该说,似这种角度新颖、立意深刻的作品,还是难得一见的。这部作品从表现手法来看是具有浓烈的魔幻现实主义色彩的,但却不能当作魔幻现实主义作品来读,因为魔幻现实主义所追求的是民族身份的认同,《村庄秘史》所要揭示的则是两个深刻的复归:先是人性的复归,再是民族的复兴。

理解老湾和红湾那一段迷失的历史要从章一回开始,人性的复归同样是从章一回开始的。章一回最初出现在读者面前时,给人留下深刻印象的是他那一张特别的脸:"一张全世界独一无二的脸,长得与他村里的一块岩石一模一样。"(第1页)这一张岩石般苍老的脸,可以说蕴含着三层意思:其一,它象征着活化石般的一段古老历史;其二,这张脸已经异化为一块岩石,意味着人性的迷失;其三,这张脸还代表着作者的希冀——希望章一回能够成为一块活化石,时刻警醒人们,不要重蹈历史的覆辙。

在章一回身上,人性的复归与历史的回归是同时进行的。章一回之所以还能实现人性的复归,是因为他身上还残存着一点点人性的东西,那就是"爱":"在和女人拥抱时,章一回的脸会像夜合花似的绽开,露出灿烂的笑容，只有他爱着的女人才会催开他那张岩石般苍老的皱脸。"（第2页）有了这点爱，他才会听从"一个通体透明的老奶奶"（第2页）的劝告，强压住每讲完一个故事"生命就被勾走十年"（第3页）的悲伤，向他所爱的女人讲述完自己的故事。对他来说，故事的完结，不仅意味着生命的终结，更意味着生命历程的消失，重新回到生命的起点。章一回之所以能够实现这种回归，乃是因为他的检讨和忏悔。在检讨和忏悔的双重作用下，章一回不仅实现了人性的复归，也实现了历史的回归，从岩石般苍老回归到婴儿般透明，最后再回归到樟树的子宫，与那棵老樟树融为一体。

　　章一回所回归的那棵老樟树，自然不是普通的树，那是老湾和红湾历史及文化的象征。在老湾和红湾相互杀戮的那一年，当老樟树被"火箭"射杀的时候，连接老湾和红湾的那座石桥也坍塌了；更可怕的是，"老湾和红湾人全部处于一种失忆状态"（第237页）。这是民族历史、民族文化的失忆，是现实的人性迷失之后所产生的暴乱给民族的悠久历史和古老文化所造成的深重灾难。迷失者所造成的灾难，需要用迷失者自己的生命来拯救，章一回作为这一段历史的领导者，自然有不可推卸的责任。于是，他洒尽自己"所有精血去滋润这棵老樟树"，"把自己的生命祭献给它"，以使这棵老樟树"重新长满新叶"（第241页）。这"新叶"不是凭空长出的，是古老樟树焕发的青春，确切一点说，是章一回用自己的生命托举了民族复兴之梦。

　　百年历史百年梦，20世纪那图存图强的百年奋斗，无疑给中国历史写下了浓墨重彩的一笔；但20世纪那急风暴雨式的革命，无疑也给中华民族带来了深重的灾难。"各国的历史多次证明，欲图在民族内部用'革命风暴'来完成民主制度的改革，那无疑是痴人说梦。"[1] 特别可怕的是"文革十年"，在"怀疑一切，打倒一切"的思想指导下，用"革命风暴"来"革一切文化的命"，对"民族文化……不是批判，是摧毁；不是扬弃，是抛弃"[2]；"把民族文化判给阶级文化，横扫一遍，我们差点连遮丑

---

[1]　谢宗玉：《〈十二怒汉〉：民主国家建立的桌面推演》，《随笔》2010年第4期。
[2]　郑义：《跨越文化断裂带》，《文艺报》1985年7月13日。

布都没有了"①。直到今天我们似乎才算明白,新中国建设不是斩断民族的历史重建,而是在民族历史的基础上复兴。2009年的国庆60周年文艺晚会,以"复兴之路"为主题,应该说,这样的表述才是准确的。

老湾也正在实现着一个新的复兴。章大、章义、章顺等人住过的房子已经坍塌,一个新的老湾正在陆续兴建;与此同时,章廉、章伦、章和等几位老人又在日夜不停地续写着"老湾新修族谱"。这也就意味着,发生在章大等人身上的那一段历史已经终结,而联结清廉、伦理、和谐等民族文化精华的根脉正在延续——民族性与现代性的结合,这才是实现强国之梦、复兴之梦的正确途径,或许,这就是《村庄秘史》所要揭示的"秘密"。

(载《历史记忆与民间想象——王青伟〈村庄秘史〉评论集》,湖南人民出版社2012年版)

---

① 阿城:《文化制约着人类》,《文艺报》1985年7月6日。

世事如"陀":是人玩陀螺还是陀螺玩人？

——读李长廷《爷爷的陀螺》

　　李长廷先生的中篇小说《爷爷的陀螺》，乍一看以为是一篇童话故事，这不仅是因为作品的题目像童话，更因为作品一开始就将爷爷与孙子继祖的关系渲染得很浓，"继祖小时候一直生活在爷爷的氛围里，脑子里经常有爷爷的影子，耳朵里经常有爷爷的声音，肚子里装满了爷爷的故事"；以至于"小时候从睡梦里醒来，经常把老爸当成爷爷，爷爷爷爷地叫个不停"，"可见爷爷是深入到小继祖的心灵里了"。爷爷与孙子的关系已经渲染得如此浓烈，接下来当然就是切题：爷爷小时候是怎样玩陀螺，然后又怎样影响到孙子的童年生活。这样，一篇童话故事的构架也就出来了。

　　然而，这只是我们按"常理"进行的推测，一部优秀的作品往往是既在"常理"之中，又出"意料"之外，这也是该作品在故事情节安排上的独特匠心。

　　首先，从"常理"来看，爷爷小时候的确是一个"陀螺王"。"爷爷玩陀螺玩得怪，他能左右开弓，左手玩了右手玩，陀螺在他手下时而转成一朵花，时而转成一个漩涡，人家的陀螺只要一拢边，便是死木头一坨"；因此，"邻近几个村子，同辈人中，没有哪个是爷爷的敌手"。爷爷玩陀螺已经玩得"怪"了，但更可"怪"的是玩陀螺竟把自己玩成了风水先生，并且"在地方上闹腾得小有名气"，这就出乎"意料"之外了。

　　出乎"意料"之外的情节转换，在作品中至少还有四处：父子矛盾的转换；祖孙矛盾的转换；看地职业的转换；陀螺的转接。这些转换或

· 217 ·

转接,不仅增添了作品的可读性,强化了艺术魅力,更重要的是引发了读者的思考,给人以无尽的回味。

　　父子矛盾的转换,其实是一个从疏离到回归的过程。作品的开头,老爸对爷爷是那样地崇敬:"爷爷是老爸眼里的神仙",即使是到了深圳,也是"带了爷爷一块来的",使得爷爷成了"这个家庭中无处不在的影子,睁开眼睛看不见爷爷,闭上眼睛爷爷就在身边",因此,"老爸给一飞的印象,好似他是为爷爷活着,是爷爷生命的延续"。如此崇敬爷爷的老爸,他应该就是爷爷的思想和事业的最好继承人。但接下来的故事却恰恰相反,年轻时的老爸,不仅不愿继承爷爷的事业,而且还把爷爷视若生命的看地秘笈偷了出去,交到了"大队部几个屁事不懂,却见什么都不顺眼的年轻人手里",这些"年轻人目光里充满了仇视,拿神龛上的古旧木雕撒气,拿县城文庙内的孔子牌位和石雕撒气,拿所有经过了岁月洗礼的一切撒气,一定要将它们砸个遍体鳞伤才肯罢休"——在这种背景下,老爸偷秘笈首先是一种自我保护:"老爸那时因为爷爷的问题受到牵连,一天到晚蔫蔫的,抬不起头,于是想方设法往那几个年轻人身边靠,手之舞之想出风头";当然,"出风头"还在其次,更要紧的是担心"那些个破纸片藏着掖着分明是给家里惹祸"。自我保护是生物的本能,或许无可厚非,但老爸的自我保护却是以出卖爷爷为前提的,这就超出了人类最起码的道德原则。读到这里,作者前文对老爸所渲染的虔诚的孝子形象,便轰然坍塌了。不仅如此,老爸表面上对爷爷是唯唯诺诺,骨子里对爷爷交代的事情却是不屑一顾。"文革"时他把秘笈偷出去,或许有被逼无奈的因素,"文革"后他把秘笈轻易地借给"跳叔"并且不再收回,这就纯粹是对秘笈的轻视;而且,爷爷让他转交给继祖的陀螺他也没有转交,而是埋进了爷爷的坟墓;甚至,连爷爷自己看好并花了几年工夫自己掘好的墓地,如果不是叔公的阻止,他也会卖了出去。这一切足可说明,老爸当时的想法就是要斩断与爷爷的联系——不仅是他,连继祖也不能有这种联系。然而,爷爷并不只是一个家庭成员,他所代表的是一种有着悠久历史和广泛影响的文化传统。传统像一条河,"抽刀断水水更流",当传统回归,跳叔凭借爷爷的秘笈再度风光乡里时,老爸便陷入了深深的自责和忏悔。跳叔说:"这世事啊,谁能料到呢。"其实爷爷早就料到了,这是爷爷的自信,更是传统本身的力量,不管跳叔、老爸他们当年是如何地仇视传统、疏远传统,最终还得回归传统。

祖孙矛盾的转换,则是一个从接受到叛逆再到接受的过程。老爸的自责和忏悔有多深,对爷爷形象的渲染就有多浓,所以孙子继祖从小就接受了爷爷并把老爸认同为爷爷,这正是老爸所要求得到的一种心理补偿。然而,当继祖长大之后,他不仅要疏离传统而且要叛离传统,他要"一飞冲天",于是便自作主张将自己的名字改成了"一飞",他要飞离这个家庭,更要飞离这片土地,于是来到深圳这片全新的土地打拼。但老爸的到来,不仅"带来了爷爷"和爷爷的传统,还把他"逼"回了老家。在老家的土地上,乡亲们对他很热情,但只称他为"继祖",没人叫他"一飞"。他当时就"有点心虚,怕坚持不住,真的成了继祖"。后来因为"钓蜂",在黑夜里不辨东西竟挖开了爷爷的坟墓,在重新垒坟时又意外地得到了爷爷留传下来并刻有"继祖"名字的陀螺,他便真的"坚持不住"了,"不知道自己是不是成了又一个老爸",最后只能"仰天一阵长啸,然后携了那只陀螺",回到深圳。他接受了那只陀螺,也意味着他接受了"继祖"、接受了传统。

看地职业的转换,则是一个由无知蔑视到窃取投机的过程。跳叔的行为更值得深思。红卫兵时代,他带着老爸一起造反斗爷爷,并逼老爸偷出秘笈,后来又让老爸将秘笈悄悄送回给爷爷,"文革"后再从老爸手中将秘笈骗到手,然后"轻而易举成了爷爷的传人"。其实,他并不是真正的传人,他的一切行为的背后都是利益的驱使,其行为方式则是投机——反传统是投机,践行传统同样是投机。这一类人,没有自己的生活原则,一切以实际利益为目标,不管在什么时代,都可以成为红人,都可以成为既得利益者。对这一类人,善良的人们尤其应该警惕。

陀螺的转接则纯属偶然,但在这偶然中,似乎也暗示了历史回归的必然。一飞带着刻有"继祖"名字的陀螺在深圳生活,不管他"逃离乡村,背叛乡村"的愿望是如何强烈,不管他如何想"一飞冲天",但"乡村这根脐带,却是无法割断的";另一方面,这种偶然也暗示了另一种必然：回归不是旧的轮回，而是新的复兴。一飞毕竟是一飞，他已经从乡村"飞"到了城市，这是历史发展的必然之路，是农村城镇化的必然之路，他不会成为"又一个老爸"，因为他虽然带着爷爷的陀螺，但仍然是一个深圳人，或者说是一个带着传统脐带的现代人。

陀螺的偶然转接，似乎也暗示了一个悖论：究竟是人玩陀螺还是陀螺玩人？在爷爷看来，应该是人玩陀螺："这世道就像陀螺，有些人玩得转，有些人却玩不转，这里面有很多奥妙，这奥妙你永远弄不明白，因为你不会玩。"那么爷爷是一个大玩家，他应该是一个玩得转的人。他对世事的洞察，有些的确很准确，例如他说"三十年河东，三十年河西"，看风水"绝对是一门吃香的职业"；他说"红星"村一定会恢复"五马"的村名；他说孙子"继祖"一定会降生……这些预言都准确无误。然而，他没有预测到孙子并没有"继祖"，而是"飞"到了深圳；也没预测到坟墓被孙子挖开，"弄得自己不安宁"；更没预测到跳叔竟成了他的"传人"。不仅是爷爷这样的小人物对"世事难料"，即便是"教导孩子们玩陀螺"的祖师爷建文帝，尽管身处帝位，仍是"世事难料"，好好的一个天子之位被叔叔朱棣夺去。这也就意味着：世事虽然如陀螺，但它有自己的旋转动力和规律，无论怎样的玩陀高手，也不一定能够得心应手地玩转它；很多时候，倒是它可以把那些玩陀人玩得晕头转向，"文革"时那些所谓反潮流英雄，最后不都是被历史潮流席卷而去？

俄国大文豪车尔尼雪夫斯基曾经说过，文学与生活相比永远是蜗牛追大象。这也就意味着，文学反映生活永远是以小见大、窥斑见豹。一只小小的陀螺，能反映如此丰富的生活内容，能让我们产生如此丰富的联想，足可说明蜗牛虽小但堪比大象，但这需要作者有深邃的洞察力和高度的概括力，已到"随心所欲而不逾矩"境界的李长廷先生，自然不缺乏这种"力"。

[载《创作与评论》2013年7月号（上半月刊）]

魏剑美：给人的灵魂美美地剜一剑

——魏剑美近期创作综论

一 一柄犀利的美剑

文如其人，人如其名，魏剑美其名、其人、其文是一个高度的统一体。他的这种统一，当然不是偶然的巧合，而是刻意追求的结果。

剑美原名"建美"，"生在新社会，长在红旗下"的他，父母所寄予的希望自然是"建设美好生活"，所以给他起名为"建美"。但他"成长在一个极其闭塞、落后的小山村，从小就见惯了权势者的威风"，这不仅让他看到了社会生活并不美好的一面，同时也让他产生了怀疑："我们的社会秩序难道就建立在权势、官位的划分上？"[①] 有了这种怀疑，也就引发了他的思考和叛逆的性格。他感觉到，那些权势者的威风与美好生活的建设是格格不入的；而权势者的威风等社会不良现象之所以能够盛行，关键就在于几千年形成的官本位和特权的观念深入人心，根深蒂固。因此，要建设美好生活，必须要先祛除官本位和特权观念，这就需要用剑——文字之剑和思想之剑，于是，从中学时代开始，他就改名为"剑美"，他要仗剑远行，"和攀登者一起向上，和跋涉者一起前行，也和思想者一同裸奔"（《下跪的舌头·自序》），更为重要的是，他要以这柄文字之剑和思想之剑为武器，"对不公平的现实，对丑恶的人性，对腐败的官场，对媚俗的

---

① 魏剑美：《下跪的舌头·代后记》，九州出版社2009年版，第240页。下引仅注明页码。

教育，对堕落的世风"（第241页）等不良现象进行无情的解剖，让它们赤裸裸地暴露在大众面前，其目的就是要提醒人们"换个起点，换个活法"（第194页）。

如果说魏剑美是一名文坛剑客，那么从中学青少年时代开始，到现在已有二十来个年头，算得上是年轻的老剑客了，文坛上的各种文体让他玩了个遍，而且均能玩出自己的特色。中学时代开始写诗写散文，曾获得"雨花杯"全国中学生作文大赛二等奖；到读大学时，在诗歌和散文创作方面已是小有名气，散文《顿悟》获得全国华夏青少年写作大赛二等奖；读研究生时，却又改行写起了杂文，而且一鸣惊人，很快在全国产生了影响，《杂文报》破天荒地为他开辟个人专栏"智者乐水"，《杂文选刊》推出了"魏剑美作品小辑"……2008年以来，在继续杂文创作的同时，又开始了长篇小说的创作，不仅一鸣惊人，而且硕果累累，连着出版了《步步为局》《步步为局2：副市长》《做秀》三部长篇，每一部都能产生轰动效应。《步步为局》作为"第一部反映高官境外赌博的官场反腐力作"，连续三周占据畅销书榜首；《步步为局2：副市长》也因《步步为局》的影响，上市第一周就被大量盗版。这不仅因为他把写杂文的简练文笔带进了长篇小说，也将杂文家的风格带进了小说创作，他仍然是那样地寒光闪闪、剑气逼人，仍然是用他犀利的剑锋解剖社会，解剖生活，当然也解剖自己。

二　指向灵魂的一剑

作为文字和思想剑客的魏剑美，他要解剖社会的不良现象，而在这不良现象的背后，关键是人的灵魂的不良。因此，作为以写人物为主的长篇小说创作，魏剑美从一开始就带着明确的创作目的：写人的灵魂，重点是写人的灵魂在社会的名利场面前是怎样由白到黑、从优良走向不良的。在《步步为局》[①]中，青少年时代的汪大明，是一个十分可爱而且可敬的人物。他出生于"赌博之乡"，却能出污泥而不染，从不沾染赌博

[①] 魏剑美：《步步为局》，国际文化出版公司2009年版。下引仅注明页码。

之事而发奋读书，于是"让他成了全村第一个大学生"（第4页），一直到参加工作，一直到当上副处长，不管别人是如何地挖苦嘲笑，他都能做到"既不恼羞成怒，也不亡羊补牢"（第4页），始终坚守着自己13岁时发过的誓言："终生不再沾一个'赌'字。"（第4页）有如此的涵养和坚毅，足可证明他的可爱和可敬。然而，后来的汪大明却来了一个一百八十度的大转弯，他不仅在赌场豪赌，而且把官场、情场均当作了赌博场，一次又一次地豪赌——他成了一个十足的赌徒。他的这种转变既显得突兀又是那样地顺理成章，因为他混迹于官场这个巨大的名利场中，既抗拒不了名利的诱惑，也抵御不了人情世故的逼压：

  他实在无法抵制钱财的巨大诱惑，更何况丁副处长、钱一军博士、高金金甚至还有妻子和岳母的嘴脸变化，无不在深深刺激着他。很多时候，人其实就是为了活给别人看的。汪大明在心里发狠，等自己从澳门背了大把的钱回来，什么正科副处，统统去他妈的，老子就做一个散漫自在目无领导的暴发户又怎么样？他甚至想好了首先买一台比厅长还牛的豪华轿车，天天神气活现地开着去上班。……

  这么一想，汪大明心里又止不住生出悲哀。曾经有过的理想、目标、志向原来都这么不堪一击，最后不得不依靠俗不可耐的金钱来维系可怜的自尊，而且还是从赌场上赢来的金钱。好在他又迅速找到了自我安慰的理由：我这不是赌博！生死未卜的才叫赌博，而我这是十拿九稳的科学投资！科学投资！他这样在心里默念了三遍，便多了些理直气壮。（第13页）

然而，赌博就是赌博，并无"科学"可言。汪大明第一次去澳门参赌毫无收获，他所"发现"的"必赢赌技"，并没有给他带来"必赢"的命运，但却意外地"发现"了另一个"天大的秘密"：常务副省长陈伟阳在澳门豪赌。于是，汪大明便不失时机地有了第二次澳门之行，现场偷拍偷录了陈伟阳赌博的照片和录音，并以此为要挟，逼迫陈伟阳给他加官晋爵。从此，汪大明官运亨通，由一个下岗副处长"官复原职"，再升为网络管理处处长，不到 40 岁，又升为副厅长。在汪大明官运亨通的同时，情场也是春风得意，在澳门赌场邂逅的小奕与他一见钟情，双双坠入情网，小奕让他尽享风流尽显威风。从这里我们不难看出，真正改变汪大明人生命运的并不是他的第一个"发现"，而是意外得来的第二个"发现"；第二个"发现"才更能体现赌博的性质，因为它更具偶然性和冒险性。

如果仅仅从情节线索的安排来看，作者设计了一个精巧的开头，将读者的注意力一下子就吸引到了澳门的赌场，正可以让汪大明大把赢钱，然后让他彻底改变小人物的命运，过上基督山伯爵似的离奇生活，或让他像李白那样"千金散尽还复来"，让读者也能跟着汪大明"潇洒走一回"……然而，作者的创作目的并不在此，作者要写赌场，但决不仅仅是写赌场；"赌"，只是作者对某种人生的揭示，官场、情场乃至于整个人生，都免不了一"赌"。因此，作者将读者引向澳门赌场，这只是一个"引子"，接下来，作者要在更加广阔的社会赌场、人生赌场来挥洒描述，如果没有"第二个发现"，没有情节的转换，作者就无法施展他的笔墨。从作者的创作意图说，"第二个发现"才更见出作者的匠心：由赌场入又由赌场出，既写"赌"又不限于"赌场"，"官场"、"情场"同样离不开"赌"，同样没有稳操胜券的"赌技"；情节的转换，不仅为接下来的官场和情场描写开启了方便之门，也使作品具备了更加严肃、更加深刻的批判意义。

赌场上的"必赢赌技"并没有给他带来"必赢"的命运，但官场的"赌技"却被他运用得驾轻就熟、屡屡得胜。汪大明的"最大优势"就在于"貌似忠厚，其实深怀奸诈"，这正如他的同学兼官场密友郭太宝所评价的：

> 我不是和你开玩笑，这官场忠厚的也有，奸诈的更多，但很少有人能像你汪大明这样看上去淳朴厚道、毫无机巧，其实内心里却包藏锐气、毫厘必争，而且还懂得把握稍纵即逝的机遇一招制敌。孙子兵法说"强则示以弱"说的就是你这样的家伙。[①]

[①] 魏剑美：《步步为局 2：副市长》，花山文艺出版社 2009 年版，第 26 页。

由此似乎也可证明：今天的汪大明只有外表仍然保留着昨天的淳朴厚道模样，其内心、其灵魂则已经完全变了，成为了一个满心机巧、毫厘必争的官场赌徒。而他的转变又不能不说是官场名利的引诱和逼压的双重缘由。

当然，在名利面前经不起诱惑和逼压的也不仅仅是官场，《做秀》中的钟一鸣，作为一个搞新闻传媒的专业人才，几乎经历了与汪大明同样的灵魂转变。作为名牌大学毕业的钟一鸣，曾一门心思要献身新闻事业，但却郁郁不得志："他苦心积虑挖到的很多独家新闻，不是被上级主管部门一道手谕给封杀，就是被精通时事的台里领导未卜先知地枪毙掉。最痛心的一次是他好不容易混进一家地下窑砖厂，冒着被打死的危险拍下厂方囚禁并且殴打雇用人员的镜头，其中还有一个15岁的童工因为逃跑而被活活打死。但没等他回到台里，新闻中心主任林子辉就打电话来说此事到此为止。气极了的钟一鸣跑到林子辉的办公室去连砸了三个茶杯，红着眼睛质问他还有没有新闻人最起码的良知和责任。"[①] 他是这样地尽职尽责，事业上却很不成功，女朋友也因此离他而去。但是，他的转变却比汪大明来得快，只经吴姐的稍加点拨，他便"大彻大悟"了，很快完成了"从正派君子到势利小人"的转换：

> 他已经身不由己，在自己先前所鄙弃、所憎恶的路上越走越远。在坦然接受各种红包的同时，他开始学着马如龙和阎小西的样子，拿腔拿调地暗示人家送这送那。与此同时，他也学会了和下面地市领导套近乎，再狐假虎威地用地市领导的名义去威吓当地的官员和商人，居然也玩得顺溜起来。一次他还帮一个做工程的高中同学介绍了一笔不大不小的业务，人家塞上一个大大的红包，直夸他"到底是省电视台的记者，说话抵得上一个钦差大臣"。钟一鸣很有些飘飘然，陶醉于手握权柄的幻想当中。当他回想当初乔装民工去卧底的经历，不禁有种恍如隔世的感觉。（《作秀》，第11页）

[①] 魏剑美：《做秀》，文化艺术出版社2010年版，第6页。下引仅注明页码。

值得特别指出的是,此时的钟一鸣还仅仅是一个普通的记者,还没有戴上什么官帽,但他所陶醉的并非"大大的红包",而是"手握权柄"的幻想。这也正是作者所要揭示的一贯主题:在中国这片土地上,官位和权势对绝大多数人来说都是心驰神往的。

三 剜出痼疾的一剑

钟一鸣当然不会仅仅陶醉于手握权柄的幻想,在自己没有官位和权势的时候可以假借别人的权势狐假虎威地耍威风,而一旦有机会,他自然要想方设法谋取自己的官位,抓住自己的权柄。所以,当电视台台长助理的官位来到他面前的时候,他便不失时机地大打出手了:先是釜底抽薪,利用公安局的关系抓了竞争对手马如龙的"黄、赌、毒"大案,并在"全国各地的大小报刊和网站"迅速曝光,使得马如龙"台长助理"的希望彻底泡汤(第168页);接着是为自己造势,利用女儿的"满月酒"请来了妻子的叔叔叶副省长,专管文教卫的叶副省长对广电局局长和电视台台长说:"一鸣他只是一个小小的兵,你们多培养、多督促他。"(第174页)仅此一句似乎是随意所说的话,就把钟一鸣"台长助理"的位子给敲定了。

由此也可以看出,对中国人来说为名也好、为利也罢,但最终是要谋官。因为中国文化的一个极为突出特征就是"官本位","官位"决定一切,官运通而一通百通,官位废则一废百废;官位不仅决定了一个人的名誉和地位,也是评价一个人的价值标准。在这种文化特征的影响下,形成了中国人的一种畸变心理:无不痛恨官府而又无不神往官位。

对"官本位"的揭示,魏剑美的杂文来得更为直接而深刻,特别是《论屁股的核心地位》一文,真是神来之笔:

> 通过认真的科学研究和理论归纳,我终于获得一个伟大的发现:屁股同志才是人类最重要的身体部位!决定一个人社会地位、身世命运的是伟大的屁股,而不是看上去高高在上的头部。
>
> 道理很简单,现实社会中,为什么我们都规规矩矩听领导的?

是领导的脑子特别聪明，或者脸面特别帅气漂亮？答案都不是，而是领导占据了一把好交椅。

一座看上去广大无边的江山，其实是被压在一个或肥大或干瘪的屁股下面，任你或智或愚，或仁慈或残暴，只要"坐下去"了，立马就可以发号施令，草菅万民。即便是梁山水浒这样的江湖之野，也仍然要摆出108把在编的好汉交椅，由108个形状各异的屁股来分享。当然，也有朝廷被推翻，位置被篡夺的，那是因为他的屁股"没坐住"，责任当然在屁股，与头脑、德行、政绩无关。所以民间嘲笑此类败家子是"陀螺屁股"。①

真是入木三分。屁股的地位之所以超越头脑，说到底都是"官本位"的文化特征使然。坐上交椅的官僚可以不用脑子随意地发号施令颐指气使，没坐上交椅的万民更不必用脑子只需唯命是从就行了。久而久之，本是区别于动物、决定人的本质的大脑便用得越来越少，其地位当然也就越来越低了。

当然，说国人从此不再使用大脑肯定也是不对的，因为对万民百姓而言，除了唯命是从之外，还得想方设法去与官员套套近乎、拉拉关系，这溜须拍马的功夫也还是颇费脑筋的。对溜须拍马的揭示，魏剑美更是畅快淋漓，"老魏自学过马屁心理学，知道马屁可以让领导心情舒畅、感觉良好、信心倍增从而更好地为人民服务，自己实在没有理由不将拍马屁事业进行到底"；仅仅有"拍"的决心还不行，还得"拍"在点子上，"老魏知识渊博，无所不知。领导刚打个饱嗝，老魏就有数据表明打饱嗝有益身心健康；领导理个平头，老魏就出示资料证实平头引领最新时尚；领导的衣服要是红色的，老魏就强调红色的喜庆；要是黄色的，老魏会突出黄色的祥和；要是黑色的，老魏则坚信黑色的威严；某一天领导打了个喷嚏，老魏立马恭喜道：巴西的最新研究成果表明，常打喷嚏者患癌症之几率远远少于常人。……可以毫不夸张地说，要是赵高是老魏的

---

① 魏剑美：《论屁股的核心地位》，《文学界》（专辑版）2010年10月号。

领导，老魏也一准会用大量的数据、理论、学说无可辩驳地证实鹿确实就是马的一种"(《老魏的马屁生涯》，《文学界》第51—52页)。如此高水平的马屁专家，不费一番心思，不经过一番钻研，是很难成"才"的。而对国人来说，无论是有交椅的无交椅的，都要耗费大量的时间和精力来钻研和运用"马屁心理学"，其目的则只有一个：获取官位和特权或靠近官位和特权。

与"溜须拍马"相类似的是拉关系走后门，这同样是为了牟取特权，一篇《关系王》，可以说画绝了这一类人的嘴脸。老王是小区里的灵泛人，但凡碰上个事，都要指望他来摆平，因为他会找关系，懂得关系的重要性："在美国有事找律师，在中国有事找关系，关系才是硬道理，有关系走遍天下，没关系寸步难行"。于是，老王将各种各样的关系运用到极致：开车超速罚款200，他宁可花2000元请客以免去200元罚款；坐公共汽车1元钱，他宁可花几元钱打电话，也要免去这1元钱；吃了关系户的过期月饼腹痛如绞，服下关系户"包治百病"的神丹妙药更加重了病情；为了免去80元的出诊费而舍近求远找过关系户医院，结果耽搁了抢救时间；临死之前还不忘嘱咐"记住找一下殡仪馆的老许和陵园管理处的小丁啊，至少可以打七折……"(同上，第54—55页)。拉关系拉到这种程度，真可说是无所不用其极了。"老王"是作者所提炼的一个典型，是国人的一个缩影。国人为什么如此热衷于拉关系？说到底仍然是官本位和特权思想在作怪，对于当不了官、行使不了特权的"老王"们来说，通过拉关系来享受一下特权的优待，这似乎也是一种人生尊严与人生价值的体现。诚如是，老王为了一点点优待的特权才那样不计代价，因为这是他的"自我价值的实现"。

笔者认为，似"老魏"、"老王"这样的形象很值得进一步挖掘和演绎，特别是"老王"，如果塑造得好，其对中国国民劣根性的揭示，对中国文化痼疾的针砭，无论是从历史的深度或现实的广度说，都不亚于"阿Q"形象的典型意义。

[载《湖南工业大学学报》(社会科学版) 2015年第2期]

御风而行:孤寂中的享受与永恒

——评蒋三立诗集《在风中朗诵》

蒋三立先生的诗集《在风中朗诵》[①] 刚拿到手上,其书名就立刻吸引了我,凭阅读经验判断:这一定是一部与"风"有着深度关系的诗集,"风"的意象一定占据极为重要的地位;而且,"风"的意象背后,一定有着丰富的内涵。带着这样的想法来阅读诗集,越读越觉得诗人对"风"真还有着"斩不断,理还乱"的情感与理性纠结:"风吹散了那些抱紧的草/又沿着这条铁路走了很远、很远/风吹干了我送别的泪水,滋润心灵的泪水/现在,我该到哪里去?我不能/沿着湘江朝着某个方向流去。也不能/就这样被风吹得比抖动的树叶还轻/呵风呀,你多少年来都是这么无情/现在你越来越狠抖动着天空/抖动着我骨骼里风湿的疼/还有远处春天里的花粒,也被抖动着/撒成了很远很远的孤独。"(《风》,第75页)很显然,诗人所描述的"风",既是自然之风,也是人力之风,更是诗人的心灵之风。

一 自然的力量在风中凝聚

蒋三立笔下的"风",首先是自然之风;但这种自然之风,决不仅仅是地球表面的大气流动,更重要的是能给万物带来勃勃生机的生命之风:"风不知吹来了什么,又吹走了什么/忘却身外的世界,依着老家的木门/放眼望去,南方的大地已没有什么地方可绿/含苞的稻穗、树上的青果,

---

[①] 蒋三立:《在风中朗诵》,作家出版社 2012 年版。下引仅注明篇目和页码。

安静无声/五月的南风吹着舒爽的叶子/让那些没有心灵的生命都感到温暖。"(《南风》,第22页)这些生命虽然"没有心灵",但在生命的勃发过程中也会心存"感激":"草冲破了雪长高了一厘米/树的嫩叶在春风中颤栗/倾听春光如缕的絮语/所有的生命呈现出自然的活力/……春风弥漫着多么辽阔的幸福/昆虫细飞,草丛摇曳/有几株小树感激得开出了花。"(《春天:大地有了阳光的温暖》,第24页)无疑,诗人所描述的是一幅山野的景象,这里没有灰色的水泥楼房,更没有灰蒙蒙的天空,举目所见,满眼是绿:远处的山峦,近处的田野,高处的青果,低处的草丛,乃至于那细飞的昆虫,所展开的翅膀也应该是绿色的——"大地已没有什么地方可绿",好一湾绿色的海洋,而且是立体的;唯有那万绿丛中一点红:几株小树所开出的红花,给人以"一树红花照碧海"的意境。这种意境,来源于自然造化的"风力",也来源于诗人创造的"笔力",或者说是诗人"外师造化"的结果。

　　自然的"风力",可以让"没有心灵"的自然万物焕发出勃勃生机;人是自然的一部分,所以人也可以从自然的"风力"中获得更多的东西:"在乡野,阳光的手和母亲的手一样温柔/蓝天也有一种宽大无边的深情/孩子们在她们的爱抚下/读书、爬树、游泳/我感觉到了什么才是自然单纯/……简单而丰富/让我内心只有很少的需求/获得更多的悠闲和自由。"(《秋夜,在林子前的草地上抬头望一眼天空》,第80页)有了这种"悠闲和自由",就可以达到庄子所说的"齐物而逍遥"的境界:"在这天人合一的宁静中/有谁能同我返身自然,放喉歌唱/……欣喜中,时常有收获等着/叫你用整个生命去依恋/春华秋实。"(《遥想家园》,第106页)尤为重要的是,人是"有心灵"的,因而"齐物而逍遥"的境界更多的是一种心灵的安抚:"如今又到了秋夜,窗台上的花/张开宁静的目光望着我/安抚我心中不平静的往事。"(《秋天的夜晚》,第27页)人为什么需要自然来安抚心灵?人类本就是自然之子,早期的人类与自然同体,因而能与自然和谐相处。到了近现代,随着科学技术的发达,人类一门心思要战胜自然,于是同自然越来越疏远、越来越对立;大自然反过来报复人类,不仅给人类带来了诸多的灾难,也造成了诸多的心灵扭曲。

要医治这种"现代病",我们唯有谦恭地对待自然母亲,让"阳光的手和母亲的手一样温柔",让"蓝天也有一种宽大无边的深情",我们在"她们的爱抚下",才能免除灾难,慰藉心灵。这是自然的力量,是通过"风"输送给我们的,我们不能狂妄,自以为能做自然的主人;这也是诗人蒋三立所要警示我们的。

二 历史的回响在风中沉淀

现代人的通病,除了蔑视自然之外就是蔑视历史。例如西方人史蒂芬·霍金面对日趋恶化的环境,开出的救治药方是移民其他星球。姑且不说这种设想在现有的条件下是否有可能,仅就这种思维方式而言,不仅要抛弃自然,甚至要抛弃整个地球——连同人类在地球上的全部历史。诗人蒋三立的理性和情感则恰恰相反,他来自大山深处,除了挚爱山水之绿,还有一种怀旧情结,哪怕是一叠"旧衣衫",也会引发他的诸多"怀想":"我多么内疚地望着/这些伴我生活又被我抛弃的衣衫/我怀想过去,它们给我喜悦/给我温暖,给我挡风遮雨/我望着它们为了我而产生的陈旧/眼里盈满了泪水/我想着这么多年来的成长和成熟/和它们静静地被压在衣柜下的日子/我更深刻地感悟到人情的冷暖。"(《旧衣衫》,第7页)一叠旧衣衫,可以映照出诗人作为个体生命的成长历程,从中所感悟到的"人情冷暖",当然也是个人的。但诗人所怀念的绝不只是个人的历史,还有着更为宽广的内容:"我喜欢陈旧的、发黄的、清亮的、斑驳的/被人迹擦亮的、有着生命沧桑的/那是许多人看过的、用过的、走过的、爱过的/留下来的陈旧的。街道、房子、家具、衣服、书本/……它们是吹向远方的风/它们是温馨的怀念,引来更多的足迹/是同一个地方的另一个开始/是牵涉一代又一代人情感的不朽的场景。"(《陈旧的》,第16页)"陈旧"不仅仅是一个虚化的"过去",更代表着生命的沧桑与历程,其中遗留了"许多人看过的、用过的、走过的、爱过的"的痕迹,后人透过这些痕迹去触摸"过去",过去的历程才会有血有肉、活灵活现地出现在后人面前。因此,诗人通过具象化的描述,不仅给我们接续了"过去",还给我们再现了过去的"历程",尤为重要的是给我们提供了一个观察"过去"的视角。

诗人的"恋山"可以说是一种天然的情结,"怀旧"似乎也是一种天然情结。但通过具象化的描述来接续"历史"、触摸"过去",则是诗人反复"相寻"的结果:"听不见胡笳声。想苏武/想大漠上的星星,深邃、高远/想风沙一样吹来的许多许多的往事/……想有水有草的地方/天地相互映照/千百年来留下的羊群,是否还白云一样飘移/千年的月光,万年的霜/今夜,不眠的我提着内心的马灯/照亮自身影,相寻泪成血。"(《深夜》,第47页)"千年的月光,万年的霜",时间的久远与眼前的景色、变幻的历史与不变的景物、"物是"与"人非"就这样交织在一起,留给我们思考则是:现代社会还能否保持这种"物是"——我们还能否见到深邃、高远的星星,有水的地方天地还能否相互映照,羊群还能否像白云一样飘移?对于现代人特别是得意于大都市生活的现代人来说,这样的景象已经离我们越来越远了。

正因为现代社会已经很难保持曾有的"物是",诗人只好在"心里"带着他曾经历过的"物是"及其"历史"行走在世界上:"世界太大,村子太小/我心里总带着它行走在远方/它苍老、慈祥、宽容、沉寂,不需要怜悯/……我要带着它和那些无法返回的往昔/连着那些响亮的名字/在这宽广无边的世界小心翼翼地行走。"(《老院子村》,第54页)无疑,诗人在"心里"所葆有的是一种"古风",它伴随着诗人的怀旧情结及其所沉淀的历史回响,给现代人的浮躁心绪吹入了些许宁静和慰藉。

三 时俗的喧嚣在风中消散

现代人蔑视历史,是因为在过去的历史中社会发展总是太慢;现代人绝不愿像古人那样满足于慢条斯理的循序渐进,跨越式的高速发展才是现代人追求的终极目标。在此目标的牵引下,"短、平、快"的数字效应吸引了人们的所有心思,除此之外,再也无心旁骛:"前方的风景总是/比前方的道路延伸得更远/滚滚的车轮压着内心无边的孤独向前/大地上似乎只有劳动而没有风景/坐车的人似乎只在乎道路的远近/……窗外的叶子被风吹落了一次又一次/使人想起了春天和秋天，还有一些美好的事情/一年一度过得飞快/总觉得失去了一些什么/再也找不回来/是天上的云还是地上的水/总觉得有一种东西/把我们鲜活的生活压制风干成枯死的标本/文明而又孤独。"（《坐在火车上看掠过的风景》，第11页）发展速度和GDP数字，就是现代文明两个枯死的标本；在世界范围内，如果说人们还有共同关心的话题，这恐怕是唯一没有歧义的。这样的话题，不仅"风干"了鲜活的风景和鲜活的生活，更为严重的是"风干"了我们的心田：日益丰富的物质财富与日益贫乏的精神世界、日益拥挤的人群与日益孤独的心境所形成的巨大反差，导致了现代人严重的心理危机。

医治心理危机，需要人们在"速度"之外用心去关怀一下别的东西："速度再快，也不能删除的往事/在放慢节奏的乡村/水稻不知不觉地生长/山坡上的野花，等着蝴蝶取名/怀孕的玉米，在风中张望/几条牛在古道上抬头迷惘/还有阳光下低头摘棉花的人/慢慢地，定格成风景/无论奔忙在哪，永远滋润在心。"（《高速公路的快与村庄的慢》，第40页）快与慢的效应本就是辩证的，我们需要快节奏的发展，同时也需要慢节奏的品味；当我们坐在高速列车上被窗外快速变幻的物体搅得眼花缭乱时，无疑应该把眼睛从窗外收回再去慢慢品味一下此前见过的风景，这种"反刍"相对于心理危机来说，当有"生物性"医治效果，而且会"永远滋润在心"。

同时，医治心理危机还需要借助"风力"："在心里，必须要有一阵阵的风吹走尘埃/要有一片更广阔的天空接纳光辉的诗篇。"（《夜》，第30页）心里的尘埃遮蔽了人们的眼睛，借助"风力"吹走尘埃之后，才能看到真正的风景："真正的季节是在原野/所有的风景是在原野/所有的嘴与饥饿朝向原野，所有的寒冷与温暖来自原野/在原野，我意想不到地找到了自己的歌。"（《原野》，第119页）诗人找到了什么样的歌？"人为的表演似乎在温馨的黑幕中消失/而灵魂深处的音乐/昏沉沉悠荡而起/抚慰着永恒的村庄/……让我流浪的精神找到憩园/让我在一根长长的影子上/拴住我的马。"（《灵魂的憩园》，第84页）当"人为的表演"等时俗的喧嚣在"风"中消散之后，精神漂泊的人们才能在"历史"的"长长影子上"拴住自己的马，这是接续历史，也是接续精神家园。

四 精神的孤独在风中坚守

中国的文人，总是背着沉重的负荷：为天地立心，为生民立命，为往圣继绝学，为万世开太平。宋代文人张载开出的这张"任务单"，成为中国有志文人的奋斗目标和人生宿命。因为志向太过高远，现实中的应和者太过稀少，所以他们的精神总是孤独的，从中国第一个大诗人屈原开始，"众人都醉我独醒"的传统就一直绵延不绝。蒋三立或多或少地也继承了这种传统，他的精神从"石山上开出"，很有点特立不群："石山上开出了花朵／那是我坚硬的筋骨长出的精神／我生命里有一种风／永不归返／吹扬着颤栗的花粉／歌声被光芒抬起／灵魂使万物洁净。"(《琴声摇动了花朵》，第78页）诗人的志向高远、任务繁重：他要"吹扬花粉"、"洁净万物"。因此，诗人的精神必须像岩石一样坚硬而刚强、像"风力"一样坚韧而强劲。否则，就无法完成"吹扬花粉"、"洁净万物"的任务。

"洁净万物"的首要任务便是对"爱情"的拯救："阳光被窗外的玉兰树遮蔽／我的脸贴着冰冷的玻璃张望，爱情遍地流失／岁月无痕，心中已慢慢长出一朵孤寂的玫瑰／我会用一生的血去浇灌、浇灌／你说：'不必理会，这世上已没有真爱'／我说：'爱的火焰里，会有沉睡的灰烬／但燃烧着就不会死亡'／一切从一次无辜的相识开始／直到生命的能源消耗殆尽。"（《孤独》，第17页）在"爱情遍地流失"的当今，诗人却要"用一生的血去浇灌"、用毕生的能源去燃烧，这种不同时俗的坚守，自然很难得到众人的认可，那一份孤独，恐怕只有诗人自己才能深切地体会到，所以诗人干脆用《孤独》作为该诗的命题。

诗人所说的"爱情"其实是一种广义的"爱"，绝不只限于男女爱情，更不限于诗人自己。但要拯救"爱"，必须化解心中的仇恨，这一点必须从自我做起："我有仇恨，我害怕天堂／我却不能把无边的空旷带走／如果心里一片寒冷／我只有慢慢用爱，融化心中晶凝的泪水。"(《圣诞节的雪》，第29页）"爱"存方寸间，得失自心知；自己心中无"爱"，怎能拯救他人之"爱"？燃烧自己才能照亮别人，如果立下了"洁净万物"的宏愿，像蜡烛那样毁灭自己就是不可逆转的宿命。

广义的"爱"是一种无边的"博爱"，不仅要"为生民立命"，还要"为天地立心"；不仅要"爱"人类，还要"爱"天地间的一切生灵："这是多么大的一个家啊/我是其中多么渺小的一部分，像卑微闪烁的萤火虫/心里敞开了星空一样的光芒/我要安抚那些鸣叫的昆虫，林中飞翔的夜鸟/那些游动的、奔跑猎取的动物"（《夏夜》，第25页）；"长着透明的薄翼，从树叶里飞出/历经过冰冻的寒冷，这些细小的昆虫/能飞在春天的暖风里，多么不易。"（《春天的小径》，第69页）就生命的价值和存在意义而言，任何生命的存在都是唯一的，都是自然界生物链条上的一个环节，这个生物链上的任何一个环节缺失，都可能导致整个生物链的崩溃。从这一意义说，任何生命的存在价值都是同样的，不存在高低贵贱之别——这才是真正的"博爱"。但人们往往被欲望遮蔽了理性，要拯救"爱"，更需要安抚"那些不能安睡的欲望、挣扎的心灵/让这个世界没有一丝惊扰/生存、和谐，彼此用光芒照亮"（《夏夜》，第25页）；"我有心灵，我不能让风吹得我整日沉默/我只想让这温暖的风带着祝愿吹过故乡/吹绿更远更远的地方"（《南风》，第22页）。无疑，诗人胸怀是博大的，博爱是深广的，祝愿更是美好的。

然而，"百无一用是书生"，诗人的祝愿只能是祝愿，不可能成为现实；不管他的愿望如何强烈，也只能存在于纸上，能真正实现的便只有自我享受那一份"孤独"与"永恒"："在苍茫的人生旅途，在疲惫的奔忙中/才知道，一个人静下心来孤寂/的确是种享受……人生中许多片刻的美丽/在孤寂的盘旋中/成为留不住的永恒。"（《孤寂是一种享受》，第102页）这是一种特有的感悟，也是一种旷达，还饱含几分无奈。

于是，诗人要"在风中朗诵/怀念秋天的往事/把春天当成平平仄仄的唐朝/没有苦难，也不必沉默/在风中朗诵。把花朵当知己/把昆虫当亲人/把仰望的星空当成宽广无边的梦想"（《在风中朗诵》，第35页）。在笔者看来，诗人之所以要"在风中朗诵"，其实具有双重目的：一是御风而行，借助"风力"传扬自己的"孤独"精神；二是顶风而立，借助"风力"锻炼自己的"定力"，使自己能够坚守那一份"孤独"的精神。或许，第二重目的对诗人来说更具实际性意义。

[载《湖南工业大学学报》（社会科学版）2014年第2期]

桃源梦断香草溪

——评陈茂智长篇小说《归隐者》

一 千古桃源梦

读陈茂智先生的长篇小说《归隐者》[①]，给人恍若隔世之感：在作者的笔下，这个名叫香草溪的地方，没有公路，没有电网，没有电话，更没有电视、电脑……现代社会最普及、最常见的基本设施，均与这里无缘；这里拥有的是现代社会再也无缘见到的狂欢式祭祀、神奇的针灸、神异的坐化、漂行的木排和半耕半猎的生活方式，一句话，这里似乎仍然停留在"宇宙洪荒"的时代。

不管作者的描述是否有生活原型，但从生活本质来说都是不真实的；至少，如果借用马克思关于典型人物与典型环境的理论来说，即使作品中所描写的人物是真实的，环绕着人物的环境也是不真实的。试想，在电视、电网、公路等"村村通工程"已经进行了十几年之后的当下，连西藏最偏远的墨脱县都已经通上了公路并因此而与内地的现代社会接上了轨，哪里还能找到香草溪这种封闭落后的地方？很显然，作者的描述是虚幻的，是悖离生活真实的，是与现代社会的"前进方向"格格不入的。然而，如果因此而认为作者的描述是"反现代"的却又错了，相反，作者是要给现代人寻找一个"安放灵魂的家园"，从这一点来说，

[①] 陈茂智：《归隐者》，线装书局2012年版。下引仅注明页码。

作者恰好超越了现代而进入到了"后现代",正"代表"了现代社会的"前进方向"。

　　作者的创作目的是要写一部让人"心静的书"、"劝人向善的书"(《归隐者·后记》)。要让人"心静",首先得让环境清静;要劝人"向善",首先得对环境友善。而现实的实际情况却又恰恰相反,现代人生活的环境正在日趋恶化,"写作这本书的时候,正是公元2010年高温肆虐的日子,有关高温热死人的消息从来没有过地频频见诸报端";作者还借用著名物理学家史蒂芬·霍金的话说:"人类已经步入越来越危险的时期,我们已经经历了多次事关生死的事件。由于人类基因中携带的'自私、贪婪'的遗传密码,人类对于地球的掠夺日盛,资源正在一点点耗尽。"(《归隐者·后记》)面对日趋恶化的环境,史蒂芬·霍金开出的救治药方是移民其他星球。这是西方人的思维定势,因为西方人从古希腊的时代开始,两千多年来就一直靠向外移民、靠掠夺他人的土地来改善自己的生存环境。但西方人的这种救治药方还有效吗?向外星移民有可能吗?"科学家估计,如果用化学燃料的飞行器,前往最近的适宜生活的星球也要5万年",更何况,地球有50多亿人口,该需要多少飞行器才能保证"全球移民"的需要?"而发明和制造这种飞行器,又该耗费地球多少的资源和财富呢?很显然,全球移民是不现实的。"(《归隐者·后记》)如此看来,人类岂不就从此绝望了?但"静心想来,其实人类目前最大的问题,不是急着要寻找一个活命的地方,而是每个人都需要有一个安放灵魂的家园","我不知道,香草溪可不可以"?"如果可以,地球上还会有几个香草溪?"(《归隐者·后记》)当然,这个家园之所以能够"安放灵魂",必定有一个适宜的"软环境"和"硬环境",那么它就不只是一个虚拟的精神家园,而必须是精神与物质结合的温馨家园,于是,陈茂智的笔下就有了山清水秀、民风淳朴的香草溪。

　　与西方人的思维习惯不同,中国人的理想是回归过去。作者之所以要把香草溪描述得如此封闭落后,就因为只有这种地方才能寄寓作者的生活理想,才可能有作者所希望的理想状态——这就是中国文人的千古桃源梦。1600年前,陶渊明在《桃花源诗并记》中所描述的理想家园,也是一个封闭落后的地方：从时间上说，这里的人们"乃不知有汉，无论魏晋"，与外面世界相比已经迟缓了数百年；从生活方式看是"俎豆犹古法，衣裳无新制"，"草荣知节和，木衰知风厉。虽无纪历志，四时自成岁"，其"科技"水平与外面的世界自然也相差了一大截；其生活状态则是"黄发垂髫，并怡然自乐"，与外面的世界"淳薄既异源，旋复还幽蔽"，民风的淳朴与浅薄已是截然对立，为了保证桃花源免遭污染，只有让它重新幽蔽起来。也正因为这种幽蔽，才使得陶渊明有了"愿言蹑轻风，高举寻吾契"的追求，因为这里是文人高士的世界，而不是普通人的世界。

如果要再往前追溯，则是老庄"小国寡民"的社会理想："邻里相望，鸡犬之声相闻，民老死不相往来。"人心的不满和躁动，似乎是在比较中产生的，没有贫富差距的比较，人的心境自然也就平和了；而人的交往越多比较就越多，不满和躁动也就越多。因此，要减少比较，就只有将环境或人心封闭起来。与道家的社会理想略有不同，儒家则是追求"平均"。孔子说"不患贫而患不均"，如果是"共同贫穷"，社会不会有隐患，"共同富裕"当然也不会有隐患，贫富不均才有了隐患。因此，儒家的社会理想也是面向过去的：正处于原始社会与阶级社会转型时期的尧舜时代，亦即"货恶其弃于地，不必藏于己"的"天下为公"的平均分配时代——这就是影响中国数千年的"大同梦"。

二　又见桃花源

"大同梦"影响了中国数千年，在文人的笔下还在不断地花样翻新，在老庄的笔下是"小国寡民"，在陶渊明的笔下是"桃花源"，到了陈茂智的笔下则化成了"香草溪"。

作者陈茂智本是瑶族，是大瑶山中的人，对瑶族祖先和大瑶山有着特殊的感情，作者借作品中的人物灵芝的口说："我很敬佩我们的祖先，把我们带到这山里来，他们是最伟大、最高贵的。那个时候，他们就晓得远离繁华，来到这个桃花源一样的香草溪"（《归隐者》，第 207 页）；香草溪之所以好，除山好水好的自然环境之外，最根本的东西就是人心好:"卢阿婆感慨道,活了这把岁数,在香草溪看了几代人,香草溪寨子里就一样好,人心不歹毒。"(第215页)这也就是作者给现代人所要寻找的精神家园。

香草溪的人心好,首先就是对人的真心和热情。作品中的主人公程似锦"被病痛折磨得已失去了活下去的信心和勇气",意欲"寻找一个能让我安静离去的地方"(第2页),他溯江而上来到了香草溪,冷不丁却被一条脱毛老狗咬了。这一咬,不仅改变了程似锦的生命和命运,也见证了香草溪人的淳朴和热忱。

"'出事了!出事了!一个外乡客被狗咬了!'消息通过人们狗们很快传遍了香草溪一个接一个的寨子。"(第5页)在天下熙熙皆为利来、天下攘攘皆为利往的现代世界,成天只见人来人往、车水马龙,即便如小悦悦一样被车撞倒在地急需救助,也没人关心地伸出援手,更何况只是被狗咬了,在城市里路人见了恐怕连驻足观望一下的兴趣都没有。香草溪却因"一个外乡客被狗咬了"的小事件,将人们从冬天的床上全都惊醒了出来:"男人女人忙乱地系着裤子扣着衣扣"——小说开篇的这一描写,确实让读者大感意外。作者的这一开头,给作品定下了两个基调:其一,这是一个宁静的世界,极少出现惊人的事件;其二,这是一个淳朴的世界,真诚地关切他人的生命。接下来的描写,就是香草溪人对这个素昧平生的外乡人的全力救助,不仅治好了他的病,还拯救了他的心灵。

程似锦被疯狗咬了,本是重病缠身的他已是奄奄一息,邓百顺将他背回家,很快便狂犬病发作,他自己本不打算再活下去,大叫着"杀了我吧"(第13页),香草溪的人却一门心思要救活他。为了给他治病,邓百顺安排地狗摸黑出发去溪头李家请卢阿婆回来;卢阿婆听说有人被狗咬了,连夜上山,"捏了把电筒就出门采药,她说现在很多药草都还没长出叶子来,只有用根子和皮子了,寻起来麻烦,锤起来也费劲"(第17页),尽管如此,她不仅上山采了药,还连夜赶回了家,敷药与灌药双管齐下,才救下程似锦的一条命。一个七十多岁的老人,为了给一个外乡人治病,忙活了一个通宵,而且这个外乡人看来与她毫不相干,她完全可以等到第二天才回来给他治病,因为她知道狂犬病"即使发了病,只要不超过一个对时（24小时）敷药，就不会有事的"（第17页），但她还是要连夜赶回，在她看来，"外乡人来了香草溪就是香草溪人，在香草溪被狗咬死，那还不丢了她卢阿婆的脸面"（第17页）。她的想法和做法，看起来是那样的质朴而自然，但却契合了东西方哲学对人性真谛的认识：中国古人说，四海之内皆兄弟；西方古人说，人生来是平等的；佛教祖师说，普度众生。同时，她的行为还诠释了作为医生的职责和荣誉。

作为医生的职责，她对外面的世界假药盛行更是深恶痛绝，一门心思要为打击假药尽心竭力："卢阿婆说，本来不想再采药卖了，看来还得要去采。别人卖的不是真药，我卖的总是真药；别的地方出的是假药，香草溪出的总不是假药。冲这一点，她还要去采药，让别人看看，真药到底是什么样子的。"（第85页）

与外面世界的"假"形成鲜明对比的是香草溪的"真"："说到造假的事，百顺说，这年头没有不假的东西，城里那些女人连身上的奶啵都是用硅胶做的，这世道怎么得了？还是香草溪人好，吃的都是土里长出来的，身上也是实打实没一样是假的。"（第185页）这种"真"，最为关键的就在于质朴自然："这餐饭尽管简单，简单得有点原始，但大家都吃得特别香。庆富还拿出了一壶酒，他们每人一口，喝得咂嘴咂舌，喝得津津有味。盖草说，这样的日子，才是神仙一样的日子，才是天不管地不收的生活。"（第106页）这是盖草他们漂行在木排上的一餐饭，正因为"简单"而"原始"，所以才更显得真实而自然，"道法自然"——自然而然，这才是道家所追求的最高境界，所以盖草说这是"神仙一样的日子"。

真实自然当然也不是非要回到原始时代，更为重要的是现代人应该树立的一种生活态度："盖草说，明蝉这女人，她是把戏当生活了。她就以为，她这一辈子就是为了唱戏而生的；可她那男人，却把生活当演戏，就这样一路演下去，一路都是不同的角色，都赢得了满堂彩。"（第149页）明蝉"把戏当生活"，这也是一种真实自然。说到底，现代人的一切职业都是为了养家活命，不管是把它当作谋生的手段还是当作生命的一部分，都体现为一种生活方式。因此，"把戏当生活"，也就是回归职业的原始本义,也是"道法自然"。相反,明蝉的丈夫"把生活当演戏",不仅背离了生活的真实,也背离了职业的本义;而这,又恰好是现代人的通病。

香草溪与外面世界的最大不同,恐怕还是对钱的态度:"这年头,除了香草溪的人,怕是难得有不爱钱的人了!"(第 145 页)当程似锦说由他个人出钱帮香草溪修路,香草溪人居然不答应,因为他们不愿意多麻烦别人:"吴副局长一直说要留他们,招待所的房间都叫人安排好了。庆富和百顺商量了,没有答应下来。他们心里有一个原则:麻烦人家的事尽可能少,得别人的好处尽可能少。"(第 180 页)这其实也是一种真实自然的生活态度:生命是自己的,生活也是自己的,靠自己的努力维持生命、改善生活,这才是真实自然的人生。

香草溪的真诚待人,救活了程似锦的生命;香草溪的真实生活,拯救了程似锦的心灵:"似锦相信,只要留在香草溪,他绝对可以坚持活下去,而且越活越有激情,越活越有兴趣。"(第 235 页)香草溪所拯救的是程似锦,陈茂智想要拯救的则是全体现代人。

三 桃源梦又断

桃花源里的生活虽然美妙,但却难以在现实生活中重现,所以那位"渔人"尽管"处处志之",也无法再次回到桃花源;即便是刘子骥那样的"高尚士",穷毕生精力"欣然窥往",也仍然是无果而终。陶渊明似乎在告诉人们:桃花源只能存在于想象或曰虚拟世界,要在现实世界寻找桃花源,只能是一场空。那么,陈茂智所描写的香草溪,是否可以在现实生活中重现?

香草溪不是一个全封闭的、与世隔绝的世界,香草溪的人与外面的世界来来往往,很了解现代世界,也很渴望跟上现代社会的发展步伐,而且正在积极谋划着修路、架电。只要人们有了某种欲望,就很容易被这种欲望所累;福建来的林老板瞄准了香草溪人的欲望一击即中,以一个虚假的承诺,彻底颠覆了这个淳朴的世界:"林老板一再许诺只要答应修电站,香草溪修路的事他一个人包了,不要村民出一分钱,也不要村民出一份工。如此直接、现实的好处,让村民不动心是不可能的,因此支持林老板修电站的呼声还是越来越强烈"(第200页);村长庆富"启动了村里最原始最古老的民意表决方法——投金豆",最后是63票赞成,5票反对,盖草、百顺、卢阿婆这些"原本在村里享有极高威望的他们,遭遇到了前所未有的信任危机"(第201页)。这当然不是盖草他们的个人信任危机,而是他们所代表的传统生活方式的危机,更是作者试图寻找的精神家园的危机。

更要命的是,香草溪人所盼望的现代生活方式和生活水平并没有降临,而现代社会的灾难却很快降临了:"电站的林老板翻脸了,原来自己答应承担修路的钱现在竟不肯出了。工程队一直拿不到钱,停工了";"那林老板根本不是来修电站的,而是来挖矿偷水晶石的。"(第261页)林老板跑了,"却把祸事留下了,修电站的地方,两边大大小小山头,早已被挖得千疮百孔,头几天那场大雨,使两边的大山都爆发泥石流,刚修好的路还没过人过车一下子就塌陷了,崩塌下来的沙石泥块在山谷里堆成了一个巨大的土坝,把香草溪堵成了一个人见人怕的湖泊"(第273页)。"好端端的路说毁了就毁了,说不定哪天,香草溪所有的寨子都被泥石流或者大水淹没。"(第274页)多么可怕的景象!这就是现代社会超级的机械之力破坏自然、自然之力再反弹给人类的灭顶之灾,也就是史蒂芬·霍金所说的"事关生死的事件"。生活在这种险境中的香草溪人,还能那样平和并"怡然自乐"吗?

当然,香草溪的"堰塞湖"在县工程队的努力下很快被疏通了,这种显性的危险,现代的机械之力还是容易去除的。但经历了这一"生死事件"之后,香草溪的生态还能恢复吗?淳朴的民风还能恢复吗?"'坐地损草',这是人人都懂的道理。香草溪历来就平静,很少有外人来打扰他们,这电站一建,水都改了道,好多山地水田被淹,子子孙孙都要吃好大的亏";"根普老人长吁短叹、闷闷不乐,他逢人就说:'灾难临头啦!大瑶河不得安宁嘞!'"(第210页)的确,大瑶河不得安宁了,香草溪这一方净土再也难得干净了。这是否意味着:作者的桃源之梦又要断绝了?

作者既然立意要给现代人找到一方精神家园，桃源之梦当然就不能断绝。但作者也意识到了，仅靠自然环境的封闭恐怕是无济于事的，最重要的是要解决人类心灵的问题："卢阿婆叹气道，这个世界有灾难，灾难怎么来的？与浊恶有关。浊是浊气怨气，恶是恶念恶行。天地间浊气怨气重了，人世间做的恶多了，灾难自然就来了。人人行善，无私心无恶念无贪欲，五脏六腑就干净；人人干净，天地也就干净。"（第275页）但按照史蒂芬·霍金的说法，"自私、贪婪"是人类基因中携带的遗传密码，或者说是人类天生就有的"恶念恶行"，那么，又如何才能做到"人人干净"呢？因此，与其说作者是要给现代人寻找一方精神家园，不如说是给现代人提出了一个如何进行精神救赎的问题。我以为，现成的精神家园恐怕是没有的，它只能存在于人类自我救赎的过程中。

悲怨声中开创出太平盛世

——评肖献军长篇历史小说《湘妃怨》

周朝《谥法》云:"仁圣盛明曰舜。"舜帝是人们心目中梦寐以求的圣人,舜帝治理下的时代是中国人最理想、最美妙的时代,舜帝情结在中国人的心灵上有着很深的烙印。杜甫的一生颠沛流离,但念念不忘"致君尧舜上,再使风俗淳";南朝著名文学家沈约更是用"舜日尧年欢无极"的诗句来盛赞尧舜的时代。在中国文人的笔下,那是一个民风淳朴、欢乐无限的太平盛世,在中国数千年的历史长河中,"尧天舜日"一直是熠熠生辉,只见其历史光环,不见其历史真实。今有肖献军先生的长篇历史小说《湘妃怨》,力图以艺术形象的真实性来还原历史的真实性,不仅让我们看到了历史光环下的阴影,更是看到了太平盛世之所以产生的真实缘由;同时还看到了艺术性与学术性高度结合的丰硕成果。

一 女性之哀怨:政治牺牲与政治奉献

小说的题目是《湘妃怨》,自然是以写二妃的"哀怨"为主,这一点,作者在作品的"尾声"中说得很明白:"二妃虽出生于帝王之家,但其时早已进入男权时代,尧子丹朱的不肖决定了二妃的悲剧性,她们不得不承担更多的政治使命。子嗣的凋零也加重了二妃的悲剧性,她们投江而死自然有着对爱情的忠诚,但更主要的是对生活的绝望。她们看不到前途、看不到希望,她们所付诸的努力,在一个以男权为主的社会里,只能是徒劳的挣扎,但她们身上体现出的中国女性特有的忍耐、勤劳和智慧，感动了千千万万的中国人。"① 应该说，作者的主旨明确，作品的主题清晰，作品的形象所显现出来的思想内容充分表达了作者的创作意图，这也充分体现了作者对纷繁历史素材、重大历史事件和众多艺术形象的把控能力，虽是第一次进行长篇历史小说的创作尝试，但创作经验却已臻于成熟；也可以说，是作者的学术研究和学术思考，为作者创作经验的成熟提供了莫大的帮助。

娥皇、女英下嫁虞舜，纯然是政治需求，历史文献从《尚书》开始就有过明确的记载。但历史文献只记载其结果，没有记载其过程，文学创作则必须有过程和细节的交代，这就是一个创作难题：如果她们过于顺从父亲的意志，说明她们没有自己的主见，下嫁虞舜之后就起不了什么作用，作为艺术形象也显得过于简单而苍白；如果她们有自己的主见，就不会轻易地顺从，那么就得合理地设计从抗拒到顺从的转折点，而且这个"点"既要符合历史的真实性，又要符合人物性格的逻辑性，以使人物形象显得真实而丰满。为解决这一难题，作者设计了一个细节：听说父亲要另选他人作为继承人，

> 丹朱怒目相向，一言不发地站在那里。
> "丹儿，坐下来好好和你父皇谈谈。"女皇试图打破僵局，递了一杯茶给丹朱。
> "他不配做我的父皇！"丹朱话未说完，茶杯脱手从手中飞出，帝尧没有躲避，也不想躲避，茶杯不偏不倚正中了他的鼻梁！鲜血立刻混杂着茶水从脸上流了下来。（第53页）

这一细节的设计，可以说是匠心独运，它不仅引发了娥皇感情的转换，也衬托了丹朱的不肖，还交代了帝尧传位于虞舜而不传位于丹朱的缘由，可谓一石三鸟。

首先，从娥皇的情感转换看，因为担心父亲过重地处罚哥哥，只好

---

① 《湘妃怨》，团结出版社2014年版，第237页。下引仅注明页码。

出面答应父皇："您的目的不就是我吗？我答应您，但您不要再为难哥哥了！"（第55页）在这里，娥皇的转变虽有被逼的成分，但也可看出他们兄妹情深，承担国家的责任或许还是处在年少不更事阶段，承担家庭的责任则有了一种自觉。此后的一生，在所有重大政治事件中，她都能做到将国家责任与家庭责任结合起来思考问题，体现出高度的政治自觉和政治智慧。

其次，丹朱的不肖及不能传位于他的缘由，则体现得更为明了：性情如此暴躁，无父无君之人，一旦大权在握，生杀予夺岂不随意？百姓还能有好日子过？！

娥皇的下嫁是被逼的，女英的随嫁则纯属自愿。她甚至死缠烂打地要与姐姐共享爱情，逼着姐姐承认重华是"我们的夫君"而不仅仅是"我的夫君"。所以二妃的形象既是一个整体又是一个互补：她们是心身相通的姐妹，没有利益冲突也无情感争夺，一损俱损一荣俱荣，所以能同心协力地辅佐虞舜；但她们又各有偏重，娥皇偏重于理，女英侧重于情，娥皇主要承担国家责任的政治任务，女英主要承担家庭责任的相夫课子，娥皇主要体现的是果敢决断的政治智慧，女英主要体现的是温柔体贴的家庭情感。也正是这种整体性与互补性的统一，才使得二妃的形象显得真实而丰满，并进而使得政治生活与家庭生活能够和谐地统一起来，从而为作品整体形象的和谐统一奠定了基础，这是作者在处理人物性格上的成功之处。

作为反映重大历史题材的小说，作品的重点是在写政治事件，用笔最多的也是写娥皇的政治智慧。她具有高度的政治敏感性和预见性，在家庭生活中，洞察了壬女的来者不善，数次化解了虞舜被杀的危机；在壬女的阴谋被揭穿之后，她不仅宽恕了壬女，还保留了壬女在家庭中的地位，依旧敬为"娘亲"，终于感化了壬女和象，为后来三苗之乱的彻底解除打下了关键性基础。在国家政治生活中，她化解了虞舜与丹朱的矛盾，不仅保证了虞舜的顺利登位，还保全了虞舜的圣人名声，也保住了丹朱的生命安全和应有地位，为虞舜时代太平盛世的开创奠定了基础。直到临死之前，她让象隐瞒舜因中江淮之毒而死的真相，化解了尧舜两家与禹的矛盾，保全了"天下皆以禹为贤"的形象，避免了国家的内乱，也保证了丹朱、商均和象得到了应有的分封，更使两个家族的根脉得以延续。因此，就娥皇在作品中所起的历史作用而言，更多的不是政治牺牲，而是政治奉献。

"惟世间兮重别，去复去兮长伤……"（第233页）娥皇的形象虽有"哀怨"，但决不是"凄凄惨惨戚戚"的闺中之怨，而是"生当作人杰，死亦为鬼雄"的女中英杰之怨；她的哀怨，不仅是个人所特有的，更是男权社会想要有所为的女性所共有的。这就是娥皇形象的典型意义，也正因为有了这种典型意义，使得娥皇的形象在中国文学史上一系列怨妇形象中有了特殊的地位。

二 男权之悲苦：生活磨难与政治抱负

男权社会的女性想要有所作为而不能，其实，即便是男性，想要有所作为也不易。作者在作品中，除了表现女性"徒劳的挣扎"之外，也"试图表现出令无数人崇拜的帝王背后，有着怎样的辛酸故事"（第137页）。如果说作品中女性给人的情感体验是哀怨，男性给人的情感体验则是悲苦。

生物的生存似乎有一条定律：权责统一。当一头雄狮具有统治一群母狮和幼狮的权力时，它同时也就要承担保护这一群狮子的责任；当它的能力承担不了保护责任，就会有另外的雄狮来夺取它的权力。这就是动物界的竞争：明抢。人类社会有种种的"文明规范"，"明抢"不一定能服众，所以权力的争夺要更复杂、更困难一些，而在得到最高权力之后要将它用好并开创出太平盛世，就尤其是难上加难。惟其如此，舜帝做了一件难上加难，特别是后人再也无法做到的千古盛事，所以他能够成为千古圣人。

按照中国人的传统思维定式，要做成"千古盛事"，必须先成为"千古圣人"，这就需要生活磨砺和道德修养。孟子云："舜发于畎亩之中，……天将降大任于斯人也，必先苦其心志，劳其筋骨，饿其体肤，空乏其身，行拂乱其所为，所以动心忍性，增益其所不能。"孟子是相信"天命"的，所以这一段话将因果关系颠倒了。应该说,"必先"有了"苦其心志,劳其筋骨"的种种生活磨砺乃至磨难,才能担当起"天降之大任";即便是担当"大任"之后,因为"天大的"责任与压力,仍然要历尽磨难。

虞舜年轻时的种种生活磨难,古代文献已有诸多记载。作者没有囿于古代文献的限制,将虞舜的磨难提前:一出生就被遗弃。虞舜的出生导致了母亲握登难产而死,"对握登之情久久不能忘怀"的妫剒,"便把一切罪过归咎于孩子身上":"你敢夺走我心爱的妻子,我便要了你的命。"(第23页)妫剒居然将刚出生的重华扔到了荒郊野外,让他自生自灭。这一情节的设计,自然是有背常理的。但正是这一有背常理之事,说明了妫剒是不循常理之人,为他后来的精神失常,虐待童年重华,以及被壬女所利用,多次设计要谋杀青年虞舜等情节的展开,提供了人物性格发展的心理逻辑。

尤为重要的是,这一情节的设计更为虞舜的隐忍和逆来顺受提供了心理和生理依据。重华一出生就被遗弃,三天之后,其父亲妫剒本想去收拾他的尸体并将他与母亲握登葬在一起,却意外发现他竟然还活着。这说明他有着超乎寻常的生命力和忍耐力。他一出生就失去母爱,也没有真正的父爱,从婴儿的时代开始,就在逆境中长大。作为一个毫无自立能力的孩童,除了依赖于父亲,他没有别的选择;同时,对于来自父亲的打骂,除了逆来顺受,也没有别的选择。这种生活磨砺,从小就培养了他的隐忍和坚忍性格。再者,所谓没有比较就没有判别,他从小就生活在父亲的打骂之中,对这种非正常的生活状况早已经习以为常,因而能够以平常心态来对待父亲的打骂,以至于父亲在继母壬女的挑唆下几次要谋杀他,他仍能心平气和地做到逆来顺受。

在打骂中长大的孩子极有可能走向极端:仇视家庭甚至与整个社会为敌。但虞舜却心地善良,身心得以健康成长。这应该归功于美妙的音乐。作为音乐世家,父亲带着童年的重华以鼓瑟卖唱为生,他不仅受到了音乐的熏陶,也接受了众多陌生人的施舍,见识了普通百姓的善良。这为他的人格完善奠定了基础。

历经磨难之后却又心地善良,遭受打骂之后竟然孝顺有加,这正是

"苦其心志，劳其筋骨"所达到的特有效果。这样的人才的确是太难找了，所以他能担当"天降之大任"，他能开创太平之盛世。

男性在担当大任之前要遭受磨难、隐忍悲苦，这不仅对虞舜是这样，对大禹也是这样。大禹的父亲鲧因治水不利而被摄政王舜"殛于羽山"，他放下"杀父之仇"，揭下黄榜告示，自告奋勇地帮助摄政王平息水患，这其中的隐忍和悲苦，也是常人难以想象的。

那么，担当大任之后的男人，就能一路风光、顺风顺水吗？也不尽然，或许还要遭受更大的磨难，隐忍更大的悲苦。帝尧将帝位传给舜而不传与儿子丹朱，这其中就有着更大的磨难与悲苦。他将儿子丹朱贬到了丹水城，甚至连母后去世，尧帝也"令他待在原地守孝三年，不许他踏出丹水城半步"，"而且直至我死也不会许他回来"；当这一做法受到娥皇、女英的指责时，他才说明原因："我之所以把他贬到丹水，实际上就是想削弱他的实力，能够让重华顺利登上帝位。"（第170页）对自己"最疼爱的儿子"进行这样"绝情"的打压，不仅给儿子带来了痛苦，也给家人带来了痛苦，他自己的痛苦程度如何，更是常人难以想象的。

三　盛世之缘由：历史定律与创作规律

尧帝是强咽悲苦，把帝位让给了他人；舜帝是历尽磨难之后才算登上帝位，后来又仿效尧帝，不仅强咽悲苦甚至埋骨他乡，最终将帝位也让给了他人。作者的这种描写，不仅"表现出令无数人崇拜的帝王背后，有着怎样的辛酸故事"（第137页），更重要的是揭示了太平盛世之所以产生的真实缘由：那就是"利天下而弗利己"与"利天下而利己"的问题。关于这一问题，《郭店楚墓竹简》[①]中的《唐虞之道》一文，曾有过专门论述：

　　唐虞之道，禅而不传。尧舜之王，利天下而弗利也。禅而不传，圣之盛也。利天下而弗利也，仁之至也。故昔贤仁圣者如此。身穷

[①] 《郭店楚墓竹简》，文物出版社1998年版。下引仅注明页码。

不忧，没而弗利，躬仁矣。必正其身，然后正世，圣道备矣。故唐虞之［道禅］也。

这里其实暗含了一条历史定律：作为一个最高统治者，如果将"利天下"摆在第一位，就可以"禅让天下"，这样才有可能开创出"天下为公"的太平盛世。

但要仔细地深究起来，上述说法也只对了一半，我们说要将"利天下"摆在第一位，并不是说要"毫不利己"，完整的说法应该是"利天下而利己"或"先利天下而后利己"。尧帝之所以不愿把帝位传给自己的儿子丹朱，真实的原因就是："如果把帝位传给他，不仅会害了他，还会害了整个部落。"（第270页）舜帝拖着年迈之躯远赴蛮荒之地南巡，既是为了避免大禹"利用三年摄政王时树立起来的威望，联合其他大臣起来反抗"，从而使"朝廷将会掀起一场大的血腥浪"；也是为了避免女儿"霄明、烛光也难逃一劫"（第211页）。在当时的情形下，"只有出巡才是解决危机的唯一办法"，因为"只有如此，朝廷才不会出现纷争，天下才不会大乱……大家才可以相保平安无事"（第212页）。在这里，无论是尧或舜，都不能不考虑"利天下"与"利己"的关系；圣人之所以成其为圣人，是因为把"天下"、"朝廷"摆在了第一位，同时也不能不考虑自己家庭、家族的利益。这才是中国历史上具有真实性的"圣人"，而不是虚幻的"圣神"。这一点，在《孝经·孝治章》中说得更明白：

子曰："昔者明王之以孝治天下也，不敢遗小国之臣，而况于公、侯、伯、子、男乎？故得万国之欢心，以事其先王。治国者，不敢侮于鳏寡，而况于士民乎？故得百姓之欢心，以事其先君。治家者，不敢失于臣妾，而况于妻子乎？故得人之欢心，以事其亲。夫然，故生则亲安之，祭则鬼享之。是以天下和平，灾害不生，祸乱不作。故明王之以孝治天下也如此。《诗》云：'有觉德行，四国顺之。'"

很显然,以孝治国就是要把"国事"与"家事"联系起来,这首先要做到"三不敢":不敢遗小国之臣,不敢侮于鳏寡,不敢失于臣妾;然后才会有"三得":得万国之欢心,得百姓之欢心,得人之欢心;最后才会有"三事":事其先王,事其先君,事其亲。既然是谈"孝治",当然是针对统治者说的。其实,"三三"可以归一,用一句话来表达:为民众,得民心,固社稷。"三不敢"是说对社会地位最低的人也不敢怠慢,这样才能得民心;"三事"既可以说是祭祀祖先,也可以说是从事祖先未竟的事业。"社稷"是国家存在的标志,也是家族事业存在的标志。所以,对统治者来说,行孝也就是要为民众、得民心。否则,就将"社稷"不稳、"家业"不继,这就是最大的不孝。《孝治章》要求统治者好好地行孝,好好地对待民众,以维护自己的"家业"。我们今天说权力是民众给的,要好好地对待民众,才能维护自己的权力,其实是有异曲同工之妙的,只是古人将权力再与"家业"相联系,似乎看得更深、更远一些。

"天下为公"——"利天下而利己",这二者的结合,构成了一条千古不易的历史定律,肖献军正是通过尧舜形象的"返璞归真",再现了中国传统社会的艺术真实性,为这一历史定律提供了一条鲜活的注解。

"帝舜南巡去不还,二妃幽怨水云间。当时垂泪知多少,直至而今竹尚斑。"人们一般只看到二妃的幽怨却不见二妃的"贡献",只见到尧舜的光环却不见背后的"悲苦"。独具慧眼的肖献军,在幽怨和光环之下有了自己独特的发现,并依照文学创作的规律进行了独特的描述,于是成就了一部别具一格的长篇历史小说《湘妃怨》。这部小说因为有了艺术与学术高度融合的关系,使得它在文学领域有了学术的独特价值,在学术领域又有了文学的独特价值,这种"两栖"性的价值,也奠定了它在文学史和学术史上独特的"双重"地位。

扎根传统的品味　立足现实的自语

——序周甲辰《传统文艺鉴赏理论的现代观照》

文艺学建设究竟该向何处去？这是近年来文艺学界争论得颇为热闹的一个话题。或许可以这样说：文艺学研究已步入它有史以来的最低谷，甚或到了它的危急关头。

危机来自于两个方面：一是整个文学界的，即所谓的"文学（研究）终结论"；二是文艺学研究自身的——它几乎已经找不到任何新的研究领域，寻不到任何新的研究出路。

关于"文学（研究）终结论"，这是一个国际性话题，其始作俑者，似乎可以追溯到19世纪的黑格尔，他设想了一个绝对精神的发展逻辑，认为人类因为追求更高层次的宗教精神，而最终将使艺术终结。尼采对此也有过类似的看法。罗兰·巴特则更是认为解构时代随着主体作用的消弭，作者也随之死亡，于是他断言"作者死了！"这些话虽然也惊世骇俗，但对当时中国的文艺学界并未产生真正的影响，因为其时有太多的西方理论纷至沓来，令中国的研究者们应接不暇，觉得正是大显身手的时候，即使是"作者死了"，仅就理论自身的研究来说也是大有可为的，谁还会理睬"终结论"？但到了21世纪的近几年，情况就不同了，当"米勒预言"来到中国时，立即就掀起了轩然大波。2001年的新年伊始，米勒就在《文学评论》第一期上发表《全球化时代的文学研究会继续存在吗?》一文，文中认为："新的电信时代正在通过改变文学存在的前提和共生因素而把它引向终结。"既然文学终结了，文学研究便失去了研究对象，自然也就终结了，而一向以探究文学本质、总结文学规律为豪的文艺学，也不可避免地要走向终结了。

米勒的"文学（研究）终结论"一出，几乎归于沉寂的文艺学界一下子又热闹起来了，反对者有之，赞同者更是不绝于缕，国内比较文学界和文学理论界的学人几乎都不同程度地介入了对这一问题的讨论，发表了大量的文章。"米勒预言"之所以能在中国的文艺学界产生这么大影响，其原因恐怕就在于它真正触及到了文艺学界学人们的心头之痛，或者说，它点明了大家都深深感觉到却又不愿说出口的危机：文艺学研究出路何在？的确，文艺学研究，自从20世纪末反出"苏联模式"以来，在二十余年的时间里，不仅将西方世界两百余年所创造的新理论玩了个遍，也把中国两千余年所创造的古代文论玩了个遍。到了21世纪，实在再也找不到可玩的新鲜玩意儿了。于是，大家便沉默着，失望着……正在此时，来了"米勒预言"，一下子又引发了大家的话题，赞同者觉得正中下怀，反对者则是要坚守自己的信念。但不管是赞同还是反对，文艺学的危机总是客观存在。

说实在的，本人也是赞同者。本人虽然忝列文艺学界，每每自我介绍时，也总以"从事文艺学教学和研究"作为职业幌子，但在近几年却一直在逃离文艺学，把主要的时间和精力转向了中国传统文化的教学和研究。这其中虽然也有其他方面的种种原因，但最根本的原因则是患上了文艺学界的"流行病"——即所谓的"失语症"。一方面，总觉得文艺学方面该说的话别人都说完了，自己已经找不到新的话题；另一方面，又总觉得别人说得不完善，但自己又无法说得更完善。既然更新的话题和更完善的话题自己都无法找到，于是便只好缄口，只好逃离……

但有人却是另外一番景象，拿着中国传统文艺鉴赏理论的著作慢慢地读，慢慢地品，读出了自己的心得，品出了自己的味道，又慢慢把它写成文字、著成文章，再一篇篇地发表，积少成多、集腋成裘，于是便有了眼前这一部精致的著作。

作者将这一部著作起名为《传统文艺鉴赏理论的现代观照》，可以看出作者所做的两方面努力：既扎根传统又立足现代。作者认为："中华民族的文艺鉴赏理论具有鲜明的民族特质，是不可替代的。而这种特质又是与特定的审美范畴联系在一起的,离开了这些范畴,它便无所依附。今天我们民族之所以会患上文论失语症,主要原因也就在于排斥了这些范畴。因此,激活这些范畴,对之进行现代的改造,对于我们构建当代民族文艺鉴赏理论,具有重要的理论意义和现实意义。"这是作者进行古代文论研究的出发点,也是本书的写作宗旨。应该说,作者已经达到了自己的目的。几年的潜心研读,作者将中国古代文论中有关文艺鉴赏的范畴全都翻检了一遍,对每一个范畴,既梳理了其内涵的发展、演变历史,又从现实需要出发给出了自己的解释。这些解释,或许并不是什么惊人的创造,但它真实、自然,正是作者自己所品出的味道。

尤为重要的是,作者找到了自己可说的话语,在文艺学界普遍患上失语症的今天,他的这点"喃喃自语",虽难收到"于无声处听惊雷"的效果,但至少对我们这些缄口无言的人来说,是一种启发和安慰。

是为序。

(周甲辰《传统文艺鉴赏理论的现代观照》,湖南大学出版社2007年版)

诗性传统与诗人本色

——序曹万松诗集《黑夜的祝福》

毋庸讳言，这是一个缺少"诗意"的时代，人们汲汲于物质享受，热衷于捞钱、捞物、捞官，即使是对艺术的欣赏，也是追求感官刺激，娱乐化、消闲化、快餐化成为时尚；对诗歌，则是避而远之，冷若冰霜，这实在是有负"诗性国度"的传统。

但另一方面，这似乎又是一个"诗兴大发"的时代，每年出版的诗集上千部，仅以数量而言，超过此前任何时代。但翻阅这些诗作，不是"为赋新诗强说愁"，就是为评职称"强出诗"，更有为附庸风雅而请人"捉刀"者，这些人，实在愧对"诗人"的雅号。

今有曹君万松的诗集《黑夜的祝福》，似乎写出了另外一番景象，既有一点接续"诗性"传统的意思，也可以读出点"诗人"的本色。

作为一个年轻人，当同辈人都沉迷于网络文学的时候，他却在孜孜不倦地写诗，这本身就是对"诗性"传统的接续；当然，仅仅是"写诗"还很难说是对"诗性"的接续，还必须写出诗人的"本色"：写情，写真情——"情到真处诗自工"。

按说，就曹万松的年龄而言，也正处在"为赋新诗强说愁"的时段，青春年少，"吃爹饭，穿娘衣"，正是无忧无虑、想入非非的时候，哪有"愁"可言？要"强说愁"自然就是假愁。但曹万松的生活经历有点不一样：正是"穿娘衣"的时候他失去了自己的亲娘。这对他的心灵是一记沉重的打击，也是一种深深的锤炼。他的长诗《清明·我低声独唱——写给母亲》，可以让我们看到母亲的去世在他心底所留下的深深印记。鲁迅说，长歌当哭是在痛定之后的。他的这首长诗很真诚地表现出痛定之后的长歌当哭。曹万松在诗中告诉我们：

> 垫着母亲亲手纳织的鞋垫
> 走过无数的风雨，却始终走不出母亲的温馨
> ……
> 母亲的生命可以分为两半
> 一半是没有儿子的时光，一半是有儿子的时光
> 我的生命也分为两半
> 一半是有母亲的日子，一半是没有母亲的日子
> 有母亲的日子，即使再孤独也不能算孤独呀！
> 没有母亲的日子，即使再幸福也不能算幸福呀！
> ……
> 母亲走了，内心的童年才算真正结束

我不知道该如何评价这样的诗句，这样饱含深情又富含哲理的诗句，不经过切骨之痛写不出来，不走出"内心的童年"同样写不出来。因此，少年丧母，是曹万松人生之大不幸，但他从这不幸之中走出来，并把它转化为当哭的长歌，并因此而成就了他的诗人"本色"——这又是曹万松不幸之中的大幸。我认为，有了这一首长诗以及后面的几首怀念母亲的诗，即使其他诗作都忽略不计，这一本诗集也有了它的价值。

当然，这本诗集的"真情"还不仅是对母亲的怀念，作者还有着更为广阔的大爱。作为一个志愿者，他经常去参加一些公益活动，面对孤残人，他写下了这样的诗句：

> 一间红砖堆砌的茅屋没精打采地斜着头
> 破旧的窗户上插着几根长满铁锈的钢筋
> ……
> 老人静静地呆坐在木凳上

下编　本土作家评论

　　伤残的腿脚一动不动
　　茅屋前的愚溪，流水叮咚
　　淌不尽志愿者们胸口的揪心
　　倒影里心酸密密麻麻
　　俯首细看，散落的尽是孤弱的委屈（《心酸泛起在这个秋天》）

　　在这个人情冷漠的时代，作者的心底能葆有那"密密麻麻"的心酸，已属难能可贵了。即使是路遇一个跌倒的陌生人，他也会表现出自己的关心：

　　远远地，看见一个人倒于绿化带中
　　伴随着一阵阵的抽搐
　　……
　　没有人停下来
　　徒有一双双回眸观望的眼
　　挣扎了一个世纪后
　　我毅然掉头朝他走去
　　尽管口袋里只有可怜的33块
　　……
　　他不让我拨打120，
　　我便给他撑着伞，等他慢慢清醒（《在雨里扶起我的良知》）

　　从人间大爱出发，面对一场春雨，作者也有另外一番情致："淅淅沥沥，雨滴打在脸上／潮湿诗人密致的情网"，这"情网"不是感叹春天的美好，而是"诚恳的祈求，来自浊眼由衷的夙愿／飞到干涸的大西南去吧／飘到饥荒的重灾区去吧"（《春雨》）。诗人潮湿的"浊眼"，是因为"好雨知时节，当春乃发生"的喜悦，但他在喜悦之余所想到的，则是数千里之外的干旱灾区。这样的情怀，没有对人世关注、关怀的大爱，是很难产生的。

正因为有了人世关怀的大爱，当新闻报道一个"拾荒阿姨"靠捡破烂来养育那些被遗弃的孩子时，作者便表现了由衷的敬佩：

一尘不染
您是来自蓝天里的一朵白云
一双拾荒的手
拾起的不只是奄奄一息的生命
更有泱泱麻木的灵魂

举世独清
您是出淤泥的一束白莲
一颗最美的心
温暖的不只是摇摇欲坠的信念
更是岌岌可危的民族（《最美——写给最美的拾荒阿姨》）

一件小事，一个极普通的人，但作者却能从中观察到世情的冷暖、民族的安危。这种体察，的确已超出了他这个年龄段所应有的思维，但却接续了中国文化人"为天地立心，为生民立命"的古老传统。

带着人世关怀的大爱，作者不仅关心人事，也关心自然：

不曾见尽染的层林
不曾见碧透的湘江
不曾见搏击的雄鹰
不曾见飞翔的鱼儿
唯有沉睡的黄昏
按捺不住的黄沙滚滚东逝
不可一世的伟人
您诗画里的神州哪里去了？
攥着您的足迹

> 我分明听见水浪情不由己的唏嘘（《橘子洲头》）。

作者之所以能有这种悲天悯人的情怀，是因为他把自己的生命融进了大地，"因为只有大地/才会收留弱小的飘零"（《橘子洲头》）。

还需要再说什么呢？有这样的襟怀、这样的真情，再加上入骨的观察和精细的体察、持之以恒的笔耕不倦，便不难期盼一名接续传统的本色诗人熠熠于诗坛——这同样是民族复兴之大业。

是为序。

2013 年 1 月 12 日

（曹万松诗集《黑夜的祝福》，大众文艺出版社 2013 年版）

别样的"秋水"书写别样的感悟

——序康怀宇诗集《秋水》

康怀宇是一位正在读大学的青年诗人，或者也可以说，是一位尚在初创阶段的诗歌爱好者。此前，我从未读过他的诗，对他的创作并不熟悉。突然有一天，他发来了一个电子邮件，嘱我给他的诗集写个序。我一看题目，就觉得很别样。按说，康怀宇君正是青春年少之时，写春天、写夏天都是可以理解的，他何以对秋天、秋水感兴趣？曾经读过王田葵老先生的散文《秋水如斯》，文中说："人过七十是秋水"，"秋水无尘，净澈而平静"；"秋水式的思维最适合表现世界的不确定性，世界和人生永远是不可测的，无论世界的状况发生了什么变化，无论人的处境发生了什么变化，人都不得不如水寻路那样去寻找人与人、人与世界的恰当关系，以及在这种关系中偶尔获得的心灵感受。"王先生对世界和人生真是洞察精妙，足可通达神明。但这是"人过七十"、"曾经沧海"之后的"秋水"之悟，对于"初生牛犊"的康怀宇来说，怎么会有这般感悟？

一 时间之表与生命之本

当然，人生的感悟可以有深浅的程度不同，不能说年轻人就没有人生的感悟。譬如康怀宇，虽说人世间的阅历尚浅，对人生百态、世态炎凉的观察还欠火候，但从个体生命的感悟来说，却显得真切乃至深刻。

首先，诗人对时间有独特的感悟。诗人置于诗集之首的《秋水》，就是对时间变化之速的洞察：

● 下编 本土作家评论 >>>

> 乘着风之马渡过秋水
> ……
> 静静流淌着的秋水
> 在即将干涸的一晚
> 把鸟儿的骸骨
> 带到了我的马上

无疑，诗人是借用了形象化语言，对时间"如白驹过隙，倏忽而已"的感悟进行了更为含蓄的表达。这种感悟，是古人已有的，也是诗人自己的。为表达时间的"倏忽"，诗人还利用了《十月》与《三月》、《四月》的对比描述，这种对比，诗人所要告诉人们的就是：

> 野花和河水在这天
> 全部醒来又全部夭亡
> ……
> 我的泪水像河流一样
> 在这天全部夭亡又全部醒来（《三月》）

虽说时间一去不复返，但万物却又是在时间之流中生死轮回。因此，诗人除感叹时间"倏忽"之快外，更在告诉我们一个更深层次的道理：万物勃兴时不必过于得意，因为"全部醒来"与"全部夭亡"同在；万物肃杀时也不必过于绝望，因为"全部夭亡"与"全部醒来"同在。时间之流可以主宰自然万物的生生灭灭、生死轮回，当然也可以主宰人生的生死荣辱。作为智慧的人生，如何超脱于生死荣辱之外，客观冷静地看待时间之流的作用？这是诗人留给我们的思考。

其次，诗人对个体生命有独到的感悟。时间是客观的，无所谓长短，更无所谓"倏忽"，人们对时间之所以有"倏忽"之感，乃是因为它与人的生命发生了关系。时间之流不仅主宰着自然万物的生生灭灭，更是主宰着人的生命的生死去留。勘破了时间之流的客观性和不可抗拒性，对人的生命的生死存亡自然也应有自己独到的感悟，诗人是这样《陈述》的：

> 溺水而亡的都是一些孩子
> 透明的身体
> 洁白的语言
> 随着木叶进入森林
>
> 关于死亡，人们说的太多
> 却忽略了我的声音

诗人所要表达的究竟是什么声音？且看他的《梨花》：

> 人不能长久地畏惧坟茔
> 及开在坟茔旁边的梨花
> 这样春天也会流泪
> 抱着素朴的情感欣赏坟茔
> 你就会发现：这埋葬美好
> 事物的容器，其实是大地
> 送给我们的纪念品
> ……
> 白色闪电刺破坟茔
> 露出它那明亮的心碑
> 其实是想把常人难以洞悉的经验
> 全部传授给你

梨花是洁白的，洁白代表着纯净。纯净既可以是天真烂漫、洁白无瑕，也可以是"秋水无尘，净澈而平静"。天真烂漫的人无法勘破生命的本质，因而容易"溺水而亡"；净澈而平静的人却可以"抱着素朴的情感欣赏坟茔"；而且，不仅仅是欣赏，还可以从中感悟到"常人难以洞悉的经验"。只是，这"经验"究竟是什么？《深秋》会告诉你：

  已是深秋，荒凉的是原野和村庄
  虔诚的人们除去阵阵晚钟
  一无所获，一无所有

  生命的本质是生不带来死不带去，生命的存在只是一个过程，物质的需求只是维系生命存在的手段，但人们往往把手段当成了目的，"天下熙熙皆为利来，天下攘攘皆为利往"，为财富追逐一生，当最后的"晚钟"敲响时，仍然只能是"赤条条来，赤条条去"——一无所获，一无所有。作为一个年青人，对生命本质的感悟能如此深切，确实是难能可贵的。
  从《秋水》到《深秋》，这不仅是时间的递进，更是诗人思想感悟的递进，说明诗人已经从时间之表深入到了生命之本。

二　应该摒弃的与需要挽留的

  除对时间和生命有独特、独到的感悟外，诗人对历史和现实更有深切的感悟。对世态炎凉阅历尚浅的康怀宇，对历史和现实生活进行直接描述的诗篇较少，偶尔有几首与历史和现实相关的诗，却也可以见出诗人不一般的见解。先看他的《孤狼》：

  血淋淋的太阳是我的旧战场
  而我的这双绿眼睛
  便始于那个食肉饮血的深夜
  我的宿命便始于那个古老的深夜
  五千年以前
  现在，我把它还给你

  战争与和平，构成了人类历史的双重复线，这正如《三国演义》开头语所说的：话说天下大势，合久必分，分久必合。"分"则意味着战争，"合"则意味着和平。但诗人对中国历史的看法，似乎更深了一层：不仅要摒弃"旧战场"，更要摒弃"食肉饮血的深夜"。这很有点鲁迅"救救孩子"的意味，只不过鲁迅所要摒弃的是"吃人的礼教"，康怀宇所要摒弃的则是"食肉饮血"本身。"礼教"作为一种文化现象或制度，很难说绝对的好或绝对的坏，需要摒弃和防止的只是它的坏的方面亦即"吃人"、"食肉饮血"方面，而不能不加区分地全盘否认，这不仅是对"礼教"，对其他任何一种文化现象或制度都应该抱同样的态度。因此，无论是面对历史或面对现实，凡是"吃人"的、"食肉饮血"的东西都是非人性的、反人类的，都应该摒弃！康怀宇的这种"中立"态度，也更切合历史和现实的实际。

无论历史或现实，有些东西应该摒弃，有些东西则需要《挽留》：

　　挽留死去的马匹不要魂归草原
　　我挽留战败的勇士不要投降敌人
　　听凭冬天的大风将石头吹得翻滚
　　慢慢在我们头顶聚集

中华民族的历史既是一部苦难史，也是一部英雄史。往往是在民族"苦难"的危急时刻，总会有"英雄"挺身而出，撑起一片森林，挽狂澜于既倒，解民苦于倒悬，开拓出民族生存的一片蓝天。中华民族虽经历数千年"苦难"，却仍能独立于世界民族之林，就因为有这样的一种"英雄"，或者说一种力量、一种精神的存在。这种力量或精神，可以化为《火种》：

　　"火种"——火族最新的希望，复活了一个姓氏的荣耀
　　天空和大地为证，我要把他送给你们
　　不仅仅是为了轰轰烈烈的爱情
　　"火种"——应该穿越数个世纪的荣辱，几代人的心血
　　化为大地上最有力量的王者

生生不息

有了这样的"火种",即便是"流尽鲜血后/还可以涂地,还可以展览在/十万里江山的画壁"(《木棉树》)——这是何等豪迈的民族自信!也正因为有了这种自信,所以诗人寄希望于现实的是:

  十三亿受伤的飞鸟
  用血淋淋的骨头和羽毛
  为你们编织成一个安定的住处
  在该来的风暴中
  你们要挖掘出治愈衰老的药方
  你们要站在风暴的最前沿(《稻草人》)

"英雄"的流血牺牲,"火种"的星火燎原,最重要的是能唤醒普通民众,更重要的是能穿越历史影响现实,否则就不能真正成为民族力量、民族精神。而且,"英雄"之所以能够影响民众,"火种"之所以能够燎原,是因为他们本身就是来源于民众、来源于田野:

  谷仓不富裕,幸好有人来回奔走
  将饱满的粮食堆放在谷仓
  深夜里
  这些人多么像我们的祖辈
  他们从我们供奉的香案上走下
  从事这项伟大的工作

  风吹稻田因此特别香甜
  风吹稻田因此特别热烈(《稻香》)

民以食为天,对于以农为生的中华民族来说,粮食的丰歉,不仅决定着社会的治与乱，更是决定着中国历史的走向。从香案上走下来的祖辈，用他们辛勤的劳作，不仅创造了稻田的香甜和热烈，更是创造了中华民族悠久而辉煌的历史。他们走上香案是英雄，走下香案便是普通的劳动者，英雄与普通人的相互转换，反映了诗人正确的历史观和英雄观。青春年少的康怀宇，对历史和英雄的认识却是很老到的。

三　思想的奔流与精神的漫游

无疑，康怀宇是一位青年诗人，但同时也是一位行者——思想的行者。读他的诗不难发现，汇聚在他笔下的，很少有即景式的生活表象或自然景象的点滴描绘，更多的是他的某种思考或感悟。或者也可以说，他的诗作往往是"主题先行"的，先有了某种思考或感悟，再借助相应的形象描绘出来，这便使得他的诗作总有某种深意在。读他的诗并不轻松，快餐式的阅读肯定会不知所云，必须是边读边思考，如同诗人自己边走边思考一样。且看他的《走在屋顶》：

> 我仰望夜空，黑漆漆的天空上
> 除了奔流的思想
> 再也没有一个可疑的事物
> ……
> 我是在屋顶，
> 可下面没有房子。
> 我是在行走，
> 可走的每一步都没有痕迹。

人是不能在屋顶行走的，更何况这个屋顶"下面没有房子"，但思想却可以在屋顶奔流，而且不留痕迹。这样的诗句，肯定不是客观景象的描写，而是主观情志的抒发。从这里我们可以感受到，康怀宇是一位无所依傍的思想行者，同时也是一位不同常人的孤独行者。凡思想者都是孤独的，"众人都醉我独醒"，醉者沉睡，睡眼矇眬，看不清世态的炎凉、风云的变幻，感知不了时间的倏忽、生命的短暂，因而他是幸福的；醒者"睁眼看世界"，见不惯人世的龌龊，想寻找生命的意义与永恒，于是四处《游荡》："从南方的某个小镇出发/渡风为马，追赶水流的背影/……远方太过空旷/无处安放我内心的忧伤"。当然，生命的意义与永恒是很难找到的，或许，它就蕴含在寻找的过程中。所以，尽管诗人知道"远方太过空旷/无处安放我内心的忧伤"，但他还是要做一个《亡命之徒》：

> 头也不回地向着他乡走
> 你是谁我不管
> 他是谁我不顾
> 不以性命为负
> 走到哪里就在哪里酿造好酒
> 醉生梦死的好酒
> 痛哭一场后喝得大醉
> 继续远游
>
> 远游，远游
> 不以性命为负

　　生命的本质诗人已经勘破，生命的存在本就只是一个过程，要好好地享受这一过程，思想和精神的远游便是不可或缺的。因此，在这一过程中，性命不仅不能成为负担，还应该成为动力：性命是精神远游的物质基础，生命不息，精神不死，远游不止。

　　思想与精神的远游，决不仅仅局限于现实的时空中，还可以穿越时空，步古人之后尘。在柳宗元"寒江独钓"一千多年后，康怀宇也来到江边《独钓寒江雪》：

> 我坐在柳宗元坐过的地方
> 对着寒江，撒下我的鱼钩

>>> 别样的"秋水"书写别样的感悟 ◆

> 柳宗元业已走远
> 我的影子在冰雪上慢慢变大
> 恍惚间,收起钓杆
> 满江的昏鸦扑打着
> 翅膀

柳宗元写《江雪》,是以"周天寒彻"的景象,渲染"透骨心寒"的环境,其实质则是为了表达"千万孤独"的心境。在柳宗元描绘的世界里,空间寥廓而时间停滞,与渔翁相伴的没有任何生命的迹象,连飞鸟也绝了踪迹。在这里,有情感、心境的积聚,但缺少思想的放飞。康怀宇在诗中增加了"满江昏鸦"的描写,也就增添了画面的思想性,让人联想到"瑞雪兆丰年"的定律:正是周天寒彻的严冬,冻死了昏鸦等"害虫","纯真的孩子",才能"迅速长大把握住人类的精神轨迹/做一个大自由的人"(《献辞》)!这就是康怀宇饱含激情的思想,毕竟,已跨越千年的康怀宇,已有了比柳宗元当年更开阔的眼界,因而有了更远大的人文关怀。这里所体现的,决不仅仅是康怀宇个人的心境,更是人类共有的心境。再看他的《献辞》所表现的胸襟:

> 大地辽阔,十三亿白色的大鸟
> 张开翅膀拥抱着朝阳
> 身体如一团火焰发出灿烂光芒
> 辽阔的还有树上果实,绵延几万里
> 每一个都滚滚热情
> 投入了一生最清澈的思想

应该说,似这样激情澎湃的诗作,在康怀宇的诗集中并不多见,更多的是一怀淡淡的愁绪,一缕细细的思绪,再加上深深的思考。可以说,他是一位以理性见长的诗人。也正因为这种理性,使得他的创作有了别样的情怀、别样的景色,走了别样的创作路子,这正如他的诗作《春水》所描述的:"春天的水,随着青春的展开,流动在道路上。那条道路之前没有人走,之后也将没有人走"。这可以看作是诗人创作之路的自我宣言:似这般理性,有如此思想深度的青年诗人,无论此前此后,恐怕都不会多见。

康怀宇的确不同于一般的年轻人,也不同于一般的年青诗人,从思想与精神的远游来说,他是一个独行侠,不仅不以孤独为念,反而以孤独为幸福。且看的《幸福一刻》:

世界离你越远
你离自己越近
你无疑也是幸福的

能够特立不群,与周围的世界区别开来,显现出自己的个人特色和创作特色,这对于一个诗人来说,无疑是幸福的,也是很重要的。然而,这也是一柄双刃剑,如果为突出自己的创作特色而刻意地与世界拉远距离,则很有可能局促于个人生活的小圈子,创作之路也可能越走越窄。这部诗集中,看不到诗人与同学、与朋友的生活描写,说明他确实与自己周边的世界拉开了距离,这不能不说是一个缺憾。因此,我想将上述三句诗略作修改,再回赠康怀宇君,或许还可与从事文学艺术创作的年轻人共勉:

世界离你很近
你离自己更近
你无疑是更幸福的

也就是说,创作特色、创作个性乃至于创作风格的形成,应该是在接近世界、结识生活、接通地气的创作过程中实现的,而不应该是相反的路子。

是为序。

甲午腊月廿七日
(康怀宇诗集《秋水》,团结出版社 2015 年版)

从"上善若水"到"一脉湘水"

——2015年永州市"世界水日""中国水周"书画摄影展述评

水是生命之源,更是人的生命存在的基础。以农为生的中国古人,深知水与人类生存的关系,因而很早就将治水与治国联系了起来,创造第一个治水奇迹的大禹,也因此成为中国第一个王朝的奠基人。代表农耕文明的中国传统文化,对水更是推崇备至,将自然的水性,提升到哲学意义的高度:儒家经典说"上善若水,厚德载物";道家经典说"上善若水,水善利万物而不争"。因此,自然之水,不仅渗透到了人类生活的方方面面,也渗透到了传统文化的方方面面。黄河、长江之水滔滔东流,不仅流出了一部中华民族的悠久历史,更是流出了一部中华文明的灿烂文化史。此次在"世界水日"和"中国水周"来临之际,永州市水利局与永州市文联联合举办"'一脉湘水'2015年永州市'世界水日''中国水周'书画摄影展",既继承了传统,又结合了现实,让艺术走进生活,将生活引向艺术,充分体现了举办者的匠心独运。

"一脉湘水"书写千古文脉与气韵

"一脉湘水"本是永州市书法协会主席唐朝晖先生的一幅书法作品,作品于沉稳之中蕴含几分飘逸,确实有如湘水之流,给人幽深悠远之感。此次展览以这幅作品为"会标",将其挂在入口处,不仅突出了展览的主题,更是暗含了丰富的文化底蕴。我们从这"一脉湘水"切入,通览参赛的30多幅书法作品,不仅可以看到千古文脉的流传,更可以看到近几十年国运昌盛的气韵。

　　从千古文脉说，此次参展的书法作品，绝大多数都是承续了中国文人寄情山水或怡情山水的传统，如刘尤碧先生的书法对联："水清鱼读月，山静鸟谈天。"这幅作品以隶行的笔法，疏离的章法，略带松散的字体结构，与作品内容所表达的散淡之情形成了很好的艺术融合，使作品的内容与形式达到了高度的统一，颇有"明月松间照，清泉石上流"的意境；就情感表现来说，也颇能代表这一类作品的共同特点。当然，这一类作品更多的是直接书写古人的诗句或文句，如罗峰林先生书写的"欸乃一声山水绿，回看天际下中流，岩上无心云相逐"，截取柳宗元《渔翁》诗中的三句，以流畅的行草笔法、上下贯通的气势一气呵成，使人于书者的激情迸发之外，似乎看到了旁若无人的自娱自乐，这是另一种散淡之情的表达方式。或许可以这样说：刘尤碧所表达的是怡情山水，罗峰林所表达的则是寄情山水。而这种寄情山水的情调，或许更切合柳宗元《渔翁》诗的本意，因为柳宗元在永州十年，一直盼望着投身政治改革，他满腔的热情无用武之地，只好寄情山水。此外还有张国峰的"南湖秋水夜无烟"、魏湘江的"半亩方塘一鉴开"、唐朝晖的"集王维诗句"联、黎笃田的"水能性淡为吾友"联，还有刘新平用小楷书写柳宗元的《始得西山宴游记》和《钴鉧潭记》、张玉波用小楷书写《小石潭记》，等等，这些作品都是借古人之意境，书今日之情愫。女书法家曹兰芳的"养心"条幅有点别具一格，借用今人李南蛮的文句说明"养心"不仅是萍岛的广告，更是现代人类的处方，很有针砭时弊的意味。这些作品，虽然没有直接宣传"世界水日""中国水周"的现实意义，但他们从更深层次上表达了人与水的关系，也告诉了人们一个更深层次的道理：水作为生命之源，不仅是物质层面的，也是精神层面的；我们除了关心农业用水、工业用水和生活用水之外，也要关注人居环境的山清水秀。当我们看到"水清鱼读月"的现实景象时，那该是一个多么赏心悦目、心旷神怡的境界！

　　从国运气韵看，有一些作品是直接切入此次展览的主题，宣传"世界水日""中国水周"的现实意义。如胡晓华所书写的斗方"珍惜每一滴水"，用古老的篆书，书写现实的内容，为了让参观者能够认出这几个古老的篆体字，书者还在旁边用行书标出。这一句简单的宣传口号，书者却要用最难认读的篆书写出，其目的无非是为了让参观者在这幅字面前多停留一下，多认真地读一下，乃至于把它记在心里。因为这决不仅仅是"口号"，而应该成为每个人的座右铭，并使之内化于心、外化于行。因此，虽是一句简单的口号，却可以见出书者的苦心构思，这是"水利"与艺术的最佳结合，也是古为今用的最佳运用。另外还有几幅书法对联，也颇能见出国运昌盛的气韵，如陈山河的"保障饮水安全，维护生命健康"、刘劲旺的"水依人意调，利随民意分"、何烈武的"登山观海水泽天地，饮水思源利惠民生"等作品。还有刘於清用稚拙体书写的一幅口号式对联："兴修水利，利国利民。"这句口号的内容浅显明白，人人能懂，但水利与国、与民的深度关系恐怕就不尽了然了。因而书者用小字进行了解释：科学治水，塑造生态文明，优化人居环境；励精图治，构建人水和谐。这正是"世界水日"、"中国水周"所要达到的目标，也是此次展览的主题。

二种画风抒发当今乡愁与危情

所谓"二种画风"，主要是指传统与现代的差异。从此次参展的三十多幅美术作品看，更多的是传统与现代的结合，或于传统中蕴含现代创新，而在现代创新中也不脱传统的底蕴；但其倾向性则不无偏重，有的作品更多的是尊重传统，有的则力图突破传统。也正因为有了这种差异性，才使得此次展出的美术作品，无论是从艺术表现的形式来看还是从情感内容的抒发来看，都显得厚重而丰富。

此次参展的作品画种丰富，有国画、油画、水彩画，还有版画。描绘山水，是中国画的特长与优势，中国绘画史上现存最早的一幅文人画《游春图》（作者展子虔，约550—600年）即为山水画，全画以自然景色为主，放目远眺：青山耸峙，江流无际，湖光山色，水波粼粼，人物、佛寺点缀其间。作者以浓烈色彩渲染、烘托出秀美河山的盎然生机。在这次参展的国画中，不仅都是山水画，而且大多数作品所画的都是"一脉湘水",或者以古人诗意为题材,或者以古人游记为题材,或者以潇湘胜景为题材,只有海天先生的一幅画别有机趣,画面是一堆大小不一的鹅卵石沉于静水之中,作者用细致的工笔笔法画出了鹅卵石的斑斑点点,很有质感,似乎是触手可摸。站在这样的画作前,很容易使人想起孩提时在小溪中搬开鹅卵石摸蟹捉虾的情景。总之,尽管这些作品题材各有差别,风格各异其趣,但都有一个共同的特点,那就是绘锦绣潇湘之美景,发思古怀旧之乡愁。

抒发怀旧之乡愁,杨球旺先生的两幅水彩画堪称代表。他的一幅作品所画的是一溜小船一字排开,静静地躺在河滩边上,点点雪花从空中飘落,河滩被染白了,小船也被染白了,整个画面显得幽静而又纯洁,使人似乎可以听见那雪花沙沙飘落的声音。身居闹市的我们,来到这幅画前,无疑会让你驻足,如果能凝神静思片刻,就可能引发一缕淡淡的乡愁,因为这样的景象再难找到,只能在回忆中再现了。杨球旺的这幅作品所牵动的情感还是比较单纯的,虽说"过去的世界难忘怀",但毕竟已经过去了,人不能总是生活在回忆里。但他的另一幅作品所引发的情感就不是如此简单了,让人欲罢不能、欲说还休、休又不能休。这幅作品的画面很写实,层次鲜明,画面最深处是一抹大山的剪影,高高地占据了画面的大半;大山的前面是一群新建的高楼,高高的吊车树立其间,还有新楼在建;高楼的前面是低矮的旧式民居,更低矮的一座三孔石拱桥连接着旧式民居。很显然,这里因为有大山的阻隔,原来是一个封闭的世界,因而还保存有古老的民居和石拱桥。但新建的高楼"欲与天公试比高",力图冲破大山的阻隔;但与此同时,高楼也形成了对古老民居和石拱桥的挤压,在重叠的高楼面前,古老的民居和石拱桥似乎已经不堪重负,随时都有坍塌的危险。面对这种"危险",我们该怎么办?在这样的画面中,我们怎样才能做到传统与现代的和谐相处?

杨球旺作品中所引发的思考,到了何明惠先生的笔下则转化为一种危情。何明惠的油画《香零山》,乍一看是一幅写生的作品,其实却是大写意。画面中香零山所占的空间很小,大面积的天空乌云密布,大块大块的黑云似乎随时都会掉落,压向小小的香零山,大有"黑云压城城欲摧"之感。香零山则是层层巉岩倾斜，使人感觉山上的香零寺更加岌岌可危，似乎随时都有滑落水中的可能。作品画面的色彩对比也很强烈，天空是沉重的灰黑，香零山则是轻淡的灰白，有人说画面的色彩太不协调，但正是这种不协调，才突出了作品的特色，充分表达了作者想要表达的主题。如果说杨球旺以写实的笔法突出了现代对传统的挤压，何明惠则以写意的笔法突出了自然环境对传统乃至人类的挤压。有人说人类古代的战争是争夺土地，现代的战争是争夺矿产资源，将来的战争一定是争夺水资源。人类所面临的水资源的压力，已经越来越严峻，一方面是淡水资源的日趋减少，另一方面是海平面的持续抬升。古人云"水可载舟亦可覆舟"，人类社会既可成于水亦可败于水。面对水资源的压力，我们应该怎么办？何明惠从作品中所表达出来的危情，或许更值得我们深思。

还有毛小南的一幅油画作品充满野趣、童趣，很值得一提，画面是一棵枯树立于水中，两个小孩赤身裸体爬在树上，一个正在往上爬，一个正从树上往下跳。这幅画面，或许可以勾起许多参观者对孩提时代的回忆，笔者就曾有过相类似的经历，对几十年前生活在农村的孩子来说，水边的一棵歪脖柳树，或许就是整个夏天的欢乐世界。

三组镜头记录水利宏图与梦想

所谓"三组镜头"主要是指为主办此次展览，永州市摄影家协会特意派了三组摄影师分赴永州各县区，对水利设施进行纪实性拍摄，参展的40多幅摄影作品，主要就是这三组摄影师所带回的成果。这些成果，根据拍摄内容进行划分，可以分为三个类别：一是展现"治水"成效，二是展现"居水"美景，三是展现"戏水"欢乐。

首先，展现"治水"成效的作品最多，占参展作品的一半以上，这也正是为了突出此次展览的主题。在这些作品中，又以水库的照片居多，从大型水库涔天河水库、双牌水库，到中型水库大江水库，再到小型水库祁阳石洞源水库、零陵猫儿岩水库、蓝山板塘水库等，拍摄者大都采用了俯拍的角度，尽量展现水库的全貌全景，例如郭飚拍摄的《金陵映秀》，明显是站在高山之巅向下俯拍，一湾碧水与青山相伴流向脚下，几座小山似乎是漂浮在水中央。再如李建民拍摄的《神秘晒北滩》，更有异曲同工之妙，因为水中波纹的流动，使人感觉到对面的一列小山，正像一艘巨轮向我们驶来，给人以强烈的动感。与此相类似的还有赵扬名的《神龟出山》、文文的《涔天河水库》等。拍摄者爬到高处去拍摄这样的照片，无疑付出了艰辛的劳动，给我们展现的则是登高望远的美景。

这一类作品还有谭志明的《双牌水库变化》组照很值得注意，组照运用新旧两组照片的对比，使今天的青山绿水与昨天的荒山浊水形成了强烈的反差。这样的照片，不仅具有很高的历史价值，更具有很强的警醒作用，提醒人们时刻提防历史的悲剧重演。

另有一些照片，则以象征性手法展现治水成效，如邓飞的《夏日田园》，画面中一架长长的水泥天桥横跨田野，桥下是绿中泛黄的水稻，粗壮的稻穗正弯下沉甸甸的头，好一派丰收在望的景象；再如何上进的《灌溉》，近处是一片绿色的菜地，喷灌龙头正喷出白色的水雾；远处高山如黛，一缕扇形阳光从云层中洒下，与喷出的水雾形成交叉，这似乎意味着：自然的阳光与人工的"雨露"相结合，一定会"哺育"大地生命茁壮成长。这才是"治水"的真实成效。

其次，展现"居水"美景的作品或许更值得我们关注。明确表达这一主题的作品有于海的《依山傍水》：在苍翠的大山臂弯里，依偎着一个小村落，门前是一湾碧水；青山绿水与蓝天白云相映衬，给小村落更增添了几分温馨与宁静。这样的山水环境，自然是人类最适宜居住的地方。

乡村依山傍水是适宜居住的地方，城市当然也应该是这样。蒋新国的《滨江广场风光》、李建民的《文昌宝塔风光》、刘志强的《潇水晨曦》等作品，将城市的居住环境与山水及人文景观相结合，突出了人居环境闹中取静的"宜居"特性。此外，还有张建利的《流淌的歌》、冯超的《蜿蜒潇水如玉带》、彭小葵的《母亲河》等，虽然没有与人居环境直接联系起来，但这样的美景，无时无刻不在美化着我们的生存空间，它们与人类的生命相濡以沫，共生共存，这就是上述作品所要告诉我们的真谛。

再次，展现"戏水"欢乐的作品也是我们生活中不可或缺的。明确表达这一主题的作品有刘斌的《村童戏水》、羊全的《戏水》等。特别是羊全的作品，充满生气和童趣，画面拍摄两个一丝不挂的孩童在河里打水仗，泼起的水花盖过了他们的头顶，远处是古老的廊桥广利桥。古老的背景与稚气的前景相配合，很是增添了画面的厚重感。

儿童的戏水与成人的戏水肯定是不一样的，周承伟表现水上龙舟赛的《水上节日》，周洁的《金洞漂流》组照，就是典型的成人戏水，我们从戏水者身上所看到的那种欢乐和满足感，足可证明这种精神满足也是人类生命存在的重要组成部分。

在这次所有展出的作品中，最切合本次展览主题、也最具有创意的作品是彭雯的《水—生命之源》。这幅作品，与其说是一帧照片，不如说是一幅写意画。画面上是一双大手捧着一棵小树，树的根部有一股水流涌出，形成一道小瀑布，双手下面是向上飘起的水花。画面的寓意很明确：树和水相依为命，他们需要我们小心呵护。我们之所以要把树和水捧在手心里，因为他们与我们自己的生命息息相关，我们捧着他们，也就是捧着自己的生命。

一方水土养一方人，这"一脉湘水"养育了我们，我们要像珍惜自己的生命一样珍惜这"一脉湘水"，这就是"2015年永州市'世界水日''中国水周'书画摄影展"所要告诉我们的简单而又深刻的道理。

（载《永州日报》2015年4月16日第5版，有删改）